6
비블리아 고서당
— 시오리코 씨와 운명의 수레바퀴
사건수첩

[redacted]

원제 biblia koshodou no jikentecho 6

ビブリア古書堂の事件手帖

미카미 엔 지음, 최고은 옮김

비블리아 고서당 사건수첩

— 시오리코 씨와 운명의 수레바퀴

6

D&C BOOKS

비블리아 고서당 사건수첩 6
- 시오리코 씨와 운명의 수레바퀴

1판 7쇄 발행 2024년 5월 10일 | **지은이** 미카미 엔 | **옮긴이** 최고은 | **펴낸이** 최원영
본부장 장혜경 | **편집부장** 김승신 | **편집** 권세라 | **북디자인** 이혜경디자인 | **본문조판** 한방울
흑백 일러스트 녹시 | **국제업무** 박진해 전은지 남궁명일 | **마케팅** 김민원 조은걸
펴낸곳 (주)디앤씨미디어 | **출판등록** 2002년 4월 25일 제 20-260호
주소 서울시 구로구 디지털로 32길 30, 코오롱디지털타워빌란트 1301-1308호
전화번호 02.333.2513 | **팩스** 02.333.2514

ISBN 978-89-267-6609-5 (04830)
ISBN 978-89-267-9364-0 (SET)

정가 12,000원

비블리아 고서당 사건수첩 6

ビブリア古書堂の事件手帖 6

riculata

프롤로그

무거운 눈꺼풀을 뜨자 창문에 맺힌 굵은 빗방울이 보였다. 기운 빠지는 우중충한 잿빛 하늘이었다. 들리는 건 희미한 빗소리뿐, 병실은 정적에 휩싸여 있었다.

이곳은 오후나에 있는 종합병원이다. 우리 집과 아주 가까운 거리다. 병실에는 시오리코 씨와 나, 둘뿐이었다. 벽쪽 의자에 앉은 그녀는 정신없이 책에 빠져들어 있었다. 치쿠마문고에서 나온 디킨즈의 『리틀 도릿 2』였다. 날씨가 쌀쌀해서 빨간 레인코트를 걸친 차림이었다.

비닐에 든 우산과 금속으로 된 튼튼한 지팡이는 벽에 세워져 있었다. 비닐 바닥이 찢어졌는지 바닥에 작게 물이 고여 있었다.

작년에는 이 병원에 자주 드나들었다. 비블리아 고서당

에서 일하기 시작했을 무렵의 일이다. 그때는 카운터나 보는 정도였고(지금도 다를 바 없지만), 책 매입 의뢰가 들어왔을 때마다 병원으로 가져왔었다.

지금은 반대로 시오리코 씨가 병원으로 온다.

시오리코 씨가 불현듯 고개를 들었다. 침대에 누운 내가 눈을 뜬 걸 알아챈 모양이었다. 내 이름을 부르고 있다.

다이스케 군.

평소와 다름없는 그녀의 목소리였다.

깼어요?

깨어 있다고 생각했는데 제대로 대답할 수가 없었다. 수술이 끝난 지 얼마 되지 않아서 아직 마취가 풀리지 않은 모양이었다.

정신을 차려보자 다시 잠들어 있었다.

날씨 때문인지 비가 오는 꿈을 꾸었다. 나는 고가역 승강장에서 내리는 비를 바라보고 있었다. 오래된 빌딩과 편의점 지붕이 내리는 빗줄기 너머로 흐릿하게 보였다.

현실의 기억이 섞여 있는 꿈이라는 건 알고 있었다. 지난달, 데라야마 슈지의 『나에게 오월을』에 얽힌 사건을 해결하기 위해 나와 시오리코 씨는 후카사와에 있는 어느 집을 찾았다. 그때 모노레일 역에서 본 풍경이었다.

내 옆에는 하얀 레인코트를 입은 긴 머리 여자가 서 있었다. 손목에 건 우산이 흠뻑 젖어 있었다. 물론 이 사람은 시오리코 씨다.

아니, 아니다. 그날 그녀는 레인코트 차림이 아니었다. 그리고 이 사람은 지팡이도 짚지 않았다. 닮았지만 다른 사람이다.

나는 눈을 떴다.

등에 식은땀이 흘렀다. 자유로워진 오른손을 들어 눈앞에서 움직여 보았다. 이제 의식은 또렷했다.

그나저나 이상한 꿈이었다.

'……어?'

불현듯 아까 꿈에서 본 광경에 위화감을 느꼈다. 그러고 보니 그때도 뭔가 이상하다는 느낌을 어렴풋이 받았던 것 같다. 까맣게 잊고 있었지만.

"깼어요?"

아까처럼 의자에 앉아 있는 여자가 말했다. 시오리코 씨의 목소리……보다는 조금 낮았다.

나는 상대를 빤히 바라보았다. 하얀 레인코트 위로 긴 검은 머리가 흘러내렸다. 젖은 우산은 의자에 세워 두었지만 지팡이는 보이지 않았다.

"안녕, 고우라 군."

시오리코 씨의 어머니, 시노카와 지에코는 무릎 위에 펼쳐 놓았던 책을 덮었다. 딸과 달리 외국어 원서였다. 책등에는 『HOLY BIBLE』이라 적혀 있었다.

"……오랜만입니다."

저도 모르게 이상한 목소리가 나왔다.

나는 긴장하고 있었다. 이 사람은 뭣하러 병원에 온 걸까? 뭔가 꿍꿍이가 있는 게 틀림없다.

"그렇게 오랜만에 보는 것도 아니잖아? 마지막으로 만난 지 20일쯤 지났나……. 그동안 많은 일들이 있었던 모양이지만."

놀리는 듯한 말투였다. 입가에 희미한 웃음이 번져 있었지만 무슨 생각을 하는지 도무지 짐작이 가지 않았다.

"시오리코 씨는 여기 없었습니까?"

"내가 왔을 때는 없던데?"

그제야 깨달았다. 병실은 아까보다 어스름했다.

시계를 보니 저녁 5시가 지난 시각이었다. 시오리코 씨가 말을 걸었을 때로부터 분명 몇 시간쯤 지난 것이리라.

"몸은 좀 어때?"

"쇄골과 늑골이 나간 것 같지만…… 며칠 안에 퇴원할 수 있을 겁니다."

의사가 뭐라고 설명했는지 정확히 기억나지는 않았다. 좌우지간 수술은 무사히 끝난 모양이었다. 고정된 왼쪽 어깨를 꼼짝도 할 수 없었지만, 마취 탓인지 통증은 거의 느끼지 못했다.

"대체 무슨 일이 있었던 거야? 고우라 군처럼 건장한 청년이 이런 꼴을 당하다니."

시노카와 지에코는 선글라스 너머의 눈동자를 빛내며 슬쩍 몸을 내밀었다.

솔직히 대답하기 싫었다. 이 사람의 호기심을 충족시켜주고 싶지는 않았다. 그리고 왜 내가 이런 꼴이 되었는지, 그녀는 대충 짐작하고 있을 것이다.

"……지난달, 모노레일 역에서 만났을 때 어디 가시는 길이었습니까?"

나는 울분을 삭이기 위해 질문을 던졌다.

"제 얘기가 궁금하면 질문에 대답해주시죠. 설마 우리를 만나기 위해서 거기 왔을 리는 없을 테고요."

시노카와 지에코는 눈을 깜빡였다. 내가 처음으로 이 사람의 의표를 찌른 순간이었다.

아까 꾸었던 꿈에서 떠올린 말을 했을 뿐이었는데.

"왜 그렇게 생각해?"

"그날, 우리가 역에 도착하기 4, 5분 전에 비가 내리기 시작했죠. 역 계단에서 계속 기다렸으면 우산은 말라 있었을 겁니다. 하지만 우산은 젖어 있었죠. 우리가 도착하기 직전까지 역 밖을 걷고 있었다는 증거죠……. 대체 무슨 볼 일이 있었던 겁니까?"

그 역 주변은 주택가였다. 가까운 지인의 집이라도 찾아갔던 걸까? 후카사와는 지에코가 나고 자란 곳이다.

"편의점에 갔었어. 역 앞에 있는 데."

지에코는 순순히 대답했다.

그러고 보니 그랬다. 그 이상 추궁하지 못하는 나를 보고 지에코의 입가에 번진 웃음이 더욱 깊어졌다.

"괜찮은 지적이었는데, 마무리가 약하네. 동요하면 금방 티가 나고……. 감정을 읽어서 다루기 쉬우니까, 그 애도 널 좋아하게 된 걸까?"

머리에 피가 쏠렸다. 시오리코 씨를 걸고넘어지는 걸 그냥 넘길 수 없었다.

"시오리코 씨는 그런 못된 사람이 아닙니다. 자기 딸 성격은 알고 있을 텐데요. 일부러 그런 소리를 하는 거죠?"

병실에 침묵이 흘렀다. 아주 잠깐이었지만 시노카와 지에코의 얼굴에서 웃음이 사라졌다.

하지만 내가 표정의 단편을 읽어내기 전에, 그녀는 먼저 입을 열었다.

"너희한테 무슨 일이 일어났는지, 일의 자세한 전말을 얘기해주면 나도 말해줄게. ……그날, 후카사와에서 뭘 했는지.”

“네? 편의점에 갔었다면서요.”

“돌아오는 길에 들른 것뿐이야. 네 말대로 따로 볼일이 있었거든.”

지에코는 천연덕스럽게 말했다. 겸연쩍어하는 기색도 없었다.

“시노카와 시오리코의 엄마가 자기 고향에서 무엇을 했는지, 너도 궁금할 거 아냐. 또 알고 싶은 게 있으면 내가 대답할 수 있는 범위 안에서 말해줄게. 시오리코가 모르는 일도.”

물론 관심은 있었다. 요즘 우리의 시작에 대해 생각하게 하는 일들이 많았다.

지에코에게 묻고 싶은 일들도 산더미처럼 많았다. 자세한 사정을 아는 사람에게 정보를 얻을 기회는 그리 자주 오는 게 아니었다.

“6월 초의 일이었습니다…….”

나는 우리에게 일어난 일을 하나씩 이야기하기 시작했다.

『走れメロス』 1940

01

달려라 메로스

1940

달려라 메로스 | 1940 |

마을의 목동 메로스는 불의를 보면 참지 못하는 용감한 성격이다. 여동생의 혼수품을 사러 도시로 나온 메로스는 사악한 왕이 사람들을 죽이고 있음을 알게 된다. 격노한 메로스는 성에 쳐들어갔지만 체포당한다. 사형을 선고당한 그는 여동생의 결혼식에 참석하고 돌아오기까지 3일간의 유예를 요청하며 대신 친구 세리눈티우스를 인질로 둔다. 왕은 메로스가 친구를 배신할 거라고 생각하여 요청을 받아들인다. 메로스는 마을에서 결혼식을 마치고 3일째 되는 새벽에 도시로 향하지만, 숱한 장애물을 만나게 된다.

1

강한 햇살 아래서 보는 수국은 흡사 다른 식물 같았다. 광택이 있는 커다란 잎과 또렷한 빛깔의 꽃, 남쪽 섬에 피어 있어도 이상하지 않다고 생각했다.

소담스럽게 핀 녹색과 푸른색 그늘에 숨어, 나는 인기척 없는 완만한 언덕을 지켜보고 있었다.

6월치고는 드물게 화창한 날이었다. 장마를 건너뛰어 여름이 온 건가 싶을 정도로 더웠다. 아까부터 몇 번이나 땀을 닦았는지 모른다.

이곳은 가마쿠라의 하세에 있는 절 근처였다.

수국이라면 메이게쓰인에 있는 기타가마쿠라가 유명하

지만, 이 부근에서는 흔히 볼 수 있었다. 수국이 잘 자라는 기후라 딱히 공을 들이지 않아도 큰 꽃이 피는 모양이었다.

이 무더운 날씨에 일부러 하세까지 찾아온 이유는 길가에 핀 수국을 구경하기 위해서가 아니었다.

나는 사람을 기다리고 있었다. 이 언덕 끝에 있는 절에 성묘하러 올 사람.

1년 전 기타가마쿠라의 고서점 주인에게 중상을 입힌 남자, 다나카 도시오라는 위험한 고서 수집광을.

모든 일은 작년, 다나카가 기타가마쿠라의 비블리아 고서당을 찾아온 데서부터 시작됐다. 사장인 시오리코 씨에게 다자이 오사무의 『만년』 희귀 초판본을 빼앗으려고 생각한 그는 결국 그녀를 계단에서 밀어버리기까지 했다.

상대의 병적인 집착을 깨달은 시오리코 씨는 병원 침대 위에서 주도면밀하게 계획을 짰다. 가사이 기쿠야라는 가명으로 가게에 드나들던 다나카를 꾀어내, 그의 눈앞에서 진짜처럼 꾸민 『만년』의 복각판을 불태운 것이다.

체포된 다나카는 자신이 그토록 찾던 초판본이 영영 세상에서 사라졌다고 생각하고, 얌전히 재판을 받고 판결을 기다리고 있었다.

그랬을 터였다.

하지만 열흘 전, 비블리아 고서당에 한 통의 편지가 도착했다.

네가 『만년』을 바꿔치기하기 위해 삼류 연극을 했다는 사실을 알고 있다. 연락해라.

……라는 짧은 내용으로, 보낸 사람은 다나카 도시오였다.

정말 다나카가 쓴 편지인지 확실히 밝혀지지는 않았다. 물론 경찰에 가져가면 조사해줄 것이다. 하지만 시오리코 씨는 나 아닌 다른 사람, 수사 관계자들에게조차 진짜 『만년』이 무사하다는 사실을 밝히지 않았다. 다나카가 알게 되면 언젠가는 또 찾아올 것이기 때문이다.

이번 편지도 같은 이유로 제삼자에게 보여줄 수는 없었다. 수사 과정에서 다나카에게 어떤 정보가 전해질지 짐작할 수 없었기 때문이었다.

때문에 시오리코 씨에게 사정을 들은 유일한 인물인 내가 이렇게 잠복하고 있는 것이다.

모든 심리가 끝난 뒤, 다나카는 보석으로 구치소에서 풀려났다. 오늘은 할아버지의 기일이니 하세를 찾아올 것이 틀림없었다.

본인을 만나 편지에 대해 슬쩍 떠볼 요량이었다. 제대로 해낼 수 있을지 자신은 없었지만, 좌우지간 시도해보는 수밖에 없었다.

내 이름은 고우라 다이스케.

작년부터 비블리아 고서당에서 아르바이트로 일하고 있다. 대학을 졸업했지만 취직에 실패해 빈둥거리고 있을 때 시오리코 씨에게 스카우트되었다.

고서뿐 아니라 책 전반에 대한 지식은 전혀 없었다. 독서를 싫어하는 건 아니었지만 '체질' 같은 것이라 오랜 시간 활자를 읽는 게 불가능했다. 그래서 말 그대로 잡일꾼이었다.

가게를 경영하는 한편 고서에 얽힌 수수께끼 같은 사건들을 해결하는 시오리코 씨의 조수 역할도 겸하고 있었다. 지난 열 달 동안, 나는 남들이 모르는 그녀의 모습을 가까이에서 보아왔다.

솔직히 말하자면, 나는 그 편지를 보낸 녀석에게 머리끝까지 화가 나 있었다. 물론 시오리코 씨를 위협하는 것은 무엇이든 용서할 수 없었지만, 또 하나 개인적인 사정도 있었다.

나는 시오리코 씨를 좋아한다.

두 달 전, 사귀어달라고 고백했다 간신히 좋다는 대답을 받았는데 그 편지가 날아온 것이다. 여자친구가 생긴 기쁨에 들떠 있을 틈도 없었다.

머리를 맞대고 상의한 끝에, 풀려난 다나카 도시오를 여기서 기다리고 있는 것이다.

아까부터 같은 자세로 있었더니 몸이 무거워졌다. 허리를 펴고 비스듬히 맸던 숄더백을 등에 다시 맸다.

채 몇 초도 되지 않는 시간이었는데, 목소리를 들을 때까지 누가 다가오는지조차 몰랐다.

"고우라 아냐?"

오랜만이네, 하고 하는 수 없이 고개를 끄덕였다. 다른 인사말이 떠오르지 않았던 까닭이었다.

꽃을 든 다나카 도시오는 조금 여윈 것처럼 보였다. 하얀 셔츠가 왠지 눈부셨다. 서늘한 눈매는 여전했지만, 인상적이었던 고수머리는 두피가 보일 정도로 짧게 잘랐다.

겉보기에는 다정한 미청년이라, 도저히 폭력을 휘두를 인물로는 보이지 않았다. 자주 보았던 나도 그의 정체를 알아채지 못했다.

"이런 데서 뭘…… 아, 멍청한 질문인가."

다나카는 쓴웃음을 짓고 있었다.

자기를 만나러 온 줄 아는 건가? 그렇다면 역시 편지를 보낸 건 이 남자가 분명할 것이다.

"날 감시하러 온 거지? 또 시노카와 시오리코에게 접근

하지 않는지."

무심코 뭐, 하고 물으려다 말을 삼켰다. 감시 같은 건 생각도 하지 않았다.

"공연한 걱정 마. 그 여자 주변에 얼씬거릴 생각 없어. 그랬다간 다시 구치소 행이니까."

말을 마친 다나카는 절을 향해 걸어갔다. 순간 망설였지만 나는 그와 나란히 걸음을 옮겼다.

함께할 생각은 없었지만, 애초에 성묘를 할 생각이었다. 다나카의 말대로 우리 외할머니와 그의 할아버지는 '지인' 사이였다. 분명 나와도 깊은 관련이 있을 것이다.

50년도 더 지난 옛날 일이라 자세한 사정을 확인할 방법은 없었지만.

"혹시 다른 볼일도 있는 거야?"

앞을 본 채 다나카는 작은 소리로 질문했다.

나는 마음을 굳혔다. 시오리코 씨와 미리 말을 맞춘 대로 이야기를 했다.

"……5월 26일에 기타가마쿠라에 왔었어?"

나는 상대에게서 눈을 떼지 않고 말했다. 사소한 반응이라도 놓치지 않기 위해서였다.

"비블리아 고서당 근처에서 당신과 비슷한 남자를 봤다는 사람이 있어."

편지 이야기는 꺼내지 않았다. 쓸데없는 정보를 넘기고 싶지 않았다.

“그럴 리가. 난 아냐. 잘못 본 거겠지.”

다나카는 단칼에 부정했다. 어처구니가 없다는 듯 고개까지 절레절레 저었다.

시치미를 떼는 것 같지는 않았지만, 일단 재차 확인해봤다.

“정말이야?”

“정말이지, 그럼. 애초에 26일이면 아직 보석 수속도 끝나지 않은 때라 구치소에 있었어. 그런 내가 기타가마쿠라에 어떻게 가겠어……. 그런 말도 안 되는 소리를 하려고 일부러 여기까지 온 거야?”

쉽게 확인할 수 있는 일로 거짓말을 할 리 없었다. 정말 그날 유치장에 있었던 것이리라.

물론 공범이 있다면 편지를 보낼 수는 있겠지만, 그 내용대로 접촉해온 나에게 시치미를 뗄 필요는 없다. 달리 가능성이 있다면…….

‘누가 이 녀석인 척하고 편지를 보낸 건가?’

외려 그 편이 으스스했다.

이 남자의 이름을 댄 이유가 대체 뭐지?

그리고 보낸 사람은 시오리코 씨의 비밀을 알고 있다. 어디서 어떻게 안 걸까. 대체 정체가 뭐지?

"뭐, 마침 잘됐네. 먼저 찾아와줘서. 찾아갈 생각은 없었지만, 너희에게 연락하고 싶었거든. 내가 먼저 접촉할 수는 없으니까."

다나카는 가벼운 걸음으로 돌길을 걸어갔다. 나도 황급히 뒤를 따랐다.

"연락? 왜?"

"비블리아 고서당에서는 오래된 책에 관한 상담을 받는다면서. 시다 씨의 책을 찾아줬을 때처럼. 여기저기서 얘기 많이 들었어."

시다는 구게누마에 사는 노숙자 겸 책등빼기였다. 비블리아 고서당의 단골로, 다나카와도 아는 사이였다. 예전에 우리는 도둑맞은 시다의 책을 찾아준 적이 있었다. 그러고 보니 최근에는 통 보지 못했다.

"……종종 그런 의뢰를 받기도 해."

나는 마지못해 대답했다.

"그게 어쨌는데?"

"어디 사는 누가 소장했는지, 행방을 찾아줬으면 하는 책이 있어. 물론 사례는 할게. 시노카와 시오리코와 너에게."

앞뒤가 맞지 않는 말이었다. 자기가 다치게 한 상대에게 의뢰를 한다고?

"당신 부탁 같은 걸……."

거기까지 말하다 입을 다물었다.

배후에 누가 있는지 모른다. 이 남자가 주모자일지도 모르지만, 이 의뢰를 위해 그 편지를 보냈을 가능성도 있었다. 그렇다면 시오리코 씨에게 한마디 상의도 없이 거절할 수는 없었다. 먼저 상대가 어떻게 나오는지 살핀 뒤에 판단해도 늦지 않다.

"어떤 책을 찾아달라는 건데?"

나는 물었다.

절 입구에 따로 사람은 없었지만, 시주함이 놓여 있었다. 우리는 동전을 통에 넣고 문을 지나 안으로 들어갔다. 풀숲이 무성한 경내는 정원처럼 꾸며져 있었다. 비슷한 모자를 쓴 장년의 사람들이 수국이 핀 오솔길을 천천히 내려오고 있었다.

다나카는 본당 뒤로 향하며 비밀 이야기를 하듯 내 귀에 속삭였다.

"내가 찾는 책은 다자이 오사무의 『만년』 초판본이야. 우리 할아버지가 소장하셨던 책이지."

순간 등골이 오싹해졌다.

다나카에게 직접 들은 적이 있었다. 시오리코 씨가 소중히 간직하고 있는 『만년』은 원래 그의 할아버지가 소장했던 책이며, 헐값에 넘긴 모양인데 아마 매수자는 비블리아 고서당일 것이라는 이야기를.

그렇다면 역시 시오리코 씨의 트릭을 간파한 것일까.

"그 책은 시오리코 씨가 불태웠잖아."

쓸데없는 짓이라 생각했지만 끝까지 시치미를 뗐다. 하지만 뜻밖에도 다나카는 당연하다는 듯 고개를 끄덕였다.

"알아. 설마 세상에서 영영 사라진 책을 찾아달라고 부탁하겠어? 내가 찾는 책은 너희 사장이 소장했던 『만년』이 아냐."

"뭐?"

저도 모르게 그렇게 외쳤다. 대체 무슨 소리지?

"나도 최근까지 오해했었어."

다나카는 더욱 목소리를 낮췄다.

"할아버지가 소장했던 『만년』은 그때 불탄 언컷본과는 다른 책이야. 그보다 더 귀중한…… 특별한 책이었던 모양이야. 지금 그 책을 소장하고 있는 사람이 있을 거야. 내가 알고 싶은 건 그 책의 행방이야."

2

본당 뒤는 완전히 산의 일부여서 경내보다 훨씬 신록이

짙었다. 묘지는 최소한으로 개간한 산중턱에 자리하고 있었다. 성묘객은 우리뿐이었다.

"몇 년 전부터 가나가와 현의 고서 마니아들이 모이는 SNS커뮤니티에서 활동했어. 가입 인원은 많지 않지만 정보 교환이 활발해서 자주 드나들었지."

다나카는 통에 물을 따르며 말했다.

"어딘지 알아."

비블리아 고서당에서 처음 일하기 시작했을 무렵, 그 커뮤니티에 가본 적이 있었다. 인터넷에서 가게 이름을 검색하다 찾았다.

문학관에 전시된 『만년』 초판본이 우리 가게에서 대여한 것이라는 정보가 적혀 있었다. 글쓰기는 가입된 회원들만 할 수 있었지만, 글읽기는 누구나 할 수 있었다.

"지난달, 그 커뮤니티 회원이 나에게 메시지를 보냈어. 물론 구치소 안에서 컴퓨터나 스마트폰은 볼 수 없으니 내가 직접 본 건 아니었지만. 계정 관리를 해주는 지인이 프린트해서 면회 때 보여줬지. ……미안하지만 저 짐 좀 들어줄래?"

자리에서 일어난 다나카의 두 손에는 물통과 꽃이 들려 있었다. 나는 바닥에 놓인 비닐봉지를 들었다. 안에는 작은 일본 술병과 향이 들어 있었다.

대나무 숲을 따라 난 돌계단을 올라 묘지로 들어가자, 다나카는 주저 없이 언덕을 올랐다. 묘지 안쪽으로 갈수록 옛 무덤들이 늘어났다.

"메시지를 보낸 사람은 가나가와에 사는 고서 수집가라고 했어. 실명이 아니니 누군지는 모르지만…… 좌우지간 할아버지, 다나카 요시오의 이름도 알고 있었어. 커뮤니티에 손자인 내가 있는 걸 보고 메시지를 보냈다고 하더군."

"……설마 본명으로 커뮤니티에 가입한 거야?"

그 SNS에서는 보통 본명이 아니라 직접 설정한 별명을 썼다. 나도 문제의 커뮤니티를 봤지만, 다나카 도시오라는 이름은 없었다.

"그럴 리가. 내가 그 커뮤니티에서 『만년』에 대한 정보를 얻은 게 보도됐잖아. 누군지 알아챘어도 이상할 건 없지."

고서를 노리는 스토커라는 특이성 때문에, 사건은 작년에 나름대로 화제가 되었다. 사건의 내용을 정리한 사이트도 있었던 것으로 기억한다.

"어쨌든 그 인물은 우리 할아버지가 소장했던 『만년』 초판본 이야기를 들은 적이 있는 모양이야. 40년 전에 다나카 요시오가 헐값에 팔아넘긴 책이 최종적으로는 가마쿠라 주변에 사는 고서 마니아의 품에 안겼다고 하더군. 그 『만년』에는 다자이 오사무가 직접 쓴 메모는 있지만 사인은 없고, 언컷이었던 책장도 일부를 뜯었다고 들었어……. 그 때 불타버린 『만년』과는 다른 책이지."

참고로 언컷이란 책장을 자르지 않고 일부러 붙인 채로 둔 책을 말한다. 옛날에는 흔히 볼 수 있었던 장정으로, 페이퍼 나이프로 책장을 뜯어가며 읽는다고 했다.

"당신 조부님이 소장했던 『만년』은 언컷이었다면서."

작년 구치소에 면회를 갔을 때, 직접 그런 이야기를 했었다. 다나카는 얼굴을 찌푸리며 고개를 끄덕였다.

"할아버지가 팔아버린 뒤에, 그 책의 가치를 모르는 어떤 멍청이가 뜯어버렸을지도 모르지. 흔히 있는 일이니까……. 무척 유감스럽지만, 문제는 다자이 오사무가 무슨 말을 적었는가 하는 거야. 그 고서 마니아는 『만년』을 계속 소장하고 있는 모양이야. 분명 대단한 말일 테지. 궁금하지 않아?"

다나카는 얼굴 한가득 미소를 지으며 돌아보았다. 뭐가 그렇게 궁금한 건지, 나로서는 짐작도 가지 않았다.

"그 얘기를 믿어?"

나는 물었다. 메시지를 보낸 인물은 물론, 다나카 요시오의 『만년』을 소장하고 있다는 인물에 대해서도 구체적인 정보는 하나도 없었다. 익명의 누군가가 흘린 뜬소문이라는 생각밖에 들지 않았다.

"메시지를 보낸 사람은 내가 체포되기 훨씬 전부터 확실한 정보를 올려 왔어. 할아버지가 『만년』을 판 시기와 그 경위에 대한 설명도 내가 들은 이야기와 일치해. 어쨌든 검토해볼 만한 이야기야."

"그런 옛날 일을 알고 있는 걸 보면 나이도 꽤 먹은 것 같은데, 인터넷을 쓴단 말이야?"

"요즘 세상이 어떤 세상인데, 할아버지 할머니도 인터넷 정도는 한다고. 그리고 구태여 날 속일 이유가 뭔데? 아, 여기가 우리 가족묘야."

다나카가 가리킨 무덤은 주변 어느 것보다 으리으리했다. 울타리 안에 커다란 비석들이 우뚝 서 있었고, 입구에는 등롱까지 늘어서 있었다. 무덤이라기보다는 위령비 같았다.

하지만 비석들은 어느 것 하나 멀쩡한 게 없었다. 모두 얼룩덜룩 색이 바랜 데다 금이 가 있었다.

다나카 집안은 대대로 무역회사를 경영했지만, 다나카 요시오 대에서 망해서 전 재산을 날렸다고 한다. 이 무덤은 유복했던 시절의 흔적이겠지.

합장을 드린 뒤에 함께 무덤을 손질했다.

"그냥 가만히 있어. 일 시키려고 데려온 거 아니니까."

다나카는 그렇게 말했지만, 나는 말없이 무덤의 잡초를

뽑았다. 그는 아무것도 모르는 눈치였다.

이 무덤에 잠들어 있는 다나카 요시오는 우리 외할머니와 내연 관계였다. 내 진짜 외조부는 다나카 요시오일지도 모른다.

만일 그렇다면, 지금 함께 성묘를 하고 있는 다나카는 나의 친척이 된다.

물론 이 비밀을 밝힐 생각은 없었다. 확실한 증거가 있는 것도 아니었다. 지금은 해야 할 이야기가 따로 있다.

"인터넷에서 정보를 제공한 상대에게 연락은 해봤어?"

내 물음에 다나카는 작업을 계속하며 보란 듯 어깨를 으쓱했다.

"구치소에서 나온 뒤에 메시지를 보냈지만 답이 없었어. 다시 보내려고 했는데 상대가 이미 SNS를 탈퇴했다고 하더라고. 그래서 연락을 취할 방법이 없어. 만일 내 의뢰를 받아주면 그쪽에서 보낸 메시지를 보여줄게."

다나카가 받았다는 메시지와 비블리아 고서당으로 날아온 편지가 내 안에서 하나로 이어졌다. 타이밍이 너무 기막혔다.

어쩌면 동일인물이 보낸 게 아닐까?

그런 번거로운 짓을 하는 이유가 무엇인지는 모르겠지만.

"왜 직접 알아보지 않지?"

“물론 알아봤어. 어제도 할아버지의 친구분 전화번호를 찾아 연락을 해봤지. 할아버지처럼 고서 수집이 취미였던 분이라고 들어서 기대했는데……. 다나카 요시오란 친구를 둔 적이 없다고 딱 잡아떼더군.”

“사람을 잘못 찾은 거였어?”

“아니, 그럴 리 없어. 할아버지에게 이름을 들은 적이 있거든. 나한테 협조하기 싫은 거겠지. 가마쿠라에 사는 할아버지의 지인들은 아무도 날 만나주려 하지 않았어. 전부 퇴짜 맞았어.”

그도 그럴 법했다. 재판에서 유죄 판결을 받을 게 확실한 스토커와 접촉하려 하는 사람이 있을까.

“하지만 너희라면 알아낼 수 있겠지. 나와 달리 신뢰할 수 있으니까. 그리고 우리 할아버지의 지인이 주변에 있을 거 아냐. 오늘 절 앞에서 기다리고 있던 걸 보면.”

나는 말문이 막혔다.

다나카 도시오가 가마쿠라에 나타날 것이라는 이야기는 경찰에게 들었지만, 그 절이 어디인지까지는 알지 못했다. 알아본 건 시오리코 씨였다. 생전에 다나카 요시오와 면식이 있었던 고서 조합의 이사가 어느 절에 묘가 있는지 알려준 것이다.

“그 『만년』의 행방을 알아내면 어쩔 작정인데?”

"일단 어떤 책인지 확인하고 싶어. 기대에 부응하는 책이라면 나한테 팔라고 부탁해야지. 그만한 돈은 있거든."

뜻밖에도 평범한 답이었다. 하기야 속으로는 수단을 가리지 않을 작정이더라도 나한테 솔직히 말할 리 없겠지만.

"너희 사장이라면 이 의뢰를 수락할 거야."

다나카 도시오의 목소리는 확신에 차 있었다.

"……그걸 어떻게 아는데?"

나는 거절할 작정이었다. 이야기를 계속한 것은 정보를 얻기 위해서였다.

지금까지 우리는 갖가지 의뢰를 받았지만, 이만큼 정체를 알 수 없는 의뢰는 처음이다. 시오리코 씨에게 복수할 속셈으로 『만년』의 정보를 준 사람과 한통속이 되었을지도 모를 노릇이다.

내 물음에 다나카는 얼버무리듯 웃었다.

"다자이의 『만년』이니까. 어쨌든 가서 이야기를 전해줘."

무덤 앞에 꽃과 술을 바친 뒤 향을 피웠다. 합장을 하고 있는 다나카의 얼굴은 지극히 평온해서, 위험한 기운은 전혀 느껴지지 않았다.

긴 침묵 뒤, 다나카는 눈을 떴다.

"……난 이제 예전의 내가 아냐."

그런 말을 누가 믿을 줄 알고.

속으로 그렇게 중얼거렸다. 예전에도 이 남자에게 속아 넘어갔다. 그때, 조금만 삐끗했어도 시오리코 씨는 이미 죽었을 것이다.

"날 경계하는 마음은 이해해. 하지만 지난 1년 동안 난 많은 것을 배웠어. ……너는 얼굴이 못났으니까 애교라도 있어야지. 너는 몸이 약하니까 심지라도 굳어야지……."

"그게 무슨 소리야?"

다나카는 시선을 떨궜다. 방금 그 말은 대답이라 할 수 없었다.

"못할 짓을 했어. ……그렇게 전해줘."

돌아오는 길에는 에노덴을 탔다.

다나카는 후지사와 행 열차를 탔고, 나는 가마쿠라 행 열차를 탔다.

열차 안은 학교에서 돌아오는 고등학생들로 북적거렸다. 나는 문에 기대 바깥 풍경을 바라보며 예전에 들었던 이야기를 떠올렸다.

"『만년』은 1936년에 간행된 다자이 오사무의 처녀 작품집이에요."

분명 그렇게 시작된 이야기였다.

작년 9월, 장소는 오후나 상점가였다. 내가 먼저 다자이의 『만년』이 어떤 책인지 알고 싶다고 시오리코 씨에게 물어봤다. 저녁노을 속에서 그녀의 맑은 목소리에 그저 귀를 기울였다.

"초판은 겨우 500부밖에 안 됐어요. 다자이는 당시 20대였지만, 이 책을 위해 10년을 보내며 5만 장의 원고를 썼다고 해요. 실린 작품은 그중에 극히 일부였고, 나머지 작품은 모두 찢어 없앴다고 해요.

'나는 이 책 한 권을 내기 위해 태어난 것이다. 오늘부터 나는 송장이나 다름없다.'

그런 말이 「생각하는 갈대」에 나와요. 처음에 소년 시절을 돌아본 「추억」을 집필했지만, 한 작품만으로는 성에 차지 않았던 거죠.

그때까지의 경험을 모두 쏟아붓고 싶다는 생각에서 고시고에의 고유루기 곶에서 일으킨 동반 자살 사건을 소재로 「광대의 꽃」을 썼고……."

문득 차 안의 노선도를 올려다보았다. 에노시마 역 앞에 고시고에 역이 있었다.

고유루기 곶이라면 나도 가본 적이 있었다. 에노덴 안에서도 볼 수 있을 터였다.

자연 그대로의 절벽이 아직 남아 있었고, 근처의 모래사장에서 어부가 정어리 치어를 건조시키고 있었다.

저런 데서 죽으려 했던 건가.

먼 옛날의 유명작가와 지금 여기 있는 내가 이어졌다. 책을 잘 아는 사람이라면 이런 경험은 일상적이겠지. 다나카 도시오도 그랬고, 당연히 시오리코 씨도. 그리고 시오리코 씨의 어머니, 시노카와 지에코 역시.

지난달, 시노카와 지에코는 시오리코 씨 앞에 나타났다. 도무지 속을 알 수 없는 신출귀몰한 여자였다. 딸을 데려가려다 거절당하자 경고를 남기고 사라진 모양이었다.

여기 남을 거면 조심하렴.

지금 우리에게 일어나고 있는 일을 가리키는 것 같다는 생각이 들었다.

아니, 그 편지를 보내고, 다나카 도시오에게 정보를 넘긴 사람이 시노카와 지에코라면?

아무도 알 리 없는 시오리코 씨의 비밀을 알고 있으며, 가명을 썼던 다나카의 정체를 알아채는 등, 고서를 잘 아는 사람이 달리 또 있을까.

시오리코 씨에게 남긴 말은 경고가 아니라 선전포고였을지도 모른다.

문 열리는 소리에 퍼뜩 정신이 들었다.

열차는 종점인 가마쿠라 역에 도착해 있었다. 황급히 승강장에 내려 걸음을 옮겼다.

막연히 가능성만 생각하고 있어도 결론은 나지 않는다. 머리 쓰는 일은 내 전문이 아니었다. 다나카의 말대로 시오리코 씨에게 이야기하는 게 빠를 것 같았다.

3

아마 세 달 전 일어났던 지진 때문이겠지. 예전과 달리 가마쿠라 역에는 관광객들이 별로 없었다. 특히 외국인은 거의 찾아볼 수 없었다.

연결통로를 지나 JR 역사 안으로 들어가 요코스카 선 승강장으로 올라갔다.

하행선 승강장을 빠져나가는 열차가 보였다. 차창 너머로 휴대전화를 들고 손을 크게 흔드는 자그마한 여자가 보였다. 오렌지색 셔츠원피스에 반짝이가 들어간 보라색 카디건을 걸치고 있었다. 예정일이 얼마 남지 않은 듯 만삭이었다.

'시노부 씨다.'

멀어져가는 열차를 향해 나도 손을 흔들었다. 사카구치 시노부는 연상의 남편과 즈시에 살고 있었다.

반년 전에 임신 소식을 들었으니, 이제 곧 예정일이겠군.

상행선 승강장에서 열차를 기다리고 있는데 휴대전화 알

림음이 들렸다. 가방에서 스마트폰을 꺼냈다. 얼마 전에 바꾼 전화기였다.

사카구치 시노부에게 온 메시지였다. '축하해'라는 제목을 보고 왠지 불길한 예감에 휩싸였다.

안녕! 병원에서 집에 가는 길에 고우라 씨에게 메일 보내고 있었어. 잘 지내? 난 아주 잘 지내. 우리 자기도!

시노부는 남편을 '우리 자기'라고 불렀다. 이름은 사카구치 마사시. 그가 『논리학 입문』이라는 책을 비블리아 고서당에 팔려 했던 일이 계기가 되어 우리와 친해졌다.

요즘 자기는 일상생활 훈련이라는 걸 받기 시작했어. 청소나 빨래도 조금씩 하고 있어. 아이를 낳고 내가 다시 일을 나가면 집안일은 전부 자기가 하겠대. 할 수 있는 일이면 뭐든지 할 거다, 당신만 고생하게 하지 않겠다지 뭐야. 그런 책임감 있는 면이 정말 멋지지 않아?

근황에도 남편 자랑을 빼놓지 않는군.

사카구치 마사시는 눈병을 앓고 있었다. 시력이 조금씩 떨어져서 일상생활에도 지장이 생긴 모양이었다.

이제 곧 아이도 태어난다. 여러 모로 힘든 상황이지만, 신기하게도 그들에게서는 그늘을 찾아볼 수 없었다. 무슨 일이 있어도 웃는 얼굴로 극복할 것 같은 강인함이 느껴졌다.

우리 얘기는 여기까지. 사장님하고 사귄다면서? 잘됐다! 축하해. 지금 한창 사랑의 불길이 활활 타오를 때겠어.

불길한 예감이 맞았다. 참고로 글자 사이에 엄청난 양의 이모티콘을 넣은 것 같았지만, 기종이 달라서인지 대부분 표시되지 않았다.

때마침 열차가 들어와서 남은 내용을 읽으며 차에 탔다.

사랑의 불길은 둘째 치고, 대체 사귄다는 이야기를 누구에게 들은 걸까. 시오리코 씨한테 들은 건 아닐 텐데. 이 편지 건이 해결될 때까지 말하지 말자고 했던 건 다름 아닌 그녀였다.

짐작 가는 사람은 있었다. 다음 문장에 그 답이 적혀 있었다.

어제 아야카가 메일로 알려줬어! 고3 앞에서 너무 티 내지는 마. 가게 구석에서 몰래 해!

나는 한숨을 내쉬었다. 가게 안에서 뭘 몰래 하라는 거야.

물론 그 정도 상식은 있었다. 그렇게 믿는다.

하지만 일단 신경은 써야겠군.

'역시 아야카였군.'

시노카와 아야카는 시오리코 씨의 동생이다. 올해 고등학교 3학년이 되었다. 집안일과 음식을 잘하는 소녀로, 책에 관련된 일 말고는 다른 재주가 없는 언니 대신 집안일을 도맡아 하고 있었다. 집안일을 하며 남의 이야기도 자주 엿듣는지라, 아마 우리가 나누는 대화를 듣고 알아챘으리라.

문제는 이 이야기가 어디까지 퍼졌느냐였다.

탓하려는 건 아니지만 아야카는 원체 수다스러운 성격이었다. 한동안 뜸했던 사카구치 시노부까지 알고 있는 걸 보면…….

아니, 더는 생각하지 말자.

생각하지 않으려 했지만, 그럴 수도 없었다.

기타가마쿠라 역에 도착했을 즈음, 다키노 렌조에게 전화가 왔다. 고난다이에 있는 다키노 북스 사장으로, 시노카와 자매와는 어릴 적부터 잘 알고 지낸 사이였다.

"여보세요."

"오랜만이야. 난데…… 드디어 사귄다면서?"

다키노는 다짜고짜 그렇게 말했다. 나는 마음을 가라앉히기 위해 걸음을 멈추고 미간을 문질렀다.

"……어디서 들으셨습니까?"

"동생한테. 아야카가 알려줬다는데?"

다키노 렌조의 동생, 다키노 류도 시노카와 자매와 가까운 사이였다. 특히 시오리코 씨와는 중학교 시절부터 친구였다.

"우리 부모님도 기뻐하시더라고. 남자한테 통 관심이 없었던 녀석이라 다들 걱정했었거든."

소식은 벌써 온 가족에게 퍼진 모양이었다. 그만큼 많은 사람들이 시오리코 씨를 좋아하고, 걱정했다는 뜻이다. 좌우지간 그렇게 생각하기로 했다.

"일부러 그 얘기를 하러 전화하신 겁니까?"

"내가 그렇게 한가한 사람 같아? 실은 이번 주 마켓에서 비블리아에 지불해야 할 금액을 잘못 계산했더라고. 교가이도가 낙찰 받은 금액이 포함 안 됐어. 다음에 고서회관에 들르면 사무실에 들러 받아가."

마켓이란 고서 경매 시장인데, 고서조합의 가맹점만이 참가할 수 있다. 정식 명칭은 고서교환회로, 다키노는 이 경매를 진행하는 운영 위원이었다. 우리 가게에서 출품한 책을 다른 가게에서 낙찰 받았는데, 계산이 잘못됐던 모양이다.

"시노카와한테도 말해뒀어. 지금 밖이지?"

"아, 네. 손님을 만나려고요."

나는 대충 둘러댔다. 시오리코 씨를 밀친 범인과 만났다는 이야기는 할 수 없었다.

"잘됐어. 너라면 걱정 없겠지만, 시노카와한테 잘해줘."

다키노는 감개무량한 목소리로 말했다. 다른 볼일이 있는 것처럼 말했지만, 아마 이 말을 하려고 전화한 것 같았다. 그 말은 다키노가 생각하는 것보다 훨씬 더 내 마음에 무겁게 울려 퍼졌다.

"네, 명심하겠습니다."

힘주어 대답했다. 다키노는 그래, 라고만 말하고 전화를 끊었다.

비블리아 고서당은 기타가마쿠라 역의 승강장에서 보이는 골목에 자리하고 있다. 수십 년 전에 지은 2층 목조 건물이었다. 웬일로 가게 앞에 누군가가 서 있었다.

교복 치마에 하얀 조끼를 입은 포니테일의 소녀가 팔짱을 낀 채 유리창 너머로 가게 안을 들여다보고 있었다.

오늘 여러 사람들의 입에 올랐던 시노카와 아야카였다.

이런 데서 뭐하는 거지?

자세히 보니 차이나칼라 교복을 입은 통통한 남학생이 서 있었다. 둘이서 이야기를 나누고 있었는데, 가게 쪽으로 다가가자 목소리가 들렸다.

"그럼 사귄 지 얼마 안 된 거네요."

남학생이 말했다. 올려 묶은 아야카의 머리카락이 흔들렸다.

"응. 내가 보기엔 아직 2주도 안 됐어."

"고우라 씨가 여기서 일하기 시작한 지 꽤 됐잖아요. 지금까지 뭐한 거예요?"

"뭘 하긴…… 일했지. 그러다 조금씩 가까워진 거야. 언니도 엄청 둔감한 스타일이고, 고우라 오빠는 겉보기와는 달리 박력이 부족하잖아."

"아, 뭔지 알겠어요. 외강내유라고 할까?"

"거기, 너희."

더 들어줄 수가 없어서 말을 걸었다.

부정하지는 않겠지만 조금 더 포장해서 말해줄 수는 없는 거냐.

아이들은 동시에 뒤돌아봤다. 남학생이 누군지 금방 알아보지 못했다. 투블록 컷 머리에 검은 뿔테 안경. 무표정한 눈동자가 나를 올려다보고 있었다.

"오랜만이에요."

소년은 고개를 꾸벅 숙였다.

그제야 생각났다. 그의 이름은 다마오카 스바루. 예전에 이 근처에 살았던 미야자와 겐지 수집가의 손자였다. 도난당한 『봄과 아수라』 초판본을 찾는 과정에서 알게 된 소년이었다.

사건이 해결된 뒤에는 종종 우리 가게에 들러서 균일가 매대에서 낡은 문고본을 사가고는 했다. 상당한 독서가다.

"서로 아는 사이였어?"

이 조합은 처음 봤다. 아야카는 당연한 소리를 왜 묻느냐는 양 고개를 끄덕였다.

"가끔 가게에서 마주치기도 했고…… 같은 학교잖아요."

"뭐?"

듣고 보니 스바루의 교복에는 기타가마쿠라에 있는 고등학교(내 모교이기도 하다)의 교표가 달려 있었다.

"네가 지원한 학교가 여기였어……?"

"다른 학교는 안 썼어요. 집에서 가까워서 다니기도 편하고요. 전 아는 줄 알았는데요."

교복 차림을 본 적이 없어서 지금까지 몰랐다. 시오리코 씨는 알고 있었을지도 모른다.

"도서실에서 보고 말을 걸었어. 왠지 뒷모습이 쓸쓸해 보여서……."

"아니, 그냥 책 읽고 있었던 거라니까요. 그때는 무슨 꿍꿍이인가 했어요. 얼굴만 아는 사이인데 몇 년은 알고 지낸 사람처럼 말을 걸어서……."

"스바루 넌 경계심이 너무 강해. 아는 사람이 있으면 말을 거는 게 당연한 거 아냐?"

"전 그냥 무시하는데요. 아는 척하는 게 귀찮을 때도 있잖아요."

"아니? 난 없는데. 너 진짜 특이하다."

보아하니 꽤 친한 사이 같았다. 이와 비슷한 광경을 지금까지도 종종 본 적이 있었다. 어쩌다 한 번씩 가게를 보는 것뿐인데도 아야카는 어느새 단골손님들과 친구처럼 가깝게 지내고 있는 것이다.

나는 이미 늦었다는 걸 깨달았다. 이 사교성과 수다스러운 성격으로 미루어볼 때, 나와 시오리코 씨 이야기는 이미 우리를 아는 모든 사람에게 퍼졌다고 봐야 할 것이다.

"그나저나…… 왜 여기서 이러고 있는 거야?"

나는 끝나지 않는 대화를 끊고 물었다.

"안에 들어가서 얘기하지."

솔직한 심정으로는 안으로 들이기 싫었다. 하지만 지나가는 사람들에게까지 사장과 종업원이 사귄다는 소식이 알려지는 것보다는 낫겠다고 생각했다.

“아…… 그게 말이죠. 아까까지 안에서 이야기하고 있었어요.”

아야카는 머쓱한 표정으로 시선을 돌렸다.

“……언니를 너무 놀렸나 봐요.”

“남도 아니고 가족이 그러면 어떡해요. 요새는 텔레비전 리포터들도 그런 노골적인 질문은 안 한다고요.”

“그때는 쑥스러워했지만 그렇게 싫어하지 않았단 말이야. 난 가족이라 보면 알아. 그런데 오늘은 오빠 얘길 꺼냈더니 갑자기 화를 내면서…… 나가라고.”

“선배가 이상한 소리를 해서 나까지 쫓겨났잖아요. 난 그냥 책 고르는 중이었는데…… 실실거리면서 ‘네 남친, 사람은 좋은데 주변머리는 없는 것 같아.’ 라고 하면 당연히 화나죠.”

“그렇게 심하게 말하진 않았어! ‘사람은 괜찮은데 취직은 왜 못할까. 처세술이 좀 부족한 거 아냐?’ 라고 했을 뿐이라고. 웃긴 웃었지만 실실거리지는 않았어!”

나는 아무 말도 할 수 없었다. 주변머리가 없다는 건 부정하지 않겠다.

가게 안을 들여다봤지만, 시오리코 씨의 모습은 보이지 않았다. 어디 갔지?

“시오리코 씨가 말했어? 저기…… 나랑 사귄다고.”

“네.”

아야카가 대답했다.

“실은 요새 좀 이상해서 매일 물어봤거든요. 고우라 오빠랑 사귀기로 한 거 아니냐고.”

“선배가 좀 끈질겨야죠. 솔직히 사람 질리게 하는 스타일이에요.”

스바루가 말했다.

“대답을 안 해주니까 그렇지. 사귀는지 아닌지만 말하면 될 일인데 그냥 얼굴만 붉히고 있고. 그러니까 궁금해서 계속 물어본 거지.”

“그쯤 했으면 알아챘어야죠.”

“그래서 어제 저녁 먹을 때 물어봤더니 갑자기 생각난 것처럼 대답하는 거 있죠. 사귀기로 했다고.”

“귀찮아서 대답한 거 아니에요?”

귀찮아서 그랬는지 아닌지는 모르겠지만, 아야카의 집요한 공세에 두 손 두 발 다 든 건지도 모른다.

뭐, 사귀지 않는다고 대답하는 건 임시변통에 불과하다. 거짓말을 하는 데 거부감을 느꼈던 것일까. 그만큼 나와의 관계를 소중히 여긴다는…….

두 사람의 시선을 느끼고 나는 황급히 입가에 번지려던 미소를 지웠다. 남 앞에서 히죽거릴 뻔했다. 시오리코 씨가 쫓아냈다면 이 둘을 안으로 들일 수는 없었다.

"당분간은 어디다 떠들고 다니지 마. 나나 시오리코 씨나 그런 거 불편해하잖아."

기대는 안 하지만.

그런 생각을 하며 나는 가게 안으로 들어갔다.

먼저 유리문을 닫았다. 들여다보지 말라고 주의를 줘도 소용없을 것 같으니 최소한 엿듣지 못하게 하기 위해서였다.

서가뿐 아니라 통로나 카운터 안에까지 책들이 쌓여 있었다. 익숙한 비블리아 고서당의 풍경이었다. 낡은 책 특유의 내음이 짙게 풍겼다.

장마가 시작됐기 때문일까. 냄새의 주요 원인은 곰팡이라고 하니, 습기는 헌책에게는 최대의 적이었다.

주인은 여전히 나타나지 않았다. 보아하니 카운터 안쪽에 있겠지. 그곳이 그녀의 지정석이었다.

하지만 오늘은 달랐다. 가게 구석에서 소리가 났다. 제습기 옆에 앉아 있는 뒷모습이 보였다. 위에는 파란 칠부 소매 셔츠, 아래는 왠일로 무릎 위 길이의 반바지에 검은 레깅스를 신고 있었다. 다리를 옆으로 편 건 예전에 다친 후유증으로 무릎이 잘 구부러지지 않기 때문이었다.

"거기서 뭐해요?"

"아, 제습기가 멈춰서요……. 콘센트에서 플러그가 빠졌어요!"

시오리코 씨는 약간 흥분한 목소리로 대답했다. 습기 제거가 중요하다는 건 알지만, 어찌된 영문인지 내 쪽을 보지 않았다.

어깨 너머로 들여다보자 이미 플러그는 제자리에 꽂혀 있었다. 그녀는 그 위에 있는 탭을 만지작거리고 있었다.

"뭐 도울 일 있어요?"

"아, 아뇨, 괜찮아요."

검은 머리 사이로 보이는 귀가 새빨갰다.

그제야 알아챘다. 아야카가 하도 놀려대서 내 얼굴을 보기 창피한 것이겠지. 어제까지는 아무 문제없이 날 대했으니 말이다.

"카운터 위에 메모……."

"메모? 그게 왜요?"

"그 메모에 적힌 일을 하면 돼요……. 자, 잠시 마음을 가라앉힐게요."

좌우지간 카운터에 '오늘 할 일'이라고 적힌 메모가 놓여 있었다. 들어온 물건과 꺼낼 물건, 청소 등 내가 할 일이 적혀 있었다. 뒷장에도 현재 가게 상황이나 구체적인 지시 등이 반듯한 글씨로 빼곡히 적혀 있었다.

‘왜 일부러 종이에 써서…….’

지금은 설명할 수 없는 상황이라니 어쩔 수 없지. 다나카 도시오 일은 나중에 이야기해야겠다. 나도 생각을 정리하고 싶으니까.

가게 밖에서 고등학생 둘이 우리를 관찰하고 있었다. 아이들이 듣는 데서 할 이야기는 아니었다.

4

결국 저녁나절이 되어서야 메모에 적혀 있던 일들을 끝낼 수 있었다.

마음을 가라앉힌다고 했지만, 시오리코 씨는 아까와 별반 다르지 않았다. 카운터 안쪽, 탑처럼 쌓아둔 책더미 뒤에 숨어 통신판매 업무를 보는 것 같았다. 왠지 사귀기 전보다 데면데면했다.

“이, 이제…… 오늘 갔던 일은 어떻게 됐는지 말씀해주실래요?”

그 말을 꺼냈을 때도 책더미 뒤에서 나오지 않았다. 가게 안에 손님은 한 명도 없었고, 바깥에 있던 아이들도 사라졌다. 유리문 너머로 보이는 하늘은 우중충한 구름으로 뒤덮여 있었다. 비가 쏟아질 것 같았다.

"……그래도 얼굴은 보고 말해요."

나는 그렇게 말했다. 날 피하는 것 같아 마음이 편치 않았다.

잠깐의 침묵 뒤에, 시오리코 씨는 벽 끝에서 슬그머니 얼굴을 내밀었다.

자외선과는 인연이 없는 하얀 피부가 오늘은 데친 것처럼 붉었다. 안경 너머로 보이는 커다란 눈동자는 갈피를 못 잡고 이리저리 흔들리고 있었다.

오늘 처음 보는 모습이었다. 그녀가 진심으로 쑥스러워하고 있다는 건 잘 알았다.

다나카와 나눈 대화, 특히 의뢰 내용에 대해 이야기하자, 시오리코 씨의 표정이 굳어졌다. 바퀴 달린 의자에 앉아 내 정면으로 이동하더니 허리를 곧게 펴고 내 말에 귀 기울였다.

나는 처음부터 끝까지 대충 이야기를 끝냈다. 시오리코 씨는 무슨 이야기인지 알겠다며 힘주어 고개를 끄덕였다.

두뇌 회전이 시작되면, 그녀는 마치 다른 사람처럼 믿음직해진다. 유감스럽게도 책에 관련된 일에 한해서이지만.

"그 『만년』을 찾겠어요."

즉시 답이 돌아왔다. 다나카가 말한 대로였다.

"그 녀석이 하는 말을 믿는 겁니까?"

“믿지는 않아요.”

시오리코 씨는 단칼에 부정했다.

“뭔가 꿍꿍이가 있어서 거짓말을 하는 걸지도 몰라요. 다이스케 씨 말대로 우리가 받은 편지를 그 사람이 썼을 가능성도 있고요……. 하지만 정말 그 『만년』이 존재한다면, 우리가 거절해도 언젠가는 직접 찾아낼 거예요. 작년에 여기 처음 나타났을 때처럼.”

“아…….”

그제야 이해가 갔다. 시오리코 씨의 『만년』을 빼앗으려고 했을 때와 같은 짓을 반복할지도 모른다.

“그 사람이 찾아내기 전에 그 『만년』의 소유자에게 알려야겠죠. 위험한 상대에게 찍혔으니까 책을 감추라고요……. 물론 그 사람에게는 못 찾았다고 보고할 거예요.”

한마디로 의뢰를 받아들인 척하겠다는 소리로군.

아닌 게 아니라 현 소유자에게 경고해둘 필요는 있었다. 하지만…….

“그렇게 한다고 안전해질까요?”

찾지 못했다고 보고한다고 다나카가 쉽게 포기할 것 같지는 않았다. 시오리코 씨는 한숨을 내쉬었다.

“아뇨……. 우리가 거짓말을 한 게 아닌지 온갖 방법을 동원해 천천히 조사하겠죠. 하지만 그렇게 하려면 출소한 뒤에야 가능할 거고요. 대책을 마련할 시간은 벌 수 있어요."

어차피 시간 벌기에 불과하다는 건가.

이 상황을 가만히 두고 볼 수 없다는 건 알지만, 솔직히 썩 내키지 않았다. 만일 거짓말을 한 게 들통 나면 시오리코 씨까지 위험에 처할지도 모른다.

"……소유자의 안전을 확보할 수 있는 방법도 있기는 해요."

"그게 무슨 방법입니까?"

나는 물었다. 그런데 그녀의 표정은 여전히 심각했다.

"우리가 그분에게 『만년』을 사서 그 사람에게 되파는 거죠."

"왜 그렇게 해야 하죠? 그딴 놈한테 책을 팔다니……."

내키지 않았지만, 곰곰이 생각해 보니 나쁜 방법은 아니었다. 다나카 도시오가 원하는 건 오로지 그 책이니, 그걸 안겨주면 만족할 터였다. 그 책을 살 만한 돈은 가지고 있다고 했으니, 적당한 가격을 제시하면 지불할 것이다.

"하지만 그런 귀한 책을 소장한 분이 그리 쉽게 팔려고 하지는 않을 거예요……. 분명 다자이의 팬이겠죠."

나는 시오리코 씨를 바라보았다. 『만년』의 언컷본을 지켜낸 그녀 역시 둘째가라면 서러울 팬이었다. 그 심정을 짐작하는 것이리라.

"다나카의 조부가 소장했다던 『만년』은 역시 귀한 책입니까? 사인본은 아니라고 하던데."

“사인이 없다는 게 더 신경 쓰여요.”

시오리코 씨는 손을 뻗어 책 더미 위에 있는 문고본을 집었다. 다자이 오사무의 『만년』. 검은 책등의 신초문고판으로, 그리 오래된 책은 아닌 것 같았다. 우연히 여기 있던 게 아니라, 시오리코 씨가 어디서 가져온 것이겠지.

“사인이 없는데 다자이의 친필이 적혀 있다……. 그게 사실이라면 다자이가 소장했던 책일지도 몰라요.”

“미야자와 겐지의 ‘친필 퇴고본’ 같은 건가요.”

친필 퇴고본이란 일전에 도둑맞은 『봄과 아수라』를 찾는 과정에서 익힌 용어였다.

미야자와 겐지는 『봄과 아수라』 초판본에다 직접 펜으로 교정을 보며 작품을 수정했다. 그런 식으로 작가의 친필이 남아 있는 초판본을 ‘친필 퇴고본’이라 부른다고 했다. 모두 시오리코 씨가 가르쳐준 이야기지만.

“그건 아닐 거예요. 다자이가 퇴고한 『만년』이 있다는 이야기는 들어본 적이 없어요. 지금까지 널리 연구된 작가니, 있었다면 어떤 형태로든 증언이 남았겠죠.”

“그러면…… 대체 뭐가 적혀 있는 걸까요?”

“저도 짐작이 안 가요. 애초에 사인이 없다면 다자이의 친필이라는 사실을 판단하기 어려웠을 텐데요. 뭔가 특별한 특징이라도 없는 한…… 정말 궁금하네요.”

내심 놀랐다. 다나카 도시오가 했던 말 그대로였다. 시오리코 씨가 이 의뢰를 받아들인 건 소유자에게 다나카의 위험성을 경고하기 위해서만은 아니었다.

다자이가 친필로 남긴 글이 있는데도 사인본이 아니라는 『만년』, 그 수수께끼에 이끌린 까닭이었다.

아마 다나카 도시오도 그 사실을 꿰뚫어보고 있을 것이다. 다자이의 애독자라는 점을 이용해 시오리코 씨를 끌어들이려 하는 것이다. 그리고 나 역시 그녀를 지키기 위해 이 일에 관여할 수 밖에 없다는 사실도 알고 있을 것이다.

'지난 1년 동안 많은 것을 배웠다.'는 그의 말은 이걸 가리킨 것이었나?

"너는 얼굴이 못났으니까……."

불현듯 다나카의 말이 입 밖으로 튀어나왔다. 뭔가 의미심장한 느낌이었는데, 대체 뭐였을까? 다음 말이 기억나지 않았다.

"너는 얼굴이 못났으니까 애교라도 있어야지. 넌 몸이 약하니까 심지라도 굳어야지……."

시오리코 씨가 물 흐르듯 말했다. 순간 멍해졌다.

"아는 말입니까?"

"네. 『만년』에 실린 「잎」이라는 단편의 한 구절이에요. 습작의 단편을 모아 재구성한 것이라 문장 사이에 거의 연관성이 없죠……. 어떻게 이 구절을 아는 거예요?"

나는 절에서 있었던 일을 말했다. 다나카가 미안하다는 말을 했다는 것도. 시오리코 씨는 그 말에는 아무 반응도 보이지 않았다.

그러고 보니 다나카 도시오를 어떻게 생각하는지, 그녀에게 직접 들은 적이 없었다. 다나카의 이름을 꺼낼 때에도 두려워하거나 화난 기색 없이 언제나 담담했다. 자기에게 큰 상처를 입힌 상대에게 아무런 감정이 없을 리가 없으니, 내가 알아채지 못한 건지도 모르지만.

"그 뒤에 이어지는 구절이 있어요. 여길 보세요."

시오리코 씨는 신초문고의 『만년』을 펼쳐 나에게 건넸다. 앞부분이었다.

이모가 말했다.

"너는 얼굴이 못났으니 애교라도 있어야지. 너는 몸이 약하니까 심지라도 굳어야지. 너는 거짓말을 잘하니까 행실이라도 바르게 해야지."

"…… '너는 거짓말을 잘하니까 행실이라도 바르게 해야지.'"

시오리코 씨는 맑은 목소리로 다음 구절을 읊조렸다.

거짓말을 하면 안 된다고 말하지 않는 게 기억에 남았다.

그 남자는 대체 무슨 꿍꿍이로 이 구절을 인용할 걸까. 자기는 거짓말을 잘하니, 그나마 행실이라도 바르게 하려고 한다는 뜻이었을까?

그런 것 같았다.

"이 구절은 저도 좋아해요. ……이 이모라는 사람이 꼭 저한테 하는 말 같아서요."

"네? 얼굴은 못나지 않았어요."

내 생각을 솔직하게 표현했을 뿐인데, 가게 안은 정적에 휩싸였다.

차분했던 시오리코 씨의 얼굴이 불붙은 듯 다시 발그레하게 물들었다. 그녀는 눈을 질끈 감고 고개를 숙였다.

"나, 난 몰라, 어린애처럼……."

이런 얼굴로 부끄러워하면 난 어쩌라는 건가.

하지만 여기는 가게다. 이성을 잃어서는 안 된다. 아마도.

서로 마음이 진정될 때까지 잠시 시간이 걸렸다. 그동안 나는 「잎」을 대충 훑어보았다. 예전에 「광대의 꽃」은 읽어본 적이 있지만, 『만년』에 실린 다른 작품을 읽는 건 처음이었다.

구절마다 내용이 제각각이었다. 몇 장씩 이어지는 소설의 한 장면이 있는가 하면, 달랑 한 줄로 끝나는 것도 있었다. 오랜 시간 활자를 읽지 못하는 '체질'인 나도 읽기 쉬웠다.

그나저나 습작의 단편들을 그저 늘어놓은 것은 아닌 것 같았다. '죽으려고 생각했다.', '죽음을 생각하기 시작했다.' 처럼 자신의 생사를 묻는 문장이 눈에 띄었다. 전체적으로 한 덩어리의 감정에서 출발한 글이라는 느낌이 들었다.

다시 한 번 다나카가 읊었던 구절을 읽었다.

뭐, 외모에 대한 부분을 제외하면, 시오리코 씨가 자신에게 하는 말 같다는 이야기를 한 것도 이해가 갔다. 몸이 튼튼하다고 할 수는 없는 상태이고, 거짓말도 잘하는 편이니까.

"다자이는 무슨 생각으로 이 글을 썼을까요?"

앞뒤 문맥을 살펴봐도 '이모' 에 대한 언급은 전혀 없었다. '너' 란 누구를 지칭하는 말일까.

"……아마 자기 자신을 염두에 두고 썼을 거예요."

시오리코 씨는 호흡을 가다듬듯 천천히 대답했다.

"다자이는 아오모리 현에서도 손꼽히는 대지주 집안에서 태어났어요. 어머니가 병약했던 탓에 같이 살던 이모가 어린 다자이를 돌봐줬다고 해요."

그래서 '이모' 가 나온 거군.

유명한 작가이지만 나는 다자이의 경력에 대해 잘 알지 못했다. 예전에 『만년』에 대한 설명을 들은 것과, 교과서에 실린 「달려라 메로스」를 읽은 정도였다.

"다자이는 언제 태어났습니까?"

"1909년…… 메이지 42년이에요."

"메이지 시대 사람이군요."

훨씬 나중 시대의 사람이라고 생각했다. 쇼와시대1926년~1989년 작가라는 이미지가 있어서일까.

"작가로 활동하기 시작한 건 쇼와에 들어서였어요. 하지만 낡은 관습이 남아 있던 환경에서 자란 건 분명해요.

아까 나온 「잎」 이야기인데요, 실제로 이모에게 그런 말을 들었는지는 모르겠지만, 내용은 다자이 본인의 이야기일 거예요. 젊었을 적 다자이는 외모에 콤플렉스를 가졌었다고 하고, 문학청년이라 체력에 자신도 없었겠죠. 그리고 집안을 이은 형에게는 늘 거짓말만 했고요."

"무슨 거짓말이요?"

"20대 초에 다자이는 제국대학, 지금의 도쿄대 불문과에 재적했지만 매년 유급을 반복했어요. 내년에는 꼭 졸업한다는 거짓말을 둘러대 고향에서 송금해준 돈을 받아 생활했죠. 입학 당시부터 불어 수업을 전혀 따라가지 못했던 탓에, 좌익 운동과 창작 활동에 몰두하며 수업 출석은 전혀 하지 않았어요. 당연히 졸업은 엄두도 낼 수 없던 상황이었고요."

생각했던 것보다 훨씬 심각한 경력이로군.

문득 아까 에노덴에서 보았던 노선도가 떠올랐다.

"고시고에에서 자살 미수 사건을 일으킨 건 언제죠?"

“그것도 대학 재학 중의 일이었어요. 1930년 11월, 스물한 살이었던 다자이는 긴자 카페에서 일하던 여성과 고유루기 곶에서 수면제를 과다 복용했어요.”

“왜 그런 짓을 한 겁니까?”

“확실히 밝혀지진 않았어요. ……우연히 알게 된 여성과 충동적으로 죽으려 했던 것 같아요. 상대는 죽었지만, 다자이는 목숨을 건졌어요. 자살방조죄로 붙잡혔지만 친형이 도와준 덕에 기소는 면했죠. 다자이 본인도 불결한 시기였다고 회상하고 있어요.”

속으로 혀를 내둘렀다. 학생 시절에 평생 일으킬 문제를 다 일으킨 건가. 아니, 시대가 다르기 때문에 그런 생각이 드는 것일지도 모른다.

“옛날에는 그런 대학생이 많았던 모양이죠?”

“동반 자살까지 하는 젊은이는 그리 흔치 않았을 거예요. 당시에 제국대학 학생이라면 엘리트 중의 엘리트였으니, 다소 문제를 일으켜도 관대하게 넘기는 분위기였을 텐데……. 고시고에 사건은 신문에서도 보도됐어요. 그 시대에도 상당한 문제아였죠.”

“하지만 작가로 데뷔는 했네요.”

“재능을 인정하고 후원해준 사람들이 있었으니까요. 특히 스승인 이부세 마스지는 다자이를 오랫동안 가르쳤고,

1933년에 작가 활동을 시작한 뒤에도 다양한 형태로 지원했어요. 이부세가 없었다면 다자이 오사무라는 작가도 없었을 거예요."

이부세 마스지. 나도 이름은 알고 있었다. 다자이와 사제 관계였다는 사실은 처음 알았다.

"섬세한 자존심을 가지고 있던 다자이는, 생활 능력이 없는 자신, 변명할 수 없는 실패를 되풀이하는 자신에 대한 절망을 안고 있었어요. 언제 목숨을 끊어도 이상할 게 없는 상황이었죠. 그런 자신을 소재로 작품을 쓰는 행위가, 역설적으로 소설가의 삶으로 다자이를 이끈 거죠……. 유서라고 생각하고 쓴 『만년』은 그와 비슷한 갈등을 가지고 있던 당시 젊은이들의 심금을 울렸어요."

자신을 가지고 살아가자.

살아있는 이들은 모두 죄인이니.

예전에 보았던 글귀가 떠올랐다.

시오리코 씨가 소장한 『만년』에는 다자이의 친필로 그렇게 적혀 있었다. 살아있는 이들은 누구나 죄를 가지고 있다, 그런 뜻으로 해석한다는 이야기를 그때 들었던 기억이 난다.

“지금도 『만년』은 사랑받는 작품이에요. 저 역시 그렇고요. 사생활 면에서는 엉망이라 싫어하지만, 인간적인 나약함에는 공감이 가요. ……모순되는 감정이겠지만요.”

“이상할 게 있습니까.”

누구나 마음에 나약함을 품고 있을 것이다. 모순이라기보다는 자연스러운 감정이라고 생각했다.

“그럼 『만년』은 좋은 평가를 받은 거군요.”

화제를 바꾸자 시오리코 씨는 고개를 끄덕였다.

“네. 1936년에 발매된 뒤로 1년도 지나지 않아 여러 번 재판을 찍었어요. 다자이의 명성도 높아졌고, 원고 청탁도 꽤 들어오게 되었지만 생활은 별로 나아질 기미를 보이지 않았어요. 원고료를 선불로 받거나, 지인에게 돈을 융통한 적도 많았다고 해요.”

“일이 있었는데 왜 그런 거죠?”

“여러 사정이 있어서…… 버는 것보다 더 썼던 거죠. 책을 소장하지 않는 주의라서, 본인의 작품도 잘 가지고 있지 않았다고 해요. 『만년』의 초판을 다자이가 가지고 있던 건 극히 짧은 기간이었을 거예요. 다자이가 거기에 뭐라고 썼고, 그 말이 어떻게 특별한지 상상이 가질 않아요…….”

침묵이 흘렀다. 분하지만 나 역시 호기심이 생기기 시작했다.

시오리코 씨와 다나카 도시오, 두 다자이 마니아가 입을 모아 모르겠다고 하는 수수께끼. 대체 그 책의 정체는 뭘까?

"의뢰인과는 어떻게 연락을 취하고 있나요?"

시오리코 씨가 물었다.

"아까 휴대전화로 메일을 보냈더군요. 그 메일 주소로 연락하려고 합니다."

연락용으로 새 메일 주소를 만들어서 그 주소로 보낸 것이다. 내 메일 주소는 원래 알고 있었다. 다나카가 가사이 기쿠야라는 가명으로 이곳에 드나들었을 때 우리는 나름대로 친한 사이였기 때문이었다.

시오리코 씨와 직접 연락하는 건 내가 허락하지 않았다. 녀석을 믿는 마음은 전혀 없었다. 그녀도 직접 연락하겠다는 말은 하지 않았다.

"……그럼 의뢰를 받겠다고 전해주세요. 다나카 요시오 씨의 지인분 연락처와 『만년』의 정보를 준 사람에 대해서도 물어봐주시고요."

"알았어요. 하지만 답장이 올 때까지 시간이 좀 걸릴지도 몰라요. 컴퓨터나 스마트폰을 사용할 수 없는 환경이라 매일 메일 체크를 못 한다고 했거든요."

"네, 상관없어요. ……답장을 기다리는 동안 따로 할 일이 있으니까요."

"그게 뭡니까?"

"다나카 요시오 씨에 관한 정보를 모아야죠. 아는 분에게 이야기를 들어보려고요."

5

유리문을 열자 담배 냄새가 코를 찔렀다. 누렇게 뜬 벽지에 밴 것이리라.

금연석은 없는지 모서리가 나간 나무 테이블에 재떨이가 놓여 있었다. 요즘은 찾아보려야 찾아볼 수 없는 옛날 스타일의 카페였다.

평일 오전이어서인지 늙수그레한 손님들이 드문드문 앉아 있을 뿐이었다. 편한 자리에 앉으라는 종업원의 말에 시오리코 씨는 창가 자리를 택했다. 오늘은 민무늬 블라우스에 카디건을 걸치고 있었다. 긴 스커트 자락을 정리하며 앉은 뒤, 옆자리 의자에 지팡이를 세워두었다.

다나카의 의뢰를 받은 지도 벌써 사흘이 지났다. 필요한 정보를 알려달라는 메일도 보냈다. 슬슬 답장이 올 때가 됐다.

오늘, 우리는 다나카 요시오의 지인과 만나기 위해 도쓰카를 찾았다. 상대는 동업자였다. 일전에 다나카 집안의 가족묘가 있는 절을 알려준 고서조합의 이사로, JR도쓰카 역 근처에서 우쓰세가이도라는 가게를 경영하고 있었다. 영업 시간이었지만 나와 준다고 했다. 비블리아 고서당은 오늘 정기 휴일이었다.

나도 우쓰세가이도의 사장과는 구면이었다. 처음으로 혼자 고서 시장에 출품하러 갔을 때, 방법을 몰라 우물쭈물하는 나에게 설교조였지만 과정을 상세히 알려주었다. 조금 잔소리가 심하지만 친절한 사람이었다.

"다나카 요시오 씨는 우쓰세가이도의 단골이었군요."

나는 시오리코 씨의 단편적인 이야기를 그렇게 해석했다. 하지만 그녀는 비스듬히 고개를 끄덕였다. 기다란 검은 머리카락이 어깨에 흘러내렸다. 절반만 맞는 모양이었다.

"물론 고객이기도 했지만, 우쓰세가이도 사장님이 가게를 열기 훨씬 전부터 알고 지낸 사이라고 해요. 대학 문학 연구회의 선후배였다고 들었어요. 다나카 씨가 후배고요."

"네……? 그 사장님이 그렇게 나이가 많다고요?"

다나카 요시오가 살아 있다면 벌써 일흔을 훨씬 넘긴 노인이었을 것이다. 우쓰세가이도의 사장은 어딜 봐도 50대였다.

"아, 그게 아니라…… 제가 설명을 안 했네요. 지금 사장님의 아버님 이야기예요. 두 분 다 다나카 요시오 씨와 알고 지냈지만, 가깝게 지냈던 건 아버님 쪽이에요. 5년 전에 돌아가셨지만요."

그랬군. 나는 고개를 끄덕였다. 이제야 이해가 갔다.

"시오리코 씨도 만난 적이 있습니까? 전 사장님과."

"네. 제가 대학생이었을 때에요. 전 사장님도 오랫동안 조합 이사로 계셨는데, 시장에서 쩔쩔매는 저를 여러 모로 도와주셨어요. 그때는 가게 일을 도운 지 얼마 안 됐을 때라 잘 몰랐거든요."

지금 나와 비슷한 상황이었던 건가.

대학생이었을 때면, 비블리아 고서당 앞에서 내가 처음 시오리코 씨를 보았던 무렵일 것이다.

지금처럼 수국이 피었던 계절의 기억이 되살아났다. 나는 당시 고등학생이었다. 설마 그때 보았던 그녀와 사귀게 될 줄은 꿈에도 몰랐다.

사귀기 시작한 지 얼마 되지도 않았는데 정기 휴일에 데이트도 하지 못하고 희귀한 고서의 행방을 찾게 되리라는 것도.

"저희 할아버지도 전 사장님과 친하게 지내셨어요. 거의 비슷한 시기에 가게를 열고 조합에 가입했던 인연으로 서로 도우며 지내셨다고 들었어요."

비블리아 고서당이 문을 연 것은 벌써 50년 전 일이었다. 그 무렵, 우리 외할머니도 비블리아 고서당에서 소세키 전집을 구입했다. 여러 사람들이 낡은 책을 통해 이어져 있는 것이다.

"시오리코 씨의 할아버지는 어떤 분이셨습니까?"

비블리아 고서당을 만든 사람인데도 시오리코 씨에게 이야기를 들은 적이 거의 없었다. 어머니 일 때문인지, 가족 이야기는 잘 하지 않았다.

"가게를 열기 전에는 다른 일을 하셨나요?"

"아뇨, 그전에도 고서점에서 일하셨어요. 요코하마의 이세자키에 있던 구가야마 서방이라는 가게에서 먹고 자며 일하셨다고 들었어요. 사장님이 무척 엄하고 까다로우신 분이라 10년 이상 혹독하게 훈련을 받았다고……. 그 뒤에 독립해서 비블리아 고서당을 시작하신 거예요.

제가 철들었을 즈음에는 가게는 부모님에게 물려주신 뒤였고, 중학교에 입학하기 전에 돌아가셨기 때문에 할아버지와의 추억이 별로 없어요. 아버지처럼 과묵한 분이셨거든요."

주문한 커피가 나와서 이야기는 거기서 끊겼다. 시오리코 씨는 뭔가 생각난 듯 부드러운 미소를 지었다.

"그러고 보니 할아버지도 다자이를 좋아하셨어요. 제가 초등학생일 때, 치쿠마문고판 다자이 오사무 전집을 읽고 있었더니…….”

이제 와서 새삼 놀라울 것도 없었기에 말은 하지 않았다. 작가의 전집을 읽는 초등학생이라니, 들어본 적도 없었다.

“정신없이 읽는 저를 보시고는 다자이가 그렇게 재미있느냐고 물으셨어요. 정말 재미있다고 대답했더니, ‘싫어하는 사람도 많지만 뛰어난 작가지. 특히 중기 작품이 인상에 남는다.’ 라고 하셨어요.”

“싫어하는 사람도 많습니까? 유명한 작가인데.”

열광적인 팬이 많은 걸로 알고 있었다. 「달려라 메로스」나 『인간실격』, 「사양」 등 나도 아는 작품이 여럿 있었다.

“국민적인 작가지만, 호오가 뚜렷하게 갈리죠. 나약함과 소외감을 품은 주인공의 독백체로 진행되는 작품이 많고, 사생활이 작품 내용과 거의 일치하니까요. 유약하다, 징징거린다, 그런 비판도 많았어요. 젊은 시절이라면 몰라도, 어른이 탐독하기에는 부끄러운 책이라는…….”

왠지 알 것 같았다. 중학교 수업에서 다자이를 설명할 때, 담당 선생님은 뭔가 석연치 않은 표정이었다.

“비판이 모두 잘못된 건 아니지만, 단지 그것뿐이라면 이렇게 시대를 뛰어넘어 널리 사랑받을 리가 없다고 생각해요. 겉으로 드러난 부분에 지나치게 집착하면, 다자이의 작가로서의 그릇을 알아보지 못하게 돼요. 『만년』 말고 다자이의 작품을 읽어본 적이 있나요?"

"……「달려라 메로스」는 읽어봤어요."

중학교 시절, 국어 수업에서 다뤘기 때문에 간신히 끝까지 읽었다. 읽기 편한 문장이었다.

"'메로스는 격분했다' 였죠?"

시오리코 씨가 고개를 끄덕였다.

"잔혹한 디오니스 왕에게 사형 선고를 받은 메로스가 동생의 결혼식에 참석하기 위해 친구 세리눈티우스를 인질로 잡히고 사흘간의 유예를 얻는다는 내용으로 1940년에 발표한 작품이에요. 이것도 중기 단편이죠. 일이나 사생활 모두 안정된 시기였어요."

"금전적으로는 여유가 생긴 겁니까?"

『만년』을 출간한 직후에는 빚만 쌓여갔다고 들었는데.

"유복하다고는 못해도, 작가 활동을 시작했을 때보다는……. 애초에 금전적으로 어려워진 가장 큰 이유는 약물중독이었어요. 복막염 치료를 위해 입원했을 때 처방 받은 진정제를 끊지 못했던 탓에 가계가 어려워진 거였죠. 1936년에 스승인 이부세 마스지의 권유로 정신병원에 입원했고, 치료는 성공적으로 끝났어요."

"그럼 생활도 나아졌겠군요."

"아뇨……. 그로부터 몇 달 뒤에 당시 내연 관계였던 하쓰요와 미나가미 온천에서 동반 자살을 기도했지만 미수로 끝났어요."

"네? 또 자살하려고 했다고요?"

가만히 듣고 있으려 했지만 무심코 그런 질문이 튀어나왔다.

"이유가 뭡니까?"

"다자이가 입원했던 중에 하쓰요가 다른 남자와 간통했던 일이 원인이라고 하지만, 진상이 무엇이었는지는 확실히 밝혀지지 않았어요. 고시고에 때와는 달리 다행히 두 사람 다 생명에 지장은 없었어요. 결국 1937년에 헤어졌죠."

이야기만 들어서는 전혀 안정된 시기가 아니었던 것 같은데. 내 속내를 알아챈 듯 시오리코 씨는 이야기를 계속했다.

"생활이 안정된 건 그다음 해부터에요. 이부세의 소개로 다른 여성과 결혼한 다자이는 다양한 작풍의 작품들을 발표했어요. 일반적으로 1938년 즈음부터 2차대전이 끝날 때까지를 작가활동의 '중기'로 봐요. 서른이 넘은 나이였고, 아이도 태어나 정신적으로 안정되었던 거겠죠."

그래서 「달려라 메로스」 같은 소설도 쓴 건가. 우정의 아름다움을 호소하는 건전한 내용이었다고 기억한다. 본인의 자살 기도 사건을 소재로 한 작품과는 전혀 딴판이었다.

"……「달려라 메로스」 말고도 어떤 작품을 썼습니까?"

"이 시기의 작품들은 무척 다채로워요. 일본의 옛 이야기를 변형한 「오토기조시」나 기독교를 소재로 한 「직소」, 다자이의 팬이었던 소녀의 일기를 소설로 각색한 「여학생」, 가마쿠라 시대 초기를 무대로 한 「우대신 사네토모」 등……."

"자전적인 소설은 없습니까?"

나는 그렇게 물었다. 어른이 된 걸지도 모른다.

"데뷔 당시에 비하면요. 원래 다자이는 다양한 소재를 자기 것으로 만들어 자유자재로 이야기를 만들어내는 재능을 가지고 있었어요. 그 재능이 단번에 꽃 핀 게 이 시기였어요.

하지만 다자이의 작가로서의 자질이 크게 달라진 건 아니었어요. 픽션이 분명한 작품에도 다자이의 생생한 심정이 반영되어 있기도 하거든요."

두 손으로 테이블 가장자리를 짚더니 몸을 앞으로 쑥 내밀었다. 좋아하는 작가라서인지 평소보다 더 뜨거운 목소리였다.

"그러고 보니 「달려라 메로스」는 다자이의 실제 체험이 발단이 되었다는 설이 있어요. 어디까지 사실인지는 모르지만."

"그래요?"

그런 이야기는 처음 들었다. 그리스 시대의 이야기라고

들었던 것 같은데, 어떻게 체험할 수 있다는 거지?

"친구였던 소설가 단 가즈오가 남긴 이야기인데…… 1936년에 아타미 온천에서 유흥을 즐기던 다자이와 단은 숙박비와 식대를 내지 못하게 됐어요."

이야기의 시작부터 영 미덥지 않았지만, 어쨌든 이어지는 이야기에 귀를 기울였다.

"다자이는 단 가즈오를 인질로 여관에 두고, 필요한 돈을 빌리기 위해 상경했어요. 하지만 며칠이 지나도 다자이는 돌아오지 않았죠."

"네? 안 돌아간 겁니까?"

저도 모르게 물었다. 그럼 「달려라 메로스」와 정반대의 이야기가 되는데.

"맞아요. 단 가즈오는 음식점 주인의 감시를 받으며 하는 수 없이 다자이를 찾아 상경했는데, 행방을 찾으러 처음으로 찾아간 이부세 마스지의 집에서 찾았어요. 스승인 이부세와 매일 장기를 두고 있었대요."

"친구가 잡혀 있는데 장기를 뒀다고요? 너무하네요."

나는 얼굴을 찌푸리며 말했다. 하지만 시오리코 씨는 고개를 저었다.

"아, 그게, 그냥 놀고 있었던 건 아니었어요. ……돈을 빌리려고 스승인 이부세를 찾아가기는 했는데, 불호령이 떨어질까 두려워서 며칠 동안이나 아무 말도 못했다고 해요. 격분한 단 가즈오가 몰아붙이자 다자이는 얼굴이 백짓장처럼 하얗게 질려서 이렇게 중얼거렸대요. '기다리는 이가 괴로울까, 기다리게 하는 이가 괴로울까.'"

어처구니가 없어서 말이 나오지 않았다. 순순히 동의할 수는 없는 이야기였다. 솔직히 한심하기 짝이 없었다.

하지만 기다리게 하는 이도 괴롭다는 말은 이해가 가기도 했다. 좋고 나쁜 걸 떠나서, 어떤 심정인지 막연히 알 것 같았다.

다자이라는 작가 역시 독자에게 그런 존재일지도 모른다.

"나도 우리 아버지에게 그 얘기를 들은 적이 있지."

갑자기 옆에서 소리가 들렸다.

화들짝 놀라 옆 테이블을 돌아보니 안경을 낀 희끗희끗한 머리의 남자가 고개를 끄덕이고 있었다.

6

우쓰세가이도의 사장은 커피잔을 들고 우리 자리로 옮겨왔다. 툭 튀어나온 배가 거치적거리는지 의자를 비스듬히 빼서 내 옆에 앉았다.

"스, 스기오 사장님! 죄송해요, 정신이 없어서, 오신 줄도 모르고…… 정말 죄송해요."

테이블에 머리를 박을 기세로 시오리코 씨는 고개를 숙였다. 나도 따라서 머리를 조아렸다.

영업시간에 불러내 놓고 이야기하느라 정신이 팔려서 온 줄도 몰랐다니 죄송한 상황이었다. 주문한 커피가 나온 걸 보니 도착한 지 꽤 된 것 같았다.

"아냐, 신경 쓰지 마. 나도 시오리코 얘기에 푹 빠져서 말 거는 것도 깜빡한 거니까."

우쓰세가이도의 사장, 스기오는 서글서글한 미소를 지으며 한손으로 부채질을 했다.

시오리코 씨는 중장년층의 고서점 사장님들에게 사랑받고 있었다. 딸이나 손녀딸을 보는 기분이 아닐까.

스기오는 갑자기 표정을 바꾸더니 내 어깨를 두드렸다.

"그나저나 고우라 군도 그래. 시오리코한테 배우는 것도 좋지만, 스스로 책을 읽는 버릇을 들여야지. 다자이 작품 중에 『만년』하고 「달려라 메로스」밖에 안 읽어봤다니. 중학생도 아니고 말이야."

"아, 네. 앞으로 신경 쓰겠습니다."

나는 잔뜩 움츠리며 대답했다. 이 사람은 나의 '체질'을 모르지만, 고서점 직원으로서 변명의 여지가 없는 지적이었다.

"그렇게 아는 게 없으면 조만간 시오리코한테 차일지도 몰라. 사귄 지 얼마 안 됐다면서."

우리 소식은 이 사장님한테까지 퍼진 모양이었다. 누구한테 들었는지 물어볼 기력도 없었다. 정면에 앉은 시오리코 씨는 뭐라고 말문을 열려고 하다 그대로 굳은 눈치였다.

"언제 오셨습니까?"

동요하는 그녀를 대신해 내가 물었다.

"세이지 아저씨…… 시오리코 할아버지가 우리 아버지와 친하게 지냈다는 데부터였나? 본인한테 직접 들은 적은 없었는데, 역시 그분도 다자이를 읽으셨군."

뭐가 역시라는 거지? 자세히 묻고 싶었지만, 그전에 스기오는 힐끗 시계를 보았다.

"미안하지만 그만 본론으로 들어가야겠어. 다나카 아저씨 이야기가 궁금하다고? 다나카 요시오 아저씨."

"아, 네……."

시오리코 씨는 그제야 목소리를 쥐어짜 대답했다.

"전 사장님께서…… 다나카 씨와 대학 선후배 사이였다고 하셨죠."

스기오는 그렇다며 고개를 끄덕이더니, 주머니를 뒤적였다.

"다나카 아저씨는 아버지 후배라 우리 집에도 자주 놀러

오셨지. 아버지가 가게를 열었을 때도 제일 처음 와준 분이셨고. 그 시절에는 형편이 괜찮아서 책을 많이 사가셨다고 들었어. 귀한 과일이나 과자 같은 걸 선물로 들고 오셔서, 어린 내 눈에도 무척 좋은 아저씨셨지. ……아, 여기 있네."

스기오는 셔츠 주머니에 들어 있던 걸 꺼냈다. 라이터를 찾는 줄 알았는데, 그의 손에는 사진 한 장이 들려 있었다.

"다나카 아저씨와 우리 아버지가 같이 찍은 사진을 찾았어. 아버지의 앨범에 있더군."

스기오는 탁자 위에 사진을 내려놓았다.

한눈에도 오래된 티가 나는 흑백 사진이었다. 장소는 고지대에 있는 주택의 정원이었는데, 목조 건물의 벽과 창문이 찍혀 있었다. 멀리 보이는 바다를 배경으로 다섯 명의 사람들이 나란히 서 있었다. 계절은 여름인 것 같았다.

다섯 명 중 세 명은 하얀 반팔 셔츠 차림의 남자였다. 20대 후반에서 30대 초반으로 보였다. 분명한 건 학생은 아니라는 것이었다.

세 사람에게서 반 발짝 떨어진 곳에 머리가 벗겨지기 시작한 기모노 차림의 중년 남자가 서 있었다. 그 옆에는 세일러복 차림의 소녀가 서 있었다. 중년 남자의 딸인 것 같았다.

조금 핀트가 흔들리기는 했지만 모두 웃고 있었다. 누가 농담이라도 한 걸까. 잘 찍은 사진이었다.

"오른쪽 끝에 있는 사람이 우리 아버지야."

스기오는 하얀 셔츠를 입은 남자를 가리켰다. 굳이 알려주지 않아도 짐작하고 있었다. 나이가 젊다는 것을 제외하고는, 풍채나 생김새가 스기오와 꼭 닮았기 때문이었다.

"그 옆에 있는 키 큰 사람이 다나카 아저씨고."

나는 그 남자를 뚫어져라 바라보았다. 이름은 여러 번 들었지만, 얼굴을 보는 건 처음이었다.

기다란 얼굴에 짙은 눈썹, 이목구비도 또렷했다. 흐트러진 앞머리가 이마에 흘러내렸다. 쑥스러운지, 불편한 건지 웃는 얼굴이 왠지 어색했다. 신경질적인 느낌도 들었다.

다른 네 명보다 훨씬 키가 컸다. 스기오의 아버지와는 머리 하나만큼 키 차이가 났다. 아마 손자인 다나카 도시오, 그리고 나와 비슷한 키일 것 같았다.

"다자이를 의식했던 게 아닐까. 조금 닮았잖아."

스기오는 그렇게 말했지만 나는 동의할 수 없었다. 다자이 하면 긴 얼굴에 신경질적인 얼굴이 떠오르기는 하지만, 아쿠타가와 류노스케와 섞어 놓은 듯한 느낌도 들었다.

"그럴지도 모르겠네요. 머리 모양 같은 게요."

시오리코 씨 눈에는 그렇게 보인 모양이었다. 눈을 가늘게 뜨며 사진을 구석구석까지 자세히 보고 있었다.

“이제 언제 적 사진인가요?”

“앨범에는 쇼와 39년 7월이라고 적혀 있었어. 1964년이지.”

“할아버지가 비블리아 고서당을 열었던 해예요. 우쓰세가이도도 비슷한 시기였죠?”

시오리코 씨는 고개도 들지 않고 즉각 대답했다.

“우리가 반년 일찍 시작했지. 아버지는 여기서 뭘 하고 있던 건지……. 이때는 눈코 뜰 새 없이 바빴을 텐데.”

“어디서 찍은 사진입니까?”

나는 물었다. 배경의 바다에는 섬, 아니, 곶의 끄트머리로 보이는 것이 찍혀 있었다. 흐릿하기는 하지만 눈에 익은 지형이었다. 분명 이 부근의 바다일 것이다.

“아버지한테는 아무 얘기도 못 들었어. 앨범에도 날짜만 적혀 있었고. 내가 보기엔 시치리가하마 해변이나…… 아니, 고시고에 쪽인가. 뒤로 보이는 게 고유루기 곶 아냐.”

듣고 보니 그런 것 같기도 했다. 다자이가 동반 자살을 기도한 장소였다.

어쩌면 다른 사람들도 다자이 팬일까?

“다른 분들은 누구세요?”

시오리코 씨의 질문에 스기오는 팔짱을 꼈다.

“다나카 아저씨밖에 모르겠는데, 이 사람은 우리 가게에 드나들던 사람인 모양이야. 고서 수집가였겠지.”

스기오는 다나카 요시오의 왼쪽에 있는 하얀 셔츠의 남자를 가리켰다. 째진 눈에 주걱턱, 비쩍 여윈 남자였다. 인상은 별로였지만 이 중에서는 가장 환하게 웃고 있었다.

"이 사진을 어머니에게 보여드렸더니 다나카 아저씨와 같이 왔을 때 인사를 나눈 적이 있다고 하시더라고. 가마쿠라에 사는데, 성이 '고타니'라고 했어. 이름은 모르고."

"다른 두 분은 누구시죠? 기모노를 입은 분하고 세일러복을 입은 여학생이요."

시오리코 씨가 물었다. '고타니'라는 이름에 아무 반응을 보이지 않은 걸로 봐서는 짚이는 데가 없는 모양이었다. 지금도 가마쿠라에 사는지, 생사조차 알 수 없었지만 우리 고객이 아니라는 건 분명했다.

"나머지 사람들은 잘 모르겠어. 어머니도 처음 봤다고 하시고."

앨범에 잘 간직되어 있던 사진이다. 다섯 명의 화기애애한 분위기로 봐서는 얼굴만 아는 지인 사이는 아니었던 것 같은데, 가족이 전혀 모른다는 게 이상했다.

"아, 여기도 누가 찍혀 있네요."

시오리코 씨가 가녀린 손가락으로 반쯤 열린 창문을 가리켰다. 듣고 보니 까만 뒷모습이 찍혀 있었다.

스기오는 안경을 벗고 테이블에 그늘이 질 정도로 얼굴

을 가져다 댔다.

"난 이제 알았네. 여자 같은데? 아니, 방 안에 걸린 옷인가?"

사진만 봐서는 알 수 없었다. 딱히 할 말이 없어서인지 시오리코 씨는 화제를 바꿨다.

"전 사장님과 다나카 씨는 자주 만나셨나 보네요."

스기오는 살짝 난감한 표정으로 두툼한 턱을 쓸었다.

"그렇다고 해야지. 내가 어릴 적…… 이 사진을 찍었을 무렵에는 자주 왕래했어. 아버지나 다나카 아저씨나 다자이를 좋아해서 함께 연구 모임 같은 것도 만들었고. '로마네스크 모임' 이라는 이름이었어. 옛날 문학청년 냄새가 나지?"

"로마네스크……?"

다자이 오사무와 뭔가 관련이 있는 말 같은데.

떠올리려고 고개를 갸웃거리는데 시오리코 씨가 도움의 손길을 내밀었다.

"「로마네스크」는 『만년』에 실린 단편이에요. 기구한 삶을 살아온 청년들의 사연이 차례로 펼쳐지다가, 마지막에 그들이 만나 의기투합하는 데서 끝나는 이야기죠. 우화적인 요소가 강한 작품이에요."

그랬다. 읽어보지는 않았지만 『만년』의 목차에서 본 적이 있다. 옆자리의 스기오는 못마땅한 표정을 짓고 있었다. 그런 것도 모르느냐는 표정이었다.

"저기…… 이런 것까지 여쭤봐도 되는지 모르겠지만, 전 사장님과 다나카 씨 사이에 무슨 일이 있었나요?"

순간 스기오가 동작을 멈췄다. 어떤 상념들이 머릿속을 스치고 지나간 것인지, 한동안 아련한 눈으로 테이블을 뚫어져라 바라보다 한숨을 내쉬었다.

"무슨 일이 있기는 있었을 거야. 어느 날부터 다나카 아저씨가 발길을 뚝 끊으셨거든. 아버지도 아저씨 얘기를 안 꺼내셨고. 연하장은 주고받았으니 싸우고 인연을 끊은 건 아니겠지만. 아버지는 아저씨가 돌아가셨을 때 장례식에도 가셨고, 묘에도 몇 번 가셨어."

"왕래가 끊긴 원인에 대해서는 아무 말씀도 없으셨고요?"

"어. 적어도 가족에게는 말 안 했어. 무슨 일이 있었던 건지 물어볼 분위기도 아니었고…… 아, 전에 딱 한 번 물어본 적이 있어. 아저씨가 돌아가셨을 때였나. 왜 갑자기 안 만나게 된 거냐고, 인연을 끊은 거냐고.

자세히 말씀하시지는 않았지만, 인연을 끊은 건 아니라고 했어. 그리고 '기다리는 이가 괴로울까, 기다리게 하는 이가 괴로울까. 어느 쪽일까?' 라고만 하셨지."

다자이가 단 가즈오에게 했던 말이었다. 시오리코 씨가 생각에 잠긴 눈치라 대신 내가 물었다.

"그게 무슨 뜻일까요?"

“글쎄, 나도 모르겠어. 누가 좀 알려줬으면 좋겠군.”

일부러 그 말을 인용했다는 건, 다자이의 작품에 관련된 어떤 일이 일어났었다는 건지도 모른다. 나는 다나카 요시오가 소장했다는 수수께끼의 『만년』을 떠올렸다. 고서 수집가와 고서업자 사이에 일어난 일이라면…….

“……다나카 요시오 씨가 소장했던 책에 대해 아시는 게 있나요? 마나고야쇼보에서 나온 『만년』 초판을 소장하셨다고 들었는데요.”

드디어 시오리코 씨가 핵심을 건드렸다. 스기오 씨의 눈이 빛났다. 나는 어떤 대답이 돌아올지 숨죽이고 기다렸다.

“거기까지는 모르겠어. 우리 가게에 왔을 때 아버지와 책 얘기를 하셨던 것 같기는 한데, 오래 전 일이라 기억이 안 나.”

이상할 것 없는 일이었다. 어릴 적 만났던 아버지의 친구가 어떤 책 이야기를 했는지 기억하고 있는 게 더 신기하리라. 시오리코 씨라면 또 몰라도.

“다나카 아저씨 이야기인지는 모르지만, 마나고야쇼보판 『만년』 희귀본을 가마쿠라의 수집가가 소장하고 있다는 소문은 들은 적이 있어. ……원래는 우리 가게가 처음 문을 열었을 때 판 책이었다고 들었어.”

안경 너머 시오리코 씨의 눈동자가 번뜩였다. 우쓰세가

이도가 처음 문을 열었을 때, 다나카 요시오가 대량의 고서를 구입했다는 이야기와도 맞아 떨어졌다.

"어떤 희귀본이었나요?"

시오리코 씨는 몸을 앞으로 내밀며 물었지만, 스기오는 고개를 저었다.

"거기까진 모르겠어. 아버지가 돌아가시고 나서 들은 이야기라 확인할 방법이 없었지……. 아까부터 제대로 대답해준 게 없어서 미안하네. 의뢰 받은 책을 찾는 데 별 도움이 되지는 않겠어."

나는 숨을 삼켰다. 다나카 도시오에게 의뢰를 받은 걸 어떻게 아는 거지? 설마 시오리코 씨가 이야기한 건가…….

아니, 그녀 역시 놀란 눈치였다. 놀란 우리를 보고 스기오는 당황한 듯 말했다.

"어? 아니야?"

"의뢰를 받기는 했어요. 그런데 그걸 어떻게……?"

"옛날부터 비블리아 고서당에서 우리를 자주 찾아왔거든. 오랫동안 조합 이사를 했으니까 업계 정보에 밝은 편이고…… 옛날 생각이 나서."

"……어머니가 이런 일을 하셨던 거군요."

시오리코 씨는 나지막이 중얼거렸다. 자취를 감추기 전의 시노카와 지에코 역시 고서에 관한 의뢰를 받았다고 했다.

싫어하는 어머니와 같은 일을 하는 셈이니, 분명 복잡한 심정이겠지.

"지에코 씨도 그랬지만, 세이지 아저씨가 더 자주 찾아왔던 것 같아. 너희 할아버지 말이야."

"네?"

우리는 동시에 소리쳤다. 왜 여기서 시오리코 씨의 할아버지 이야기가 나오는 거지?

스기오는 눈을 휘둥그레 뜨며 물었다.

"설마 너도 몰랐던 거야? 조합 안에서도 요새는 아는 사람이 많이 줄었다고 생각은 했지만…… 지에코 씨한테도 아무 얘기 못 들었어?"

시오리코 씨는 말없이 고개를 끄덕였다. 스기오는 이마를 찰싹 치며 말했다.

"아이고, 이게 웬일이야. 하기야, 너희 할아버지나 어머니나 가족한테 이런저런 얘기를 하는 성격이 아니었으니. 찾아온 고객들의 부탁을 들어주던 건 원래 너희 할아버지가 시작하신 일이야. 보수를 받기도 했다니, 부업이라고 해야 하나. 은퇴하실 때 가게는 노보루, 너희 아버지한테 맡기시고, 부업은 지에코 씨한테 물려주셨지."

전혀 예상하지 못했던 이야기였지만 납득이 가는 부분도 있었다. 시노카와 지에코의 기묘한 '부업'을 남편이나 시아버지가 알아채지 못했을 리가 없었다. 아무런 제지 없이 어떻게 자유롭게 움직일 수 있었을까.

대를 이어 하는 일이었다면, 그런 의문도 얼마쯤은 해소된다.

"그럼 비블리아 고서당에서는 옛날부터 이런 의뢰를 받았던 겁니까?"

내가 물었다.

"아마 처음 문을 열었을 때부터 받았을 거야."

그럼 거의 50년 전부터 비블리아 고서당에서는 고서에 관련된 사건을 해결해왔다는 건가. 우리는 자각하지 못하는 사이에 대를 이어 그 일을 했던 것이다.

"그 무렵에는 밤마다 우리 가게로 찾아오셔서 아버지와 심각한 표정으로 이야기를 나누셨지. 어쩌면 아버지가 다나카 아저씨 일로 도움을 요청했던 건지도 몰라."

"우쓰세가이도에서 팔았다는 『만년』과 무슨 관련이 있는 걸까요?"

시오리코 씨가 물었다. 내용은 모르지만 다자이의 친필이 적혀 있다는 『만년』이 궁금해서 참을 수 없는 모양이었다.

"이제는 알 방법이 없지. 이럴 줄 알았으면 아버지가 돌아가시기 전에 자세히 물어볼걸 그랬어. ……그 『만년』이 어떤 책인지 나도 궁금해지는군."

스기오는 쓴웃음을 짓더니 식은 커피를 한 모금 마셨다.

"내 생각에, 너희 할아버지가 나선 걸 보면 뭔가 사연이 있는 책 아니었을까? 귀한 책을 찾아달라는 의뢰를 자주 받으셨으니까."

7

스기오와 헤어진 우리는 봉고차를 타고 기타가마쿠라로 향했다. 도쓰카 역 앞 상점가에서 나와 열차 선로를 따라 달렸다. 조수석에 앉은 시오리코 씨는 한동안 가만히 생각에 잠겨 있다가 이내 작은 소리로 중얼거렸다.

"할아버지도 우리와 비슷한 일을 하셨다니, 처음 듣는 이야기예요. ……실감이 가지 않아요."

나도 마찬가지였다. 할아버지 대에 일어난 일을 지금은 우리가 조사하고 있다. 그 탓인지 여느 때보다 더 상황이 복잡했다.

운전을 하며 지금까지 알아낸 정보를 머릿속에서 정리했다.

우리는 다나카 요시오가 과거 소장했었다는 『만년』 초판본의 행방을 쫓고 있다. 원래 50여 년 전에 우쓰세가이도에서 판매한 책이라고 한다.

우쓰세가이도 전 사장과 다나카 요시오는 다자이의 팬으로, 독서 모임을 만들 정도로 가까운 사이였지만 어떤 일을 계기로 소원해졌다.

그 시기에 우쓰세가이도에서 의뢰를 받았던 이가 시오리코 씨의 할아버지이자 비블리아 고서당의 창업자였다. 그 역시 다자이를 즐겨 읽었다고 한다.

알아낸 건 여기까지였다. 대체 어떤 문제가 일어났던 건지, 시오리코 씨의 할아버지는 그 일과 어떤 관련이 있는지 짐작조차 가지 않았다.

애당초 우리를 이 일에 끌어들인 편지를 보낸 사람, 이번 일의 의뢰인인 다나카 도시오에게 할아버지가 소장했었던 『만년』에 대한 정보를 준 사람은 누구인지, 스기오가 보여준 사진 속 그의 아버지와 다나카 요시오를 제외한 나머지 인물들은 대체 누구인지, 모두 여전히 수수께끼였다. 그리고 다자이의 친필이 적혀 있다는 『만년』 초판본이 대체 어떤 책인지도.

"뭐 하나 알아낸 게 없군……."

아까 스기오의 말대로였다. 하지만 우연으로 치부할 수 없는 사실이 하나 있었다. 현재 이 일에 관련된 이들은 모두 다자이 오사무의 애독자였다. 지금은 모두 수수께끼지만, 그것을 하나씩 밝혀나가다 보면 언젠가는 다나카 요시오가 소장했었다는 『만년』을 찾을 수 있을 것 같다는 예감이 들었다.

내 희망사항일지도 모르지만.

문득 조수석에서 시선을 느꼈다. 시오리코 씨가 내 얼굴을 들여다보고 있었다. 혼잣말을 들은 건가.

"아, 미안해요. 혼잣말이었어요."

나는 대충 둘러대고 앞을 보았다. 앞에서 버스가 달리고 있어서 속도를 낼 수 없었다.

그러다 신호까지 걸렸다. 베이지와 오렌지색, 미묘한 색 조합의 차체를 바라보고 있는데 갑자기 시오리코 씨가 헛기침을 했다.

"……다, 다이스케 군은 나름대로 노력하고 있어요. 스기오 씨는 좀 말씀을 지나치게 하는 면이 있어서. 하지만 나쁜 뜻으로 하신 건 아니에요."

"네?"

"그러니까, 저기, 너무 걱정하지 마요……. 저, 전 버리지 않을 테니까!"

군은 결의를 나타내듯 가슴께에서 주먹을 흔들고 있었다.

"저기, 그게 무슨 소리에요?"

시오리코 씨는 돌이 된 듯 굳어버렸다. 불현듯 스기오의 목소리가 머릿속에 울려 퍼졌다.

'그렇게 아는 게 없으면 조만간 시오리코한테 차일지도 몰라.'

아, 그거였나. 내가 스기오의 그 말을 신경 쓰고 있다고 착각한 모양이었다.

결연했던 시오리코 씨의 얼굴이 점점 새빨갛게 달아올랐다. 어색하게 고개를 돌려 먼 곳을 보는 척 딴청을 피웠다.

"……따, 딱히, 아무 말도, 안 했는데요?"

억양이 이상했다. 저도 모르게 웃음이 터질 뻔했다.

"아니, 방금."

옆에서 날아온 손이 입을 막았다. 손이 뜨거웠다.

이게 뭐지? 가슴이 두근거리는데.

나는 천천히 그녀의 손을 떼어냈다. 시오리코 씨는 얼른 손을 뿌리치려 했지만, 나는 꼭 잡고 놓지 않았다.

"고마워요."

진심으로 말했다. 착각이든 뭐든 날 위로해준 그녀의 마음 씀씀이가 고마웠다.

"벼…… 별말씀을요."

그녀는 고개를 숙인 채 화난 듯 말했다. 아직도 부끄러운지 상반신을 꼼지락거리고 있었다. 하지만 그러면서도 내 손을 꼭 되잡았다.

이렇게 말하면 이상하게 들리겠지만, 정말 이 사람과 사귀기 시작했다는 걸 처음으로 실감했다.

조금 더 잡고 있고 싶었지만, 신호가 파란불로 바뀌어서 어쩔 수 없이 놓았다.

"……실감이 나지 않는다는 건, 사실이 아닐지도 모른다는 겁니까? 할아버지 일이요."

나는 시오리코 씨의 마음이 가라앉을 때까지 기다렸다 물었다. 버스가 다른 길로 빠진 덕에 시야가 트였다. 먹구름에 뒤덮인 하늘에서는 금방이라도 비가 쏟아질 것 같았다.

"아뇨, 사실일 거예요. 스기오 씨가 거짓말을 하실 리도 없고요."

시오리코 씨는 그렇게 대답했다.

"하지만 제가 아는 할아버지는 고지식하고 무뚝뚝한…… 조금 다가가기 힘든 분이셨어요. 남의 고민을 들어줄 분처럼 보이지는 않아서."

다가가기 힘든 사람이었다는 말에 시오리코 씨의 아버지가 떠올랐다.

시노카와 집안의 남자들은 겉보기와 속이 다른 타입인지도 모른다. 상식적으로는 이해할 수 없는 성격의 아내가 자취를 감춘 뒤에도, 그는 10년이나 계속 그녀를 기다렸다.

"하지만 할아버지는 어머니처럼 남을 협박하거나, 궁지

에 몰지는 않았을 거예요. 젊었을 적에는 신부가 되려고 하셨다니까요."

"신부? 천주교 신부 말입니까?"

뜻밖의 직업이었다. 그런 사람이 주변에 있었던 적이 없던 까닭에 상상조차 가지 않았다.

"네. 독실한 기독교 집안에서 태어나 자라셨어요. 세이지라는 이름도 성스러울 성聖에 맡을 사司 자를 써요. 성경의 성 자에서 따온 거고요."

시노카와 세이지. 그것이 시오리코 씨 할아버지의 이름이었다.

"결국 성직자가 되지는 못했지만, 평생 신앙을 가지고 사셨어요. 그래서 가게 이름도 '비블리아'로 지으신 거고요."

나는 고개를 갸웃했다. 비블리아가 무슨 뜻이길래?

"……'비블리아'는 라틴어로 '성서'란 뜻이에요."

"네? 그런 뜻이었습니까?"

거의 일 년 가까이 일했으면서 가게 이름의 유래를 이제야 알다니. 왜 비블리아 고서당인지 생각해본 적도 없었다.

"고서점 이름에 외래어를 넣는 경우는 거의 없었기 때문에, 처음 장사를 시작했을 때는 이상하게 보는 눈도 많았대요. 외국인 손님이 성서 전문점이라 착각한 적도 있었고요."

그러고 보니, 시오리코 씨 모녀는 미션 스쿨인 여학교에 다녔다. 기독교와 친숙한 환경에서 자란 건가.

"그럼 시오리코 씨도 교회에 가거나…… 어? 아니죠?"

기독교에서는 일요일에 예배를 드릴 텐데, 시오리코 씨는 매주 가게에 붙어 있었다.

"신앙은 어디까지나 개인의 자유니까 가족이라도 강요하지는 않는다는 게 할아버지 생각이셨어요. 저도 성경은 읽었지만 기독교 신자는 아니에요. 저희 가족 중에 세례를 받은 건 할아버지뿐이고요……. 어머니는 모르겠지만요."

불현듯 의문이 떠올랐다.

고지식한 시아버지와 시노카와 지에코는 어떤 관계였을까. 성격이 맞았을 것 같지는 않은데, 믿음이 없다면 자기 뒤를 잇게 하지는 않았을 것이다.

"할아버지가 다자이를 읽었던 것도 신앙과 관련되었을지도 몰라요. 다자이는 성경에 해박했고, 성경에서 소재를 따온 작품을 쓰기도 했어요. 제가 소장한 『만년』에 실린 '죄인' 이라는 말도 기독교적인 단어고요."

봉고차는 기타가마쿠라로 돌아왔다. 역 근처의 건널목에서 정차하자마자 휴대전화 알림음이 들렸다. 누가 보낸 메일인지 확인했다.

"……다나카가 보낸 메일이네요."

읽으려는 찰나 열차가 통과해서 건널목 차단기가 올라갔

다. 나는 시오리코 씨에게 스마트폰을 건네고 다시 엑셀을 밟았다. 선로를 따라 걸어가는 관광객들이 많아서 영 속도가 나지 않았다.

"좀 읽어주실래요?"

어차피 그녀에게 보낸 내용일 것이다. 시오리코 씨는 긴장된 표정으로 메일을 읽었다.

"……우리 질문에 대한 대답이네요. SNS에서 『만년』의 정보를 준 사람의 계정과 다나카 요시오 씨 친구의 연락처…… 아."

"왜요?"

"다나카 요시오 씨 친구분이 의뢰인에게 연락을 했었나 봐요."

"정말요? 그쪽에서 연락했다고요? 전에는 도와줄 수 없겠다고 했다던데."

"네. 『만년』을 찾는 이유를 묻길래, 우리에게 맡긴 사실을 포함해 사정을 전부 설명했다고 하네요. 이야기를 다 듣고는 전화를 끊었다고……."

멀리 비블리아 고서당이 보이기 시작했다. 물론 정기휴일이라 가게 문은 닫혀 있었지만, 누군가가 유리문으로 가게 안을 들여다보고 있었다.

나이 지긋한 남자였다. 하얀 반팔 셔츠에 회색 헌팅캡을 쓰고 있었다.

"그 친구분 성함은 고타니 씨라고 해요. 고타니 지로 씨."

"고타니……."

아까 스기오가 보여준 사진에 있었던, 째진 눈을 한 남자의 이름이었다. 지금 가게 앞에 있는 노인의 얼굴에도 그 흔적이 또렷하게 남아 있었다. 나는 노인 가까이에 차를 세우고 창문을 내렸다.

"……저, 저희 가게에 무슨 볼일이세요?"

시오리코 씨는 머뭇거리며 물었다. 노인은 그 자리에 선 채로 모자를 벗었다.

"자네들에게 할 얘기가 있어서 왔네."

고타니 지로는 쉰 목소리로 말했다.

8

시오리코 씨는 집 안으로 고타니를 들였다.

노인은 허리를 꼿꼿하게 펴고 정좌한 자세로 우리와 마주보았다. 당연한 이야기지만 그 사진 속 모습과는 꽤 달랐다. 머리는 거의 빠졌고, 탄력 없는 피부는 자글자글했다.

하지만 무엇보다 다른 건 표정이었다. 사진에서 보았던

환한 미소는 흔적도 찾아볼 수 없었다. 음침하고 괴팍해 보이는 인상이었다.

"다나카 도시오라는 녀석에게 연락을 받았네."

노인은 자기 소개도 뭣도 없이 다짜고짜 그렇게 말했다. 여간 불쾌하지 않았는지 얼굴이 잔뜩 굳어 있었다.

"자네들이 더 잘 알겠군. 범죄자지. 보석으로 풀려나 제 할아버지가 소장했던 다자이의 고서를 수소문하는 모양이더군. 나한테도 연락을 했어. 처음에는 딱 잘라 거절했지만, 대체 무슨 꿍꿍이인지 걱정이 돼서 물었지……. 그나저나 그 남자에게 해코지를 당한 사람이 아가씨가 틀림없지?"

시오리코 씨가 1년 전 사건의 피해자라는 사실을 아는 모양이었다. 가마쿠라 주민이라면 그 정도는 알아도 이상할 게 없었다.

"아, 네……. 저예요."

"그럼 왜 그런 불한당 놈의 책을 찾아주겠다는 건가? 아가씨처럼 젊은 처녀가……. 혹시 그놈한테 협박을 받는 거라면 나한테 말해. 같이 경찰서에 가줄 테니까."

그 열띤 목소리를 듣고 나는 고타니에 대한 인상이 달라졌다. 시오리코 씨가 걱정되어서 찾아온 모양이었다.

"아, 저기…… 전 협박을 받는 건 아니에요. 제 의지로 의뢰를 받았어요……. 그럴 필요가 있다고 생각했거든요."

시오리코 씨는 사정을 설명했다. 책을 찾는 건 소유자에게 경고하기 위해서라는 것, 혹시 책을 찾아내도 다나카에게 보고할 생각은 없다는 것. 물론 우리가 받은 협박장 이야기는 하지 않았다.

노인은 미동도 없이 시오리코 씨의 이야기에 귀를 기울였다. 표정은 여전히 찌푸린 채였다.

"그래도 그런 일은 경찰에 맡기는 게 좋지 않을까. 만에 하나라도 무슨 일이 생길지 모르는데."

"지금으로선 다나카 도시오 씨는 할아버지의 책을 찾고 있는 것뿐이니, 경찰이 나설 명분도 없고요."

시오리코 씨의 말투가 어느새 유창해졌다. 넓게 보면 책에 관련된 이야기라 스위치가 들어온 건가.

"물론 위험한 분위기를 감지하면 즉시 경찰에 신고할 생각이에요. 저 혼자 하는 일이 아니니까요. 여기, 도와주시는 분도 있고요."

시오리코 씨는 쑥스러운 듯 말했다. 아, 나 말인가. 한 박자 늦게 깨달았다. 날 의지하고 있기는 하구나.

"저도 신경 쓰겠습니다. 시오리코 씨를 위험에 처하게 하지 않을 겁니다."

가슴을 펴고 말하는 나를 고타니는 뚫어져라 올려다보았다. 그 싸늘한 시선에 흠칫했다.

"자네도 참 키가 크군."

그는 덤덤한 목소리로 말했다.

"아까 보고선 다나카인 줄 알았어."

그 말에 움찔했다. 지금 살아 있는 손자가 아니라, 그의 조부인 다나카 요시오를 말하는 것이리라.

사진으로 봤을 때는 생김새는 전혀 닮지 않았다. 그래도 체격에 공통점이 있겠지.

"다나카 요시오 씨와 가까운 사이셨다면서요. 친구 사이셨다고 들었어요."

시오리코 씨가 물었다. 고타니의 표정이 더욱 사나워졌다.

"아니, 친구는 아니야."

나는 고개를 갸웃했다. 다나카 도시오는 분명히 '할아버지의 친구'라고 말했고, 스기오의 모친도 우쓰세가이도에 둘이서 왔던 걸 기억하고 있었다.

"종종 만나기도 했고, 그런대로 교유도 있었지만 친구라 부를 정도는 아니었어. ……어찌된 영문인지 나와 다나카가 친구라고 생각하는 이들이 많더군."

"그럼 어떤 계기로 알게 되신 겁니까?"

"나는 오후나에 있는 스튜디오의 제작부에서 일했네. 총각 시절에는 스튜디오 근처의 음식점에서 저녁을 먹었지. 저녁에는 요리와 술을 파는 가게라 스태프들의 아지트처럼 쓰였어. 지금은 장사를 접은 모양이지만.

그 시절에는 스튜디오 근처에 그런 가게가 많았어. 그 가게에서 다나카와 만났네. 다나카는 스튜디오에 지인이 많아서 오후나에 자주 온다고 했었어."

"……그 식당이 고우라 식당입니까?"

외할머니가 꾸렸던 식당의 이름을 말하자, 고타니의 낯빛이 바뀌었다.

"그걸 어떻게…… 잠깐, 성이 고우라라고 했지? 혹시 기누코 씨 아들이야?"

"저희 외할머니이십니다."

내 대답에 노인은 자조하듯 웃으며 말했다.

"하기야, 아들일 리가 없지……. 벌써 50년 전 일이니. 그나저나 참 신기한 인연이군. 기누코 씨는 잘 계신가?"

"2년 전에 돌아가셨습니다. 뇌종양으로요."

"그랬군. 기누코 씨가…… 영전에 인사도 못 드리고, 볼 면목이 없군."

고타니는 갑자기 허리를 굽혀 사과했다. 당황한 나는 아니라고 손사래를 쳤다.

인연이라고 하면 할 말은 없지만, 뭔지 꺼림칙한 기분이 들기 시작했다. 시노카와 집안뿐 아니라 우리 집도 이번 일과 연관이 있다니.

과연 단순한 우연일까?

"다나카 요시오 씨도 저희 가게를 자주 찾으셨습니까?"

나는 동요하는 기색을 보이지 않으려 애쓰며 물었다. 외할머니와 다나카 요시오의 관계에 대해 뭔가 아는 게 있을지도 모른다고 생각했다. 하지만 고타니는 주저 없이 대답했다.

"단골이긴 했지만 나처럼 자주 드나들진 않았어. 하지만 한번 오면 기누코 씨와 오랫동안 이야기를 나누던 게 기억이 나. 이야깃거리는 항상 문학이었고. 책을 서로 빌리거니 빌려주거니 하기도 했지."

"책을요?"

"그래. 나도 그랬고. 단골들하고 자주 책을 돌려봤어. 기누코 씨는 메이지, 다이쇼 시대 근대문학 취향인 것 같았지만, 단골들이 권해주는 새 책도 읽었어. 책을 좋아하는 손님한테는 서비스도 듬뿍 주고…… 외상도 잘해줬지."

다나카 요시오와의 관계는 알고 있었지만, 다른 단골들과도 친하게 지냈다는 이야기는 처음 들었다. 스튜디오는 활기찼고, 외할머니도 젊었던 시절의 고우라 식당은 내가 아는 쓸쓸한 식당과는 거리가 멀었다.

"고타니 씨도 다나카 씨와 책 이야기를 하셨나요?"

시오리코 씨가 자연스럽게 질문을 던졌다. 노인은 탁자

에 올린 손을 다시 깍지 끼며 대답했다.

"아니……. 나하고는 취향이 영 안 맞았어. 특히 다자이를 좋아하는 게 풋내 나서 참을 수 없었지. 자네들도 이런 일을 하니까 알겠지. 다자이는 널리 인기가 있기는 하지만, 작품에 깊이가 없어."

"……그런 의견도 있을 수 있겠네요."

시오리코 씨의 목소리가 급격히 작아졌다. 표정은 바뀌지 않았지만, 항상 같이 있는 나는 알 수 있었다. 꽤 화가 난 눈치였다. 안절부절못하는 나를 힐끗 보더니 고타니는 이야기를 계속했다.

"고뇌하는 자신을 희화화해서 소설이란 형태로 파는 데 능했지. 그건 인정하지만, 그런 건 학생 때나 잠깐 읽고 말면 되는 거 아닐까? 나도 그랬어. 어른이 된 뒤에는 다시 읽을 마음도 들지 않더군. 젊어서 그렇게 죽지 않았다면, 벌써 사람들에게 잊혔을 거야. 같은 무뢰파라도, 사카구치 안고나 이시카와 준이 훨씬 뛰어난 작가잖나. 그리고……."

"전 그렇게 생각하지 않아요."

시오리코 씨는 상대의 말을 끊었다. 고타니는 어리둥절한 표정으로 그녀를 보았다.

"요절한 게 인기의 원인의 하나라는 건 부정하지 않아요. 하지만 무뢰파로 분류되는 다른 작가들도 크든 작든 스캔들을 일으켰죠. 지금 말씀하신 사카구치 안고나 이시카와 준은 다자이의 재능을 인정했었고, 그가 세상을 떠났을 때 진심 어린 추도문을……."

거기까지 말하다 시오리코 씨는 정신을 차린 듯 입을 다물었다. 내가 팔꿈치로 쿡쿡 찌르는 걸 알아챈 모양이었다. 그녀는 고타니에게 머리를 조아리며 사과했다.

"죄, 죄송합니다, 좋아하는 작가라……."

"아니야, 나도 말이 좀 지나쳤군."

노인은 겸연쩍은 듯 눈을 돌렸다. 나는 고타니의 태도에 위화감을 느꼈다. 콕 찝어 말할 수는 없었지만, 어딘가 이상했다. 뭔가 감추는 게 있는 것 같았다.

"좀 봐주셨으면 하는 게 있어요. ……다이스케 군, 아까 그걸."

시오리코 씨의 말에 나는 무릎에 올려둔 가방에서 흑백 사진을 꺼냈다. 헤어질 때 스기오가 빌려주었다. 사진을 본 순간 고타니가 숨을 삼키는 걸 똑똑히 보았다.

"이 사진 어디서 났나?"

"사진에 찍힌 스기오 씨의 아드님이 가지고 계셨어요. 우쓰세가이도를 아시죠?"

"……몇 번 가본 적이 있네. 나도 한때는 고서 수집을 했었지."

시오리코 씨는 이름을 모르는, 부녀 사이인 듯한 남자와 여학생을 가리켰다.

"이 두 사람은 누구죠?"

고타니는 눈을 가늘게 뜨며 몸을 젖혔다. 노안 때문인 것 같았지만, 사진을 멀리하고 싶은 마음의 방증인 것처럼 보이기도 했다.

"기모노를 입은 사람은 도미자와 선생이라는 대학 교수네. 그 옆의 여학생은 따님이고……. 오랫동안 다자이 연구를 했던 분인데 평론도 여럿 발표했지. 그 분야에서는 유명인이야. 스기오와 다나카가 다니던 대학에서 근무했어. 그들에게는 스승이지."

고타니는 말을 고르듯 천천히 설명했다. 대학을 졸업한 뒤에도 사제 관계를 이어왔다는 건가.

"이 사진은 고시고에에서 찍으신 거죠?"

"맞네. 도미자와 선생의 집 정원이었지. 다자이와 인연이 있는 곳이 보여서 산 집이라고 들었네. 지금도 아직 그곳에 사시고, 따님도 근처에 살아서 자주 들른다는군. 다나카와 스기오는 자주 그 집에 가서 도미자와 선생에게 다자이에 대한 이야기를 듣고는 했지."

기모노 차림의 남자도 다자이의 열렬한 팬이리라. 일반적으로 그런 이유로 살 집을 택하지는 않을 테니까.

"고타니 씨는 이때 왜 도미자와 씨의 댁에 가신 건가요?"

"내가 스튜디오 제작부에서 일했다는 이야기는 했지? 촬영 장소로 고유루기 곶이 보이는 정원을 섭외해야 했는데, 다나카가 도미자와 선생 댁을 소개해줬네. 이 날 사전 답사 차 간 거고. 다자이 연구회 같은 걸 함께하고 있었던 다나카와 스기오는 도미자와 씨에게 강의를 들으러 왔던 거고."

"로마네스크 모임 말씀이시죠?"

시오리코 씨가 생각난 듯 말했다.

"그래, 그런 이름이었지. 회원은 둘뿐이었지만."

"역시 다자이의 「로마네스크」에서 따온 건가요?"

"이름의 유래까지는 모르겠네. 읽어보지도 않았고. 좌우지간 둘이 강의를 듣는 동안에 나는 정원 모습을 카메라로 찍었어. 그 뒤에 다 같이 기념사진을 찍은 거고."

"그 뒤로 도미자와 씨와는……."

"아니, 다자이 연구자잖나, 나하고는 책 취향이 너무 다르지. 몇 번 만난 적은 있지만 그뿐이야. 지금은 여든, 아흔은 넘었겠군."

언뜻 듣기에는 앞뒤가 맞는 이야기였지만, 사진에 찍힌 고타니의 미소가 마음에 걸렸다. 지금 들은 설명과 뭔가 맞지 않는 것 같다는 느낌이 들었다.

50년 전에 일어났던 일에 대해 이 사람은 뭔가를 알고 있는 게 아닐까.

시오리코 씨의 표정을 살피자, 그녀 역시 납득이 가지 않는 눈치였다. 이건 우리와도 관련이 있는 일이다.

"이 사진을 찍기 조금 전에, 다나카 요시오 씨는 우쓰세가이도에서 『만년』 초판본을 구입하셨다고 들었어요. 그 일에 대해 아시는 게 있나요?"

시오리코 씨는 본론을 꺼냈다. 고타니는 미간을 찌푸린 채 생각에 잠겼다. 기억을 더듬는 것인지, 대답해야 할지 망설이는 것인지 정확히 알 수가 없었다.

"……『만년』 희귀본을 입수했다는 이야기는 다나카에게 들은 적이 있네. 어떤 책인지는 안 물어봤지만. 진품이라는 확신이 없어서 도미자와 선생에게 감정을 부탁할 작정이라고 했어."

"그 뒤에 어떻게 됐나요?"

시오리코 씨는 얼굴을 내밀며 물었지만, 상대는 고개를 저었다.

"거기까진 모르겠네. 도미자와 선생에게 물어보게. 전화번호는 알려주겠네. 따님 이름도."

그는 주머니에서 수첩을 꺼내 속지를 한 장 찢었다. 주소록을 펼쳐 이름과 전화번호를 달필로 적었다. 이름은 '도미자와 히로시'와 '도미자와 노리코'였다. 국번을 보니 가마쿠라였다.

"도미자와 선생에겐 내 얘긴 말게. 전화번호도 다른 사람한테 들었다고 하고."

우리에게 메모를 건네며 고타니는 단호한 어조로 말했다. 과거에 무슨 일이 있었다는 건 이제 의심할 여지가 없었다. 그렇지 않다면 이런 단서를 붙일 리가 없었다.

시오리코 씨는 왜냐고 묻지도, 알겠다고 대답하지도 않았다. 안경 너머의 시선은 여전히 고타니에게 고정되어 있었다. 나는 마른침을 삼키며 상황을 지켜보았다. 이 완고한 노인이 입을 열게 할 수 있을까.

"이 사진을 찍기 얼마 전부터, 다나카 씨와 스기오 씨는 왕래가 뜸해졌다고 들었어요. 무슨 일이 있었는지 아시는 게 있나요?"

"모르네."

고타니는 딱 잘라 대답하더니 자리에서 일어나려 했다.

"내 할 얘기는 이제 끝났네."

"스기오 씨는 당시 일에 대해 이렇게 말씀하셨다고 들었어요."

상대의 말을 막듯 시오리코 씨는 말을 이었다.

"'기다리는 이가 괴로울까, 기다리게 하는 이가 괴로울까. 어느 쪽이었을까?'"

순간 고타니가 눈을 부릅떴다. 짚이는 게 있는 모양이었다. 하지만 이내 동요를 감추고 말했다.

"……단 가즈오의 『소설 다자이 오사무』에 나온 말이군. 나도 그 책은 읽었네. 「달려라 메로스」의 발단이 되었다는 일화지? 별 뜻 없는 말 같은데."

"하지만 뭔가 의미가 있으니까 인용한 게 아닐까요? 「달려라 메로스」는 우정에 대한 이야기고, 『소설 다자이 오사무』도 단 가즈오와 다자이의 교유를 그린 실명 소설이에요. 「달려라 메로스」는 읽어보셨죠?"

"싫어도 읽을 수밖에 없지. 중학생 때 선생님의 추천으로 읽어본 게 다야. 대단하지도 않은 소설인데, 그런 걸 높게 평가하는 사람들은 대체 뭔지……."

그때 고타니에게 느꼈던 위화감의 정체를 깨달았다.

다자이의 작품에 대한 평가가 너무 박했다. 그뿐이라면 몰라도, 거기서 멈추지 않고 줄줄이 악담을 늘어놓고 있었다.

싫어하면 피하면 될 텐데. 결국 좋아한다는 게 아닐까? 대표작밖에 읽지 않았다고 하면서 왜 싫어한다는 걸까?

"「달려라 메로스」는 대표작으로 거론되지만, 원전이 되는 작품이 있네."

"아, 정말요?"

저도 모르게 말이 튀어나왔다. 처음 듣는 이야기였다. 고타니는 고개를 끄덕이더니 말을 이었다.

"독일 시인 실러가 로마 시대부터 전해져 내려오는 전승을 바탕으로 쓴 「인질」이라는 시가 있네. 폭군이 주인공을 사형에 처하는 것이나, 주인공의 누이가 결혼해 사흘의 유예를 받는 점, 친구를 인질로 잡히고, 나중에는 왕과 화해하게 된다는 것까지…… 「달려라 메로스」의 구성 요소는 거의 다 들어 있지. 다자이는 실러의 시를 소설로 썼을 뿐이야."

"……「달려라 메로스」의 끝에는 실러의 시와 옛 전설을 바탕으로 썼다고 명기되어 있는데요."

시오리코 씨가 꾹 눌러 죽인 목소리로 반박했다. 고타니는 냉소로 일축했다.

"그러니까, 단순한 번안 소설일 뿐이지. 「인질」을 읽으면 「달려라 메로스」 같은 건 읽을 필요도 없다는 걸 알 수 있어. 「인질」이 훨씬 간결하고 아름다우니까."

"아름다운 시라는 건 인정합니다만…… 실러의 「인질」은 치쿠마쇼보의 세계문학전집에서 읽으셨나요?"

"그래. 내가 젊었을 적에 나오기 시작했지. 그 전집을 통해 처음 접한 작품도 많았어. 그 전승은 다른 책으로도 읽었고. 키케로의 『의무론』에도 나오는 이야기지. 이와나미문고였나? 메로스와 세리눈티우스의 전승을 간략하게 소개했었지. 어찌 됐든 다자이의 소설보다 훨씬 기억에 남더군."

갑작스레 시오리코 씨가 입을 다물었다.

고타니는 모자를 집었다. 가려는 것이다. 여기서 이 사람을 놓치면, 두 번 다시는 우리를 만나주지 않을 것이다.

가능할지는 모르겠지만 일단 붙잡으려고 하는데, 시오리코 씨가 말문을 열었다.

"주인공들의 이름을 다시 한 번 말씀해 주시겠어요?"

은근히 강한 어조였다. 고타니는 살짝 얼굴을 찌푸렸다.

"……뭐라고?"

"실러의 「인질」과 키케로의 『의무론』, 어느 쪽이든 상관없어요. 그 이야기에 등장하는 주인공과 친구의 이름 말이에요. 기억에 남으셨다면 말씀해 주실 수 있으시겠죠?"

순간 정적이 흘렀다. 노인은 허를 찔린 듯 입을 다물고 있었다.

나는 그 모습에 당혹감을 느꼈다. 방금 자기 입으로 말하지 않았나? 「달려라 메로스」의 원전이기도 하고.

"메로스와 세리눈티우스…… 아닙니까?"

나는 작은 소리로 물었다. 놀랍게도 시오리코 씨는 단호하게 고개를 저었다.

"그 전승을 언급한 책들이 여럿 있지만, 등장하는 이름은 일정하지 않아요. 실러의 「인질」과 키케로의 『의무론』

에서는 등장인물의 이름이 메로스와 세리눈티우스가 아니에요. 다몬과 핀티아스죠."

"네……? 이름이 전혀 다른데요?"

"네. 일본에서 이 이야기의 주인공은 거의 메로스로 불리지만, 영미권에서는 일반적으로 다몬이라고 알려졌어요. 실러의 「인질」이 번역되었을 때, 어찌된 영문인지 주인공의 이름을 메로스로 바뀌었죠. 다자이는 그걸 참고했다고 해요."

처음 듣는 이야기였다. 다자이의 팬이라고는 해도, 이 사람의 지식은 역시 보통이 아니다. 그 지식을 이용해 이 노인에게 진실을 추궁하는 것이다.

"고타니 씨는 실러의 「인질」과 키케로의 『의무론』을 제대로 읽으신 게 아니에요. 하지만 「달려라 메로스」의 원전이 무엇인지는 잘 알고 계시죠. 제 생각엔 예전에는 다자이의 팬이었고, 그래서 작품의 집필 과정에 대해 알아보셨던 것 같은데요?"

고타니는 침을 꿀꺽 삼키더니, 반쯤 열린 입술을 부들부들 떨었다.

"아니야, 난 다자이 작품을 제대로 읽은 적이 없어."

이 마당에도 그는 인정하려 들지 않았다.

"제가 보기엔 아니에요. 다자이가 싫다고 하셨지만, 고타니 씨 주변에는 부자연스러울 정도로 다자이 팬이 많아요. 사실은 다나카 씨나 스기오 씨처럼, 고타니 씨도 로마네스크 모임의 일원이셨죠?

다자이의 「로마네스크」는 저마다 기구한 사연을 가진 남자들이 만나 우정을 나누는 이야기예요. 그 결말에서 따왔다면, 회원이 둘밖에 없는 건 이상해요. 사람이 부족하죠."

"어처구니가 없군. 한 명 부족한 게 뭐 그리 큰 문젠가?"

거기까지 말하고 나서, 고타니는 아차 하는 표정을 지었다.

그 작품을 읽어보지 않은 나도 알 수 있었다. 시오리코 씨는 이것을 노린 것이다. 고타니에게 반박한 건, 그저 다자이의 팬이어서가 아니었다. 이 노인에게 다자이에 대한 이야기를 하게 해서 꼬리를 잡으려 했던 것이다.

"어떻게 「로마네스크」에 등장하는 남자들이 세 명이란 걸 알고 계시죠?"

9

"10대에 다자이를 읽다가 그만 읽어야겠다고 생각했다는 얘기는 사실이네."

고타니는 쉰 목소리로 이야기를 시작했다.

창밖으로는 소낙비가 바닥을 적시고 있었다. 실내는 어

둑어둑했지만, 불을 켜달라고 할 분위기가 아니었다.

"다른 무뢰파 작가에게로 관심이 옮겨 갔다는 말도 거짓이 아니야. 스튜디오에서 일했으면서, 당시 나는 영화보다 문학에 관심이 많았네. 동료들과 잘 사귀지 못하고 휴일에는 혼자 책에 빠져 있는 일이 많았지. 친구라 부를 만한 이가 없었어.

그러던 어느 날, 고우라 식당에서 우연히 다나카, 스기오와 합석하게 됐네. 술을 마시며 다자이의 문학이 얼마나 뛰어난지 이야기를 나누고 있었지……. 그 이야기의 중심이 「달려라 메로스」였다네. 그 대화를 듣던 나는 젊은 혈기를 이기지 못하고 어느새 이야기에 끼어들어 반론했지."

"그게 계기였군요."

시오리코 씨는 진지한 목소리로 말했다.

"그래. 특히 딱 보기에도 다자이 흉내를 내는 다나카가 영 못마땅했어. 하지만 그들은 다짜고짜 끼어들어 싸움을 건 낯선 사내를 환영해 주었어. 다자이에게 의문을 가진 이가 있으면 토론이 더욱 활발해진다면서. 다들 젊었어. 기탄없는 토론을 하다 어느새 의기투합한 우리는 그 자리에서 모임을 만들기로 했지. 다나카의 제안이었어. '전혀 다른 삶을 살아온 세 젊은이가 술을 파는 가게에서 만났다. 꼭 다자이의 「로마네스크」 같다.' 재미있는 우연이라면서."

고타니는 나를 보며 웃었다.

“장사를 하며 우리 이야기를 듣던 기누코 씨도 웃었지. 그 날 술값은 안 받겠다면서…… 그렇게 우리는 친구가 됐어.”

직접 본 것도 아닌데 어째서인지 그 광경이 머릿속에 떠올랐다. 지금 내가 사는 집에서 먼 옛날에 일어난 일이었다.

“아마추어들이 분위기에 휩쓸려 만든 모임이었지만, 로마네스크 모임은 그때부터 몇 년이나 계속됐어. 각자 좋아하는 문학적 테마를 연구해서 고우라 식당에 모여 성과를 발표했지. 다자이 연구자인 도미자와 선생이 도움을 준 덕이기도 했어. 다자이뿐 아니라 귀한 초판본이나 쉽게 구하기 힘든 연구서 같은 것도 많이 소장하고 있었지. 서고 안에서는 자유롭게 열람할 수 있게 해줬고. 아이처럼 관대한 사람이라 우리도 선생님이라 부르며 따랐지. 하지만…….”

고타니는 괴로운 듯 말을 흐렸다. 말하기조차 힘든 일이 있었던 모양이었다.

그 세 사람 사이에 대체 무슨 일이 있었던 걸까?

“저희는 『만년』의 행방을 찾기 위해 당시에 무슨 일이 있었는지, 그 사정을 알고 싶은 것뿐이에요. 다른 사람에게는 절대로 말하지 않겠습니다.”

시오리코 씨가 조심스레 말했다. 노인은 고개를 저었다.

“이제 와서 숨길 일도 아니지. 다 말하겠네……. 어느 때부터 우리 셋은 도미자와 선생 댁 출입을 금지당했어. 이 사진을 찍은 날로부터 몇 달 뒤의 일이었지. 가을이었어."

나는 머릿속으로 시기를 계산했다. 1964년 10월쯤이었을까.

"정원에서 영화 촬영을 하기로 했다고 했지. 그 얘기도 사실이네. 사진도 사전 답사를 할 때 찍은 거고. 촬영은 문제없이 끝났고, 오랜만에 짬이 나서 도미자와 선생을 찾아갔네. 하지만 문전박대를 당했지. 따님 이야기로는 로마네스크 모임의 누군가가 선생이 제일 아끼던 희귀본을 훔쳐갔다는 거야."

"희귀본이라면……?"

"그게 무슨 책인지조차 말해주지 않았어. 책은 포기할 테니, 다시는 얼씬도 하지 말라는 말뿐이었지."

고타니는 담담하게 대답했다. 감정을 드러내지 않으려고 애쓰는 것 같았다.

"그 댁 서고에 귀한 책이 많았던 건 사실이지만, 그걸 훔치겠다는 생각은 단 한 번도 해본 적이 없었어. 좌우지간 스기오와 다나카에게 연락해 만나자고 했어. 하지만 다나카는 내 연락을 무시했어. 편지를 보내도, 전화를 걸어도 묵묵부답이었지. 직접 집을 찾아가기도 했지만 집에 없다고 하더군."

“다나카 씨가 그 책을 훔쳤다는 건가요?”

나는 조심스레 물었다. 그게 사실이라면 손자뿐 아니라 할아버지도 남의 책을 노리는 범죄자였다는 건데…….

“그렇게 생각할 수밖에 없지 않나. 하지만 믿기지가 않았어. 다나카는 다자이처럼 샌님 같은 유약한 성격이었지만, 남의 것에 손을 대는 사람은 아니었네. 당시 다나카는 아버지 회사의 임원이어서 우리 중에는 제일 주머니가 넉넉했어.

하지만 연락을 끊은 게 영 이상했어. 계속 만남을 거부하던 다나카에게 나는 최후통첩을 보냈네. 속달로 내일 우리가 처음 만난 고우라 식당에서 스기오와 종일 기다리겠다고 했네. 우리가 도울 일이 있으면 도울 테니, 제발 와서 사정을 말해달라고 했지……. 그렇게까지 했는데 다나카는 오지 않았어. 그날 로마네스크 모임은 해산했어.”

“……도난당한 책은 어떻게 됐나요?”

시오리코 씨가 물었다.

“그것도 참 희한하게 됐어. 스기오의 지인이 책을 찾아온 모양이야. 그 사람이 누군지는 모르지만.”

아까 도쓰카에서 들은 이야기와 연결됐다. 우쓰세가이도의 전 사장은 이 일을 시오리코 씨의 조부, 시노카와 세이지에게 털어놓고 도움을 요청한 것이다. 시노카와 세이지는 책을 찾아 원 소유자에게 돌려주었다. 시오리코 씨와 그녀의 어머니처럼, 유능한 인물이었다.

"스기오는 자세한 사정은 말하지 않았어. 다나카가 범인인지 아닌지조차도. 스기오 역시 못 믿을 녀석이라고 생각했지. 스기오도 이 일에 관련되어 있는 게 아닐까……. 우리 사이는 돌이킬 수 없이 멀어졌어."

아마 사진 속에서 환하게 웃고 있던 남자는 그때 사라진 것이리라. 친구들에 대한 불신이 다자이 작품에 대한 부정으로 이어진 것이다.

"그 후 나도 가정을 꾸렸고 별일 없이 살아왔네. 다나카와 스기오는 세상을 떠났지. 하지만 다나카가 그때 무슨 생각을 했는지, 내가 할 수 있는 일은 없었는지, 기회가 있을 때마다 그런 생각이 들더군. 이따금 지금도 고우라 식당에서 다나카를 기다리는 듯한 기분이 들어. 어쩌면 다나카 역시 나를 기다리게 하고 있다는 심정으로 살아왔을지도 모르겠군."

그는 가슴 깊숙한 곳을 더듬듯 눈을 감았다.

"'세리눈티우스여, 용서해주게. 그대는 늘 나를 믿어주었네. 나도 그대를 속이지 않았지. 우리는 정말 좋은 벗이었네. 단 한 번도 새카만 의심의 구름을 서로의 가슴에 드리운 적이 없지 않았나. 지금도 그대는 의심 없이 나를 기다리고 있겠지. 그래, 기다리고 있겠지.'"

고타니는 막힘없이 술술 그 구절을 읊었다. 「달려라 메로스」의 한 구절이라는 걸 알 수 있었다. 옛날에 한 번 읽었을 뿐이라는 말은 역시 거짓말이었다. 지난 50년 동안 몇 번이고 계속 읽어온 것이리라.

기다리는 이가 괴로울까, 기다리게 하는 이가 괴로울까.

스기오의 아버지가 했던 그 말은 이 노인과 다나카 요시오에 대한 말이었으리라. 다나카 요시오는 인연을 끊은 후에도 가족에게 고타니를 친구라고 이야기했다. 친구를 평생 기다리게 했는데 괴롭지 않았을 리가 없다.

"……자네들이 조사하는 『만년』 말인데, 사실은 나도 계속 신경이 쓰였어."

고타니는 그렇게 말했다.

"다나카가 그 책을 스기오의 가게에서 사서 도미자와 선생 댁에 가져간 건 우리가 인연을 끊기 두세 달 전의 일이었네. 뭔가 관련이 있을지도 몰라."

"그 『만년』은 어떤 책이었나요? 보신 적이 있으시죠?"

세 친구의 관계를 생각하면 당연히 봤을 거라고 생각했다. 하지만 고타니는 안타까운 듯 고개를 저었다.

"난 못 봤네. 다자이의 친필이 적혀 있던 건 확실한 것 같은데…… 다나카가 보여주지 않았어."

"보여주지 않았다고요? 왜죠?"

"다나카는 그 친필이 진짜인지 아닌지 확실히 알아본 뒤에 우리 모임에서 발표할 작정이었네. 그날을 위해 비밀로 해온 거지. 실제로 나도 기대하고 있었어. 그래서 스기오도 도미자와 선생도 함구하고 있었고."

"그랬군요……."

시오리코 씨의 목소리는 실망한 기색이 역력했다. 나도 안타까웠다. 어떤 책이길래 희귀본이라고 하는지, 지금으로서는 단서가 없는 것이나 마찬가지였다.

그때, 고타니가 "그런데……." 하고 말을 이었다.

"다나카는 다자이의 동반 자살 기도에 대해 온갖 자료를 모아 면밀하게 조사하고 있었어. 그 일과 뭔가 관계가 있었던 것 같아."

"동반 자살이면…… 고시고에 사건 말입니까?"

"그럴지도 모르지. 다양한 자료를 읽는 동안 더 대단한 사실을 발견했다, 그것도 모임에서 발표하겠다고 했어. 도미자와 선생이라면 더 자세히 알고 있을 게야. 선생 댁의 자료를 보았으니까."

시오리코 씨는 입가에 손을 대고 생각에 잠겼다.

50년 전에 일어났던 사건의 윤곽은 어렴풋이 드러나기 시작했다. 하지만 진상은 아직 수수께끼였다. 그 『만년』은 대체 어떤 책일까, 정말 다나카 요시오는 귀한 책을 훔치려 했던 걸까.

그 내막을 알기 위해서는 도미자와라는 인물을 만나야 할 필요가 있었다.

"내막을 알게 되면 나한테도 꼭 알려주게."

고타니는 진중한 목소리로 말했다. 그 얼굴에서 아까까지 드리워져 있었던 어두운 그림자는 찾아볼 수 없었다.

"아무리 추하고, 듣기 힘든 이야기라도 상관없네. 각오하고 있으니까. 다나카와 스기오의 진심을 알고 싶네. 그리고 저세상에서 앙금 없이 그 친구들을 만나고 싶어."

가슴이 에였다. 이것이 이 노인의 진심이다. 혼자서 수십 년 동안 끌어안고 있던 소중한 것을 우리에게 맡기려 하고 있었다.

"알겠습니다."

시오리코 씨는 힘주어 고개를 끄덕였다.

"반드시 전할게요."

『駈込み訴え』

1940

02

직소

1940

직소 | **1940** |

'저 사람은 끔찍하고 기분 나쁘며, 못된 사람이다. 참을 수가 없다. 살려둘 수 없다' 라는 고발로 시작하는 단편. 유다의 심정에서 예수가 행한 이적과 그의 됨됨이를 이야기한다. 유다는 예수를 돌봐주고 그를 위해 군중을 모아 설교를 시키거나 돈을 걷는 등 열심히 일하지만, 그에게 돌아온 것은 차가운 경멸뿐이다. 동료인 제자들에게도 한 번도 감사 인사를 받은 적이 없다. 억울함을 견디지 못하게 된 유다는 최후의 만찬 때 예수를 팔아넘기기로 결심한다.

1

일전에 고서 정보 교환을 했던 '슌토'라고 합니다.

그 메시지는 그렇게 시작됐다. '슌토'는 닉네임인 모양이었다.

나는 시오리코 씨의 어깨 너머로 컴퓨터 모니터를 들여다보았다.

고타니 노인이 떠난 뒤, 우리는 다나카 도시오에게 온 메일을 확인했다. 메일에는 다나카가 받았다는 고서 마니아의 메시지가 첨부되어 있었다. 가게 컴퓨터로 첨부 메시지를 열었다.

전에 게시판에서 마나고야쇼보 판 『만년』에 대한 정보를 구한다고 하셨죠. 작년에 다나카 도시오라는 인물이 일으킨 사건에 대한 보도를 보고 듣는 와중에, 당신이 그 다나카 도시오이며, 다나카 요시오 씨의 가족일지도 모른다는 생각이 들었습니다.

만일 제 착각이라면 지금부터 하는 이야기는 무시해도 상관없습니다.

실은 다나카 요시오 씨가 소장하셨던 『만년』에 대해 가마쿠라 외곽에 사는 고서 수집가에게 이야기를 들은 적이 있습니다. 그 수집가는 40여 년 전에 다나카 씨가 헐값에 내놓은 『만년』을 구입해 소중히 보관하고 있다고 했습니다.

원래는 언컷이었지만 일부 페이지는 뜯어져 있으며, 사인도 없지만 다자이의 친필이 적혀져 있는 희귀본이라고 합니다. 개인적으로 다자이에게 딱히 관심이 없었기에 보여 달라는 부탁은 하지 않고, 단지 흘려 넘겼습니다.

이 이야기를 해야 할지 고민했습니다. 하지만 같은 고서 수집 취미를 가진 동호인으로서, 당신이 『만년』에 집착하는 심정을 이해하지 못하는 것도 아닙니다.

만일 당신이 다나카 도시오 씨이며, 말씀드린 『만년』에 관심을 가지고 계시다면, 직접 만나 자세한 사정을 설명하겠습니다. 일이 잘 풀리면 현 소유자에게서 『만년』을 구입할 수 있을지도 모릅니다.

답을 기다리겠습니다.

"……이게 뭡니까?"

그게 내 솔직한 감상이었다.

대체 무슨 목적으로 보낸 메시지지?

다나카에게 이야기를 들었을 때도 생각했지만, 구체적인 정보는 거의 밝히지 않았다. 이걸 보낸 사람은 대체 누구일까?

"내용만 봐서는 『만년』의 거래를 중개해서 수수료를 받으려는 것처럼 보이기도 하지만…… 이것만 가지고는 판단할 수 없겠네요."

시오리코 씨는 그렇게 말했다.

"하지만 이 메시지의 목적은 확실해요. 다나카 도시오의 관심을 끌어 답장을 받으려는 거죠. 정보를 최소한으로 공개하고 있는 것도 그 때문이겠죠. 그가 보낸 답장을 확인한 뒤에 탈퇴했다고 했으니까요."

탈퇴한 상대에게는 메시지를 보낼 수 없다. 처음에 다나카가 메시지를 보냈을 때 이 '슌토' 계정은 살아 있었다는 것이다.

"……왜 탈퇴했을까요?"

"그걸 모르겠어요. 답장을 받아내는 게 목적이었더라도,

굳이 탈퇴할 필요는 없으니까요. 소유자에게 물어봤는데 안 되겠다고 거절하고, 상대가 계속 연락해도 무시하면 되니까요."

시오리코 씨는 브라우지를 열어 다나카가 활동했다는 SNS의 홈페이지에 접속해, '슌토' 라는 닉네임과 아이디로 검색했다. 다나카의 말대로 '이미 탈퇴한 회원입니다.' 라는 알림이 떴다.

이 인물은 자기 신원을 밝히지 않았다. 만에 하나, 예전에 다나카가 시오리코 씨에게 그랬던 것처럼 어마어마한 양의 메시지를 보내온다 하더라도 SNS 운영회사나 경찰에 신고하면 처리해줄 것이다. 굳이 탈퇴까지 할 필요는 없었다.

"어떤 사람인지 전혀 모르겠네요. 어딘가에 정보가 남아 있으면 좋은데……."

시오리코 씨는 브라우저의 즐겨찾기를 열고 다른 페이지를 열었다. '가나가와의 고서 마니아 모여라' 라는 SNS 커뮤니티였다. 회원은 500명 남짓. 그리 많은 편은 아니었다.

지역에서 열리는 고서 이벤트나 문을 닫은 고서점 정보 등 심화 주제 게시판도 있었다. 다나카에게 메시지를 보낸 인물도 이곳에 가입되어 있었을 것이다. 물론 다나카도 마찬가지다.

"시오리코 씨도 여기 가입했습니까?"

"가입은 안 했어요. 가끔 보기는 하지만, 일에 관련된 게 아니면 인터넷을 잘 안 해서요."

그렇게 말하며 시오리코 씨는 '잡담' 게시판을 열었다.

"이 게시판이 가장 활성화됐어요. 이 커뮤니티에 가입했다면 발언했던 기록이 있을 텐데요."

활성화되었다고는 해도 뜨거운 토론이 펼쳐지고 있는 건 아니었다. 어느 가게에서 귀한 책을 발견했다, 매입가를 잘 쳐주는 가게는 어디다, 누가 글을 올리면 하루쯤 지나 다른 누군가가 댓글을 달았다.

그런 글들이 계속 이어지는 분위기였다. 회원들의 말투가 차분한 걸 보니 연령대도 비교적 높은 것 같았다. 하지만 몇 달치 글을 뒤져도 '슌토'라는 닉네임이 남긴 글은 보이지 않았다.

"……탈퇴했으니까 지워진 걸까요?"

나는 그렇게 말했다. 시오리코 씨는 고개를 저었다.

"아뇨, 탈퇴한 회원의 기록도 남아요. 닉네임이나 아이디가 표시되지 않는 시스템이에요."

듣고 보니 이름이 공란으로 되어 있는 글들이 꽤 있었다. 이 SNS에서 탈퇴한 회원도 적지 않은 모양이었다. '슌토'가 어떤 글을 썼는지 특정하기는 어려울 것 같았다. 나아가

작년까지의 과거 게시물을 뒤지다 보니 나도 본 적이 있는 대화가 나왔다.

구즈하라 2010/3/10 18:24

하세의 문학관에 전시되었던 마나고야쇼보 판 다자이 오사무『만년』을 봤습니다. 상태 좋은 언컷본이더군요. 개인 소장품이라던데, 가마쿠라의 수집가가 소장하고 있는 걸까요?

소노기 2010/3/11 13:4

구즈하라 씨에게. 그 책은 기타가마쿠라에 있는 비블리아 고서당의 소유입니다. 저도 본 적이 있습니다. 괜찮은 가게고요.

우리는 잠시 침묵했다.

이 대화가 없었더라면 다나카가 시오리코 씨의 신원을 알게 될 일도, 그녀를 다치게 할 일도 없었을 터였다. 그야말로 운명의 갈림길이었다.

하지만 그랬다면 나도 비블리아 고서당에 아르바이트로 고용되지도 않았을 테고, 시오리코 씨와 사귀지도 못했으리라. 복잡한 기분이었다.

"이 질문 글을 올린 사람이 다나카죠?"

"네. 저도 입원했을 때 이 글을 봤어요. 구즈하라라는 닉네임도 다자이의 「맹인독소」라는 단편에서 따온 거예요. 주인공 이름이 '구즈하라 고토' 거든요."

전후의 글들을 읽어보니, '구즈하라'는 정상적으로 다른 회원들과 어울리고 있었다. 자기가 질문을 올리기도 하지만, 다른 회원이 올린 글에 덧글도 잘 달았다. 몇몇 회원과는 직접 메시지를 주고받기도 하는 것 같았다. 그가 그런 사건을 일으킬 줄은 아무도 상상하지 못했으리라.

"그 '슌토'라는 사람에 대해서는 더 알아낼 수 있는 게 없을 것 같아요. 지금으로서는 조사할 방법이 없네요."

시오리코 씨는 SNS 페이지를 닫았다.

"그럼 앞으로 어쩔 작정입니까?"

"역시 도미자와 히로시 씨에게 이야기를 들어봐야겠죠. ……만나주실지는 모르겠지만요."

아까 시오리코 씨는 고타니에게 들은 번호로 전화를 걸었다. 도미자와 히로시의 딸, 아마 그 사진 속 소녀인 도미자와 노리코가 받은 모양이었다. 조심스레 사정을 설명했지만, 본인과 통화하지는 못했다. 그녀는 일단 아버지에게 물어보겠다, 나중에 답을 드리겠다며 전화를 끊었다.

썩 좋은 반응은 아니었다. 뭐, 거절당해도 이상할 게 없었다. 로마네스크 모임의 누군가가 책을 훔쳐갔다고 생각한다면, 다나카 요시오가 소장했던 책의 행방을 찾는 일을 도우려 하지는 않을 테니까.

모니터에서 눈을 떼고 어스름한 가게 구석을 쳐다보았다. 유리문은 커튼을 쳐놓아서 빛이 거의 들어오지 않았다. 날만 맑았다면 일몰 전의 햇빛이 쏟아져 들어올 시간인데.

'……다른 쪽에서부터 조사해야 하나?'

아니, 그전에 고타니의 말대로 경찰에 도움을 요청하는 게 좋을지도 모른다. 이번 사건은 깊이 들어가면 갈수록 위험해질 것 같은 예감이 들었다. 이미 그 조짐이 보이고 있었다.

소매를 잡아끄는 느낌에 고개를 돌려 시오리코 씨를 보았다.

왜 그래요?

그녀는 말없이 진지한 표정으로 그렇게 적은 메모를 들고 있었다. 나는 겨우 웃음을 참았다. 일전에 메모로 지시를 내린 뒤로 이따금 이렇게 필담으로 대화할 때가 있었다. 지금은 딱히 의미가 없는 행동이었지만, 어느새 습관이 되어버린 모양이었다.

그럼 나도 동참해볼까.

발치에 놓인 가방에서 일할 때 쓰는 메모지와 볼펜을 꺼내 글을 썼다. 조금 마음이 가벼워졌다.

이번 일이 빨리 끝나면 좋겠다고 생각했어요.

내 글을 본 시오리코 씨는 고개를 끄덕이며 자기 메모지에 답을 썼다.

그러게요. 가게 일도 해야 하니까요. 오늘은 모처럼 쉬는 날인데.

거기까지 썼을 때 시오리코 씨는 갑자기 손을 멈췄다.

쉬는 날인데 뭐?

다음 말을 기다리는데, 갑자기 그녀가 고개를 푹 숙였다. 무릎 위에 놓인 메모가 보이지 않았다.

잠시 후, 시오리코 씨는 종이 끝에 작게 뭐라고 적었다. 어찌된 영문인지 손이 떨리고 있었다.

사실은 둘이서 놀러가고 싶었어요.

가슴이 두근거렸다.

눈앞의 그녀밖에 눈에 들어오지 않았다. 이 순간 아야카가 등장할지도 모른다거나, 우리 이야기를 엿듣고 있을지도 모른다는 걱정은 머릿속에서 흔적도 없이 사라졌다.

나는 허리를 굽혀 그녀의 치마 위에 있는 메모지의 여백에 이렇게 썼다.

나도 같은 생각을 했어요.

갑자기 그녀의 손에서 펜이 떨어졌다.

무의식적으로 눈을 돌리려던 순간, 시오리코 씨가 내 머리를 잡아당겼다. 어찌된 상황인지 생각하기보다 먼저, 입술에 보드랍고 따스한 감촉이 느껴졌다.

눈앞에 보이는 건 오직 그녀의 얼굴과 책뿐이었다.

그러고 보니, 처음 만난 건 이 가게 앞이었다. 첫 키스도 이곳에서 했다. 고서와 떼려야 뗄 수 없는 운명 같았다.

"……가, 갑자기 죄송해요. 계속 참았는데."

시오리코 씨는 한숨 섞인 목소리로 귓가에 속삭였다. 참고 있던 건 나도 마찬가지다.

이번에는 내 차례였다.

2

오후 늦게까지 내리던 비가 그쳤다. 동쪽 하늘에 푸른빛이 돌아왔다. 언덕 위에 차를 세우자 습기를 머금은 싸늘한 바닷바람이 불어왔다.

시오리코 씨와 나는 슬레이트 지붕의 고옥 앞에 서 있었다. 서양풍 건물인 것 같은데, 어째서인지 흰 벽의 전통식 광과 붙어 있었다. 아마 원래 있던 광에 집을 붙여 지은 것이리라. 이유는 잘 모르겠지만.

이곳은 고시고에에 있는 도미자와 히로시의 집이었다. 어제, 도미자와의 딸에게 연락이 와서 오늘 오후에 오라고 했다. 정기 휴일이 아니라 하는 수 없이 잠시 가게 문을 닫을 수밖에 없었다. 아야카가 학교에서 돌아오는 대로 가게를 봐주기로 했다.

녹슨 철문을 열고 지팡이를 짚은 시오리코 씨를 먼저 들여보냈다. 그녀는 어설픈 걸음걸이로 고개를 숙인 채 문을 지났다.

키스한 그날부터 뭔가 태도가 이상했다. 노골적으로 나와 눈을 맞추려 하지 않았다. 그냥 두려고 했지만, 계속 저러면 나까지 어색해질 것 같았다.

느닷없이 시오리코 씨가 걸음을 멈췄다. 하마터면 부딪칠 뻔했다.

"왜 그러는……."

그녀의 시선을 좇아 나도 걸음을 멈췄다.

현관 앞 정원에서는 고시고에의 바다가 한눈에 들어왔다. 구름 사이로 쏟아지는 빛줄기를 받은 잿빛 바다가 빛나고 있었다.

"……아름다워."

시오리코 씨는 그렇게 중얼거렸다. 해안가 오른쪽에 수풀로 뒤덮인 벼랑이 있었다.

"저게 고유루기 곶이죠?"

"……네."

수십 년 전에 찍은 그 사진 속 풍경과 놀랄 정도로 똑같은 풍경이었다. 잔디를 깐 정원은 잘 손질되어 있었다. 분명 이 집에 사는 사람들이 소중히 지켜온 곳이겠지.

불현듯 시선을 느끼고 건물로 고개를 돌렸다. 정원과 접한 커다란 창문 너머에서 허리가 굽은 자그마한 노인이 우리를 빤히 바라보고 있었다.

눈이 맞은 건 순간이었다. 노인은 금세 커튼을 쳤다. 얼굴을 똑똑히 확인할 여유는 없었지만, 그 사진 속 인물 중 한 사람인 것 같았다.

"가, 갈까요."

시오리코 씨가 현관으로 향했다. 현관은 난간이 달린 포치형 구조였다. 벽에 달린 초인종을 누르자 곧바로 문이 열렸다.

편안한 느낌의 빨간 니트를 입은 나이 지긋한 여자가 서 있었다. 짧게 자른 머리카락은 밝은 갈색으로 염색을 했다.

"어, 어제 전화 드린…… 비블리아 고서당의 시노카와라고 합니다."

"처음 뵙겠습니다, 도미자와 노리코입니다. 오시느라 고생하셨어요."

여자는 야무진 말투로 말하더니 뒤에 서 있는 나를 보고 의아한 표정을 지었다. 고타니와 만났을 때를 떠올렸지만, 그렇게 싸늘한 눈빛은 아니었다. 우리에게 적의를 품고 있는 것 같지도 않았다.

시오리코 씨는 지팡이를 짚지 않은 손으로 나를 가리켰다.

"이, 이쪽은…… 저희 가게에서 일하는 고우라 씨예요."

더듬거리기는 했지만 정식으로 소개를 해주었다. 처음 있는 일이었다. 하지만 얼굴이 새빨개졌다. 저걸 보고 단순히 사장과 직원 사이라고 생각하는 사람은 없겠지. 도미자와 노리코도 의아한 듯 우리의 얼굴을 번갈아 보았다.

"고우라입니다. 처음 뵙겠습니다."

나는 머쓱한 기분으로 고개를 숙였다.

우리는 어스름한 복도를 걸어갔다. 그 끝으로 집안 분위기에 어울리지 않는 커다란 자물쇠가 달린 문이 보였다. 밖에서 보았던 광과 이어져 있는 것 같았다. 바닥과 벽은 모두 낡아서 누르스름했지만, 허리 높이에 설치된 난간만 새것이었다.

도미자와 노리코가 우리를 안내한 곳은 바다가 보이는 응접실이었다. 건물은 서양식이었지만, 실내는 전통식으로 다다미가 깔려 있었다. 테이블 맞은편에는 도미자와 노리코 혼자 앉았다. 아까 봤던 노인은 나타나지 않았다.

"5년 전에 어머니가 돌아가신 뒤로 아버지 혼자 사세요. 내가 한 주에 몇 번씩 다녀가고요."

그녀는 그렇게 말하며 홍차가 담긴 찻잔을 우리 앞에 내려놓았다.

"나도 일이 있어서 시간을 자유롭게 낼 수가 없어요. 급하게 오시라 해서 죄송해요."

이성적이고 침착한 말투의 사람이었다. 목소리도 낭랑했다. 아마 설명하는 데 익숙한 것이리라. 남 앞에서 설명하는 직업을 가지고 있는 게 아닐까.

"도, 도미자와 씨는 댁에 계신가요?"

시오리코 씨는 아까보다 침착해졌지만, 아직도 동요한 듯 보였다. 도미자와 노리코는 어두운 표정으로 말문을 열었다.

"네. 서고에서 안 나오시네요. 두 분과 할 얘기가 없다, 찾아와도 돌려보내라고만 하세요. 아버지 앞에서 로마네스크 모임에 관한 얘기는 금기거든요."

옆에서 듣고 있던 나는 크게 실망했다. 어렵게 여기까지 왔는데…….

어, 잠깐? 그럼 왜 우리를 여기로 부른 거지?

"그럼 왜 저희를 부르신 건가요?"

시오리코 씨가 물었다. 맞다, 그럴 만한 이유가 있으니까 부르겠지.

"아버지가 아니라 내가 할 얘기가 있어서 불렀어요. 혹시 아시면 좀 알려주셨으면 해서요."

"……무슨 일이시죠?"

"47년 전, 이 집에서 어떤 일이 일어났는지…… 할아버님, 시노카와 세이지 씨에게 들은 얘기가 없나 해서요."

당황한 건 우리 쪽이었다. 설마 질문을 받는 입장이 될 줄이야.

"할아버지께 직접 들은 이야기는 없어요. ……통화했을 때도 말씀드렸지만, 저희는 다나카 요시오 씨가 소장하셨던 『만년』의 행방을 찾아 이 댁을 찾아온 것뿐이에요. 제가 아는 거라면, 도미자와 히로시 씨가 도둑맞으신 책을 저희 할아버지가 되찾으셨다는 사실뿐이에요."

도미자와 노리코는 고개를 숙인 채 한숨을 내쉬었다. 실망한 기색이 역력했다.

"죄송합니다……. 저희가 찾아뵌 건 당시 일을 여쭙기

위해서였어요."

시오리코 씨가 몸을 웅크리며 고개를 숙이자, 상대는 미안한 듯 미소 지었다.

"아니에요. 제가 일방적으로 기대하고 있던 건데요. 그 당시 책은 찾았지만 누가 어떻게 훔쳐갔는지, 아버지나 저희 식구들은 전혀 몰랐어요. 자세한 사정을 묻지 않겠다는 게 시노카와 세이지 씨가 제시한 조건이었거든요.

그 모임의 누군가가 그러셨다니, 지금도 믿기지가 않아요. 다나카 씨, 고타니 씨, 스기오 씨……. 제 기억으로는 모두 점잖으신 분들이었어요."

겉보기에 점잖다고 남의 물건을 훔치지 않으리라는 법은 없다. 실제로 그런 사람을 본 적이 있으니 하는 말이었다. 그리고 다나카 요시오는 친구들이나 이 집 사람들에게 아무 변명도 하지 않았다.

순간, 뭔가 걸리는 게 있었다.

시오리코 씨가 고서에 관한 의뢰를 받을 때는 의뢰인에게 진상을 밝히고 가해자에게 사과하게 할 때가 많다. 경찰을 개입시킬 수는 없으니 당사자들끼리 해결하게 할 수밖에 없었기 때문이었다. 그런데 시노카와 세이지는 왜 그런 방식을 택한 걸까. 사죄와 화해의 자리를 마련했더라면, 그들의 관계는 계속되었을지도 모르는데.

뭔가 복잡한 사정이 있었던 걸까.

"다나카 요시오 씨는 마나고야쇼보 판 『만년』을 분명 이곳에 가져오셨어요. 이 방에서 아버지와 다나카 씨가 그 책을 펼쳐놓고 말씀을 나누실 때 내가 차를 가져다 드렸거든요."

"어, 어떤 책이었나요?"

말이 끝나기가 무섭게 시오리코 씨의 목소리가 높아졌다. 하지만 도미자와 노리코는 고개를 저었다.

"저는 자세히 못 봤어요. 중학생 때라 희귀본에 전혀 관심이 없었거든요. 아버지가 소장하셨던 『만년』과 비교하는 것 같았어요."

"……아버님도 마나고야쇼보 판 『만년』을 소장하고 계신가요?"

"서고에 몇 권 있을 거예요."

그녀는 대수롭지 않다는 듯 대답하더니, 놀란 우리를 보며 말을 이었다.

"아버지가 다자이 작품을 읽기 시작한 건 학생 시절이고…… 태평양전쟁이 시작되기 전에는 서점에서 쉽게 구할 수 있었던 저렴한 책이었거든요. 하지만 그때 다나카 씨가 가져오신 『만년』은 꽤 귀한 책이었을 거예요. 아버지도 놀란 눈치셨거든요."

다자이 문학의 연구자, 그리고 『만년』을 몇 권이나 소장한 인물도 놀라워한 책. 대체 어떤 책이었을까?

느닷없이 도미자와 노리코가 손깍지를 끼며 시오리코 씨 쪽으로 몸을 내밀었다.

"그때 무슨 일이 일어났는지, 알아봐주실 수 있을까요?"

"네……?"

나는 무심코 되물었다. 갑자기 무슨 소리지?

"그런 일을 해결해주신다고 하셨잖아요. 47년 전 일에는 도무지 이해할 수 없는…… 납득이 가지 않는 점들이 여럿 있었어요. 아버지도 내심 같은 생각을 하고 계실 거예요. 당시 어떤 일이 있었는지, 자세한 사정을 알게 되면 아버지도 다나카 씨가 가져오신 『만년』에 대해 말씀해주실지도 몰라요."

무슨 이야기인지 알 것 같았다. 도미자와 노리코는 47년 전에 시노카와 세이지가 알아낸 사실이 무엇인지 알고 싶은 것이다. 그래서 우리를 여기로 부른 것이다.

이미 50년이 다 된 일이다. 아무리 시오리코 씨라도 자세히 알아낼 방법이 있을까. 소세키 전집을 가지고 우리 외할머니의 비밀을 추측해낸 적이 있기는 하지만, 이번 일은 그보다 훨씬 복잡했다. 당시의 일을 아는 사람은 이제 거의 세상을 떠났기 때문이었다.

"알겠습니다. 알아볼게요."

하지만 시오리코 씨는 단호하게 대답했다. 말투나 표정

이 딴사람처럼 믿음직스러웠다. 완전히 스위치가 들어온 것 같았다.

정보를 얻기 위해서는 이 제안을 받아들일 수밖에 없는 건 분명했지만, 아마 그녀의 관심은 딴 데 있을 것이다. 할아버지가 해결한 고서 도난사건, 그리고 예의 『만년』의 수수께끼에 호기심이 동한 것이 분명했다.

시오리코 씨가 하겠다고 나섰으니, 나도 도울 수밖에 없었다.

"먼저 도둑맞은 책에 대해 알려주시겠어요? 다자이의 희귀본이라는 얘기밖에 못 들었는데…… 마나고야쇼보 판 『만년』이었나요?"

순간 도미자와 노리코는 당혹스런 표정을 지었다.

"……이제 그때 일을 아는 사람도 얼마 없네요. 아니에요. 없어졌던 책은 『만년』이 아니라."

그녀는 숨을 깊이 들이마시더니 말을 이었다.

"게쓰요소 판 『직소』 한정판이었어요."

3

제목을 듣자마자 시오리코 씨는 숨을 삼켰다. 그 반응을 보니 평범한 책이 아님을 알 수 있었다. 내가 알 수 있는 건 그것밖에 없었지만.

"……『직소』가 뭡니까?"

하는 수 없이 시오리코 씨에게 물었다. 며칠 전에 언뜻 들어본 기억은 났다. 기독교를 소재로 한 책이라고 하던가. 시오리코 씨는 휙 고개를 돌려 나를 보았다. 흥분한 듯 상기된 얼굴이었다.

"1940년에 발표된 다자이 중기의 걸작 단편이에요. 고백체 소설로, 예수 그리스도를 배신한 제자 유다의 1인칭 시점이죠.

관원에게 스승을 고발한 유다는 지금까지 예수에게 느꼈던 감정을 단숨에 토해내요. 인간으로서 스승을 사랑하지만, 상인이라는 자신의 출신 때문에 천대를 받았다고 생각해 증오하기도 해요. 상반된 감정에 괴로워하던 끝에, 결국 복수를 위해 스승을 밀고하죠. 은화 30닢을 받고, 자신을 이스카리옷의 유다라고 밝히며 이야기는 끝나요."

재미있을 것 같다는 생각이 들었다. 제자의 배신이라는 대목에서 도미자와 히로시와 세 남자를 떠올렸다. 소설의 내용과 통하는 게 있는 것 같다는 생각이 들었다.

"원고지 30매쯤 되는 분량이지만, 다자이는 누에가 실을 뽑듯 유창하게 서술했어요. 거의 고치지도 않았다고 하고요."

"그 책에 또 어떤 작품이 실려 있습니까?"

나는 물었다. 원고지 30매로는 책 한 권을 채울 수 없을 터였다.

"아뇨, 실린 작품은 「직소」뿐이에요. 판형은 B5 정도지만, 40페이지 남짓한 얇은 수제본이거든요……. 이 단편을 높게 평가한 시인 다카나시 가즈오의 도움으로 300부 한정 자가본으로 자비 출판했어요. 마나고야쇼보 판 『만년』과 함께 가장 고서 값어치가 높은 다자이의 저서죠."

설명하고 나서, 시오리코 씨는 도미자와 노리코를 보며 말했다.

"사인지가 들어 있지는 않았나요? 이 정도 크기로, 다자이의 친필 사인이 들어 있는데……."

시오리코 씨는 허공에 네모를 그렸다. 주간지를 길게 늘린 듯한 사이즈였다.

"네, 본 적이 있어요. 책을 되찾은 아버지가 여기서 상태를 확인하셨을 때 저도 곁에서 봤거든요."

"표지는 붉은색이었나요, 파란색이었나요?"

"아뇨……. 노란색이었어요."

시오리코 씨의 어깨가 움찔거렸다. 그녀는 마음을 가라앉히듯 홍차를 한 모금 마셨다. 찻잔이 달그락 소리를 냈다.

"희귀한 책입니까?"

“게쓰요소 판 『직소』에는 저자 친필 사인지가 포함된 게 있어요. 사인지의 유무에 따라 고서 가격이 몇 배나 차이가 나죠.”

“……표지 색은 왜 따지는 겁니까?”

그녀의 긴장된 표정에 내 목소리도 낮아졌다. 분위기를 보아하니 다나카 요시오가 소장했던 『만년』 급으로 귀한 책인 것 같았다.

“이 책의 표지 색깔은 한 종류가 아니에요. 시판된 책은 붉은색, 증정본은 푸른색이었는데…… 그 외에도 노란색 표지도 있었다는 얘기가 있어요. 고서 시장에 나온 적은 없지만요.”

등줄기가 오싹해졌다. 요컨대 환상의 책이라는 소리다.

시오리코 씨는 진지한 표정으로 도미자와 노리코에게 질문을 던졌다.

“아버님은 그 책을 어디서 구입하셨나요?”

“산 게 아니라 받았다고 들었어요. 태평양전쟁 중에요.”

“전쟁 중에…….”

순간 생각하더니, 시오리코 씨는 짐작 가는 데가 있다는 표정으로 말했다.

“혹시 다자이 본인에게 받으신 건가요?”

나는 귀를 의심했다. 설마 그럴 리가…….

하지만 도미자와 노리코는 부정하지 않았다.

"아버지가 학창 시절에 다자이의 팬이었다는 얘기는 했죠? 아버지가 팬레터를 보낸 걸 계기로, 서신 왕래를 했다고 해요. 다자이가 문학청년들과 교유했던 일은 익히 알려져 있죠."

신기한 기분이었다. 다자이 오사무를 먼 옛날의 작가라고만 생각했는데, 그와 인간관계를 맺었던 사람이 이 시대에도 아직 살아 있는 것이다. 다자이의 시대를 먼 옛날로 느낀 것은, 내 단순한 착각이었을까.

"대학 졸업이 다가오자, 아버지는 곧바로 징집당할 것을 각오했어요. 작별 인사를 할 요량으로 다자이의 자택을 찾아갔다가 그즈음 출간된 『직소』를 받았다고 해요."

"전별이었을까요."

"아버지 말로는 깊은 뜻은 없었을 거라고 했어요. 자신을 찾아온 젊은 신봉자에게 별생각 없이 출간된 책을 주었던 건지도 모른다고……. 하지만 존경하는 작가를 만나 직접 저서를 받은 추억을 마음의 버팀목으로 삼아, 아버지는 전쟁터에서도 살아 돌아왔어요.

전후에 간신히 귀국한 아버지는 건강이 악화되어, 돗토리의 친척집에서 요양 생활을 했어요. 언젠가 상경해 다자이와 다시 만나겠다는 바람을 가지고 있었지만, 결국 그 꿈은 이루어지지 않았죠. 다자이의 부고를 접한 날, 남은 삶을 문학연구에 바치기로 결심하셨다고 해요."

숨 막히는 침묵이 흘렀다. 도미자와 히로시에게 『직소』는 목숨만큼 소중한 책이었다. 그런 책을 도둑맞았으니……. 얼마나 큰 충격을 받았을지 나로서는 상상조차 할 수 없었다.

"그 『직소』를 좀 볼 수 있을까요?"

도미자와 노리코는 어두운 표정으로 말했다.

"어려울 거예요. 그 사건 이후로 아버지는 가족들조차 서고 출입을 금하셨어요. 열쇠는 아버지만 가지고 계시고, 나도 지난 50여 년 동안 한 번도 들어가 본 적이 없어요."

"아…… 그럼 책이 사라진 곳을 볼 수도 없는 겁니까?"

내 물음에 그녀는 미안한 표정으로 대답했다.

"네. 밖에서 잠깐 들여다보는 정도는 가능하겠지만, 그 이상은…… 미안해요."

사라진 책도, 사건 현장도 직접 볼 수 없다니. 더욱 난이도가 올라간 듯한 기분이 들었다. 하지만 시오리코 씨는 동요한 기색을 보이지 않았다.

"다이스케 군, 그 사진 가지고 있죠? 좀 꺼내줄래요?"

"아, 네."

나는 가방에서 사진을 꺼내 도미자와 노리코가 볼 수 있게 탁자에 올려놓았다. 잔주름이 퍼진 얼굴에 희색이 돌았다. 하지만 그도 순간이었다. 이내 쓸쓸한 미소의 여운만이 남았다.

"그해 여름에 찍은 사진이네요. 생생하게 기억해요. 내가 학교에서 돌아오자 아버지와 다른 분들이 카메라를 가지고 정원으로 나오셨죠. 이 사진은 고타니 씨한테 받았나요?"

"스기오 씨 앨범에 있던 사진이라고 들었어요. 이때가 다나카 요시오 씨가 『만년』을 아버님께 보여드린 뒤였나요?"

"분명 7월 초였으니까…… 맞아요. 이 사진을 찍기 1,2주 전이었어요. 그 즈음에는 며칠 걸러 한 번씩 찾아오셨어요. 날도 더운데 서고에 몇 시간이나 계신 걸 보고 힘드시겠다고 생각했어요. 거기다 어머니가 밖에서 자물쇠를 채우셔서."

대수롭지 않다는 듯 덧붙인 말에 시오리코 씨와 나는 눈이 휘둥그레졌다.

"다나카 씨는 그 서고 안에 갇혀 계셨던 건가요?"

도미자와 노리코는 잠시 눈을 감고 생각에 잠겼다. 눈가의 주름이 깊어졌다.

"거기엔 좀 복잡한 사정이 있는데…… 순서대로 이야기할게요.

예전에 이 집에는 대학생들이 많이 드나들었어요. 아버

지의 제자들뿐 아니라, 그냥 얼굴만 아는 학생들도 편하게 부르셨어요. 바다 근처라서 여름만 되면 해수욕을 온 학생들로 정원이 미어졌죠.

아버지는 좋게 말하면 대범했지만, 나쁘게 말하면 조심성이 없으셨어요. 드나들던 학생들 중에는 품행이 불량한 사람들도 있어서, 집에 있던 돈을 훔쳐간 적도 있어요. 결국 경찰까지 부르게 됐죠. 그해 봄의 일이었어요. 어머니는 무척 성을 내시며 앞으로 절대 학생들을 집에 들이지 않겠다고 선언하셨죠. 성격이 불같은 데가 있으셨거든요."

꼭 성격 때문이 아니더라도, 그런 상황에서 돈까지 없어졌다면 누구라도 화를 낼 것이다. 『직소』를 도둑맞기 전에도 이 집에서는 도난 사건이 일어났었던 것이다.

"……혹시 여기 찍힌 분이 어머니이신가요?"

시오리코 씨는 사진 가장자리, 건물의 창문 안쪽을 가리켰다. 사람의 뒷모습 같은 게 보였다. 도미자와 노리코는 잠시 그 부분을 보더니 그런 것 같다고 동의했다.

"아버지와 다른 분들이 같이 찍자고 했지만, 어머니는 집에 들어가서 나오지 않으셨어요. ……로마네스크 모임도 별로 좋아하지 않으셨거든요."

"이유가 뭔가요?"

시오리코 씨가 물었다.

"그분들도 학생들과 똑같다고 생각하셨겠죠. 그리고 다들 고서에 해박하신 분들이라, 아버지가 구하던 책을 찾아가져오기도 하셨거든요.

아버지는 기뻐하며 그 책들을 사들였어요. 책값이 너무 많이 나가서 어머니는 가계를 꾸리는 데 고생하셨고요. 마음 같아서는 학생들과 함께 그분들도 내보내고 싶으셨겠지만, 아버지는 그것만은 양보하지 않으셨어요. 그 친구들은 믿을 수 있는 제자들이고, 비록 나이 차이는 있지만 당신의 벗이라시면서……."

도미자와 노리코는 거기까지 말하다 눈앞의 사진을 내려다보았다. 듣는 나도 가슴이 아려왔다.

47년 전의 그들은 모두 웃고 있었다. 굳건한 신뢰로 맺어진 사이였던 것이다. 이 사진을 찍었을 때까지는.

"도난 우려 때문에 어머님은 서고에 자물쇠를 채우신 거군요."

시오리코 씨의 말에 사진을 보고 있던 도미자와 노리코는 퍼뜩 고개를 들었다.

"……네. 고서에 대해 전혀 모르던 어머니도 희귀본이 많다는 사실은 알고 계셨어요. 그래서 로마네스크 모임분들이 혼자 서고에 계실 때는 문을 완전히 걸어 잠그셨죠."

"아버님은 아무 말씀도 안 하셨나요?"

"당연히 화를 내셨어요. 어떻게 그 친구들을 도둑 취급하냐면서요. 하지만 세 분이 괜찮다면서 받아들이셨어요. 사모님이 걱정하시는 것도 이해가 간다, 우리도 조용히 자료를 읽고 싶으니 문이 닫혀 있으면 마음이 편하다면서요. 정말 점잖으신 분들이셨어요."

한마디로 보는 눈이 없는 틈을 타서 책을 가지고 나왔다 다시 서고로 돌아가는 건 불가능했다는 말이다. 문으로 드나들 수 없으니까.

"다나카 씨 말고 고타니 씨나 스기오 씨도 혼자 서고에 계신 적이 있었나요?"

"몇 번 있었어요. 제일 자주 오신 건 다나카 씨고요, 다음이 스기오 씨…… 고타니 씨는 거의 없었어요."

"세 분이 아버님과 함께 서고에 들어간 적은 없었나요? 이를테면 책 정리를 도왔다거나……."

시오리코 씨가 거듭 물었다. 상황을 정확히 파악하려는 모양이었다.

"책 정리는 아버지가 혼자 하셨어요. 어떤 식으로 정리하셨는지 그분들도 파악하지 못했을 거예요. 아버지가 서고에 틀어박혀 계실 때는 어머니도 방해하지 않으셨거든요."

"열쇠 관리는 어머니가 하셨나요?"

"열쇠는 두 개 있었는데, 당시 어머니와 아버지가 하나씩 관리하셨어요. 한 달에 한 번 청소할 때 어머니가 서고에 들어가셨거든요. 두 분 다 한시도 떼어놓지 않고 가지고 다니셨어요. 그 사건 이후로는 아버지가 전부 관리하셨고요."

"세 분은 서고에 계시는 동안 짐을 어떻게 하셨나요?"

"물론 가지고 들어가지 않으셨어요. 오실 때도 거의 빈손으로 오셨고요. 다나카 씨는 조사한 내용을 적어 가기 위해 종이와 연필을 가져오셨을 때도 있고요. 그래도 서고에서 나올 때는 가지고 나온 게 아무것도 없는지 어머니가 확인하셨어요."

"이 복도 끝에 있는 광이 서고죠? 그 문 말고 출입구가 있나요?"

"아뇨, 거기밖에 없어요. 그 밖에 천장 부근에 쇠창살이 달린 창문이 하나 있을 뿐이고요. 그 창문에는 쥐가 다니지 못하게 철망도 달아놨어요."

"……여름에는 무척 덥겠네요."

"다들 서고에는 러닝셔츠 한 장만 입고 드나드셨어요. 땀에 흠뻑 젖으셔서요."

나는 고개를 갸웃했다. 서고 문은 평소에는 닫혀 있어서 세 사람은 마음대로 출입할 수 없었다. 들어갈 때는 짐을 가지고 들어갈 수 없었고, 나올 때는 도미자와 부인의 확인을 거쳐야 했다.

"저기…… 그러면 어떻게 책을 훔쳐간 겁니까?"

"그게 바로 내가 궁금한 점이에요."

도미자와 노리코는 바로 그거라는 양 고개를 끄덕였다.

"그래서 그 모임분들이 그러셨을 리 없다고 했던 거예요. 말 그대로, 서고에서 책을 가지고 나올 방법 자체가 없었어요. ……그렇다면 대체 누가 어떻게 책을 훔친 거죠?"

4

도미자와 노리코가 두 손으로 문고리를 당기자, 하얀 문 두 짝이 좌우로 열렸다.

그 안쪽에는 장식이 달린 튼튼한 나무 안문이 있었다. 손잡이 부근에 큼지막한 자물쇠가 달려 있었다. 이 문은 열지 못하는 것 같았다. 윗부분은 굵은 나무 창살이 달려 있었고, 창살 안쪽은 철망으로 싸여 있었다.

이야기를 중단한 우리는 복도 안쪽에 있는 광의 입구에서 있었다. 먼저 서고를 둘러보기로 했다. 창살 사이로 안을 들여다보는 것뿐이지만.

"바깥문은 안 잠겨 있네요?"

시오리코 씨는 문을 연 도미자와 노리코에게 물었다.

"옛날부터 안 잠갔어요. 안쪽 문이 있으니까요. 오랫동안 집을 비울 때는 혹시나 해서 자물쇠로 잠글 때도 있었지만요."

아닌 게 아니라 안쪽 문도 견고해서 슬쩍 미는 정도로는 꿈쩍도 하지 않았다. 시오리코 씨는 문에 몸을 기대더니 얼굴을 가까이 대……는 정도가 아니라 안경이 닿을 정도로 서고 안을 들여다보았다. 나도 그녀의 머리 위로 안을 보았다.

불은 켜져 있지 않았다. 천장 쪽에 있는 작은 창문에서 들어오는 빛이 유일한 조명이었다. 높다란 책장이 벽을 따라 늘어서 있었고, 방 한가운데에도 책장이 앞뒤로 붙어 놓여 있었다. 이렇게 봐서는 이 문 말고 사람이 드나들 수 있을 만한 출입구는 없는 것 같았다.

나는 시오리코 씨의 정수리에 살짝 얼굴을 대며 물었다.

"어떻습니까?"

"무척 알찬 서고네요. 다자이 외의 작가의 연구서나 초판본도 있고요. 정리도 잘 되어 있고…… 아!"

"왜, 왜요?"

"다이스케 군! 저기 봐요!"

시오리코 씨는 느닷없이 철망에 손가락을 대고 그 너머를 가리켰다. 대체 뭐지?

나는 무릎을 구부려 같은 눈높이에서 그녀가 가리키는

곳을 보았다. 하지만 보이는 건 책장밖에 없었다.

"안쪽 책장의 두 번째 단의 다자이 오사무 논집 옆에…… 1940년에 간행된 다케무라쇼보 판 『피부와 마음』이 있어요! 초판이 분명해요!"

귓가에서 들뜬 목소리가 들렸다. 짐작은 했지만, 역시 책 이야기였군. 희귀본인 모양이었다. 이것도 공부라 생각하고 나도 책등을 찾았다.

"어디라고요? 다자이 오사무 전집이 있는……."

"아뇨. 그 윗칸요. 잘 찾아보세……."

시오리코 씨가 갑자기 입을 다물었다.

어느새 우리는 뺨을 맞대고 있었다. 아니, 그녀 쪽에서 다가온 것이다.

시오리코 씨는 화들짝 놀라 떨어지더니, 아무 일도 없었던 듯 뒤돌아보며 말했다.

"……『직소』가 없어진 건 언제 아셨죠?"

아까처럼 유창한 말투였지만, 붉어진 얼굴까지 감추지는 못했다.

"내가 신학기 준비를 하고 있을 때였으니까, 8월 말이었을 거예요. ……논문을 완성한 아버지가 참고한 자료를 제자리에 가져다 놓으시다 알아채셨다고 하셨어요. 책갑이라고 해야 하나요, 책을 쌌던 박스만 남아 있었고, 정작 책은 없어졌다고 들었어요.”

“책갑은 두고 갔고요?”

“네, 아버지는 매년 7월 초에 서고를 정리하셨는데, 그때는 아무 이상도 없었다고 하셨어요. 7월에서 8월 말, 그 두 달 사이에 서고에 들어간 사람은 그 세 분밖에 없어서.”

“세 분의 이야기를 들어보지 않으셨나요?”

도미자와 노리코는 복도 끝을 보았다. 아무도 없었지만, 아마 그쪽이 그녀의 아버지가 있는 방일 터였다.

“그럴 기운도 없으셨어요. 그만큼 힘드셨던 거겠죠. 한동안 자리에 누워 계셨어요.”

그녀는 나지막이 말했다.

“고타니 씨와 스기오 씨가 여러 번 찾아오셨지만 아버지는 누굴 만날 상태가 아니셨어요. 간병하시던 어머니도 화가 머리끝까지 나셔서 얼굴도 보려 하지 않으셨고요.”

문전박대를 당했다는 고타니의 말이 떠올랐다. 그 일로 병까지 얻었다는 이야기는 처음 들었다. 그만큼 충격이 컸던 것이리라.

“경찰에 신고는 하셨나요?”

“안 했지만, 어머니는 하려고 했어요. 그때 시노카와 씨의 할아버님이 찾아오셨죠. 스기오 씨 소개로 오셨다면서요.”

“부모님은 할아버지를 만나주셨나요?”

그 말을 듣고서야 깨달았다. 시노카와 세이지는 이 집 사람들과 면식도 없는 고서점 주인이었고, 더구나 용의자의 지인이었다. 그런 사람에게 책을 찾아달라고 하지는 않을 텐데.

"처음에는 만나려 들지도 않으셨어요. 제가 시노카와 씨에게 부탁드린 거예요. 아버지의 책을 찾아서 세 분의 무고를 밝혀달라고요."

우리는 눈앞의 여성을 다시금 보았다. 47년 전, 그리고 지금, 비블리아 고서당에 조사를 의뢰한 것은 바로 그녀였다.

"왜 저희 할아버지에게 의뢰하신 건가요?"

시오리코 씨가 물었다.

"믿음이 가서요. 과묵하셨지만 책 이야기만 나오면 이런 저런 얘기들을 해주셨죠. 그리고 무척 정의감이 투철하신 분이었어요. '오래된 책은 여러 사람의 손을 거친다. 사람과 책의 인연을 지키는 것이 내 신념이다.' 입버릇처럼 그렇게 말씀하셨죠."

저도 모르게 옆에 있는 시오리코 씨를 보았다. 그녀가 자주 하는 말과 비슷했다. 여러 사람의 손을 거친 오래된 책 그 자체에는 이야기가 깃들어 있다. 시오리코 씨는 할아버지와 생전에 많은 이야기를 나누지 않았다고 했지만, 물려받은 것은 분명히 있었다.

"그 후로 아버지도 서서히 시노카와 씨에게 마음을 여셨어요. 분명 고마워하셨을 거예요…… 『직소』를 찾아주셨으니까요."

나는 정의감이 투철했다는 그가 진상을 밝히지 않은 채 일을 마무리했다는 사실이 역시 마음에 걸렸다. 사람과 책의 인연을 지키는 게 신조였다면, 책으로 얽힌 사람과 사람 간의 인연도 소중히 했을 것 같은데.

복도에서 삐걱, 소리가 났다. 소리가 난 쪽으로 고개를 돌리자 운동복 차림의 자그마한 노인이 난간에 몸을 기댄 채 다가오고 있었다. 세월의 흐름만큼 외모는 바뀌었지만, 눈가에는 사진 속 흔적이 남아 있었다.

"아버지."

도미자와 노리코가 노인을 부르며 다가갔다. 부축하려는 것 같았지만, 노인은 손을 들어 거부했다.

"저 아가씨가 시노카와 시오리코 양이에요. 시노카와 세이지 씨의 손녀시고, 지금 비블리아 고서당을 경영하고 있고요. 옆의 청년은 직원인 고우라 씨예요."

딸이 우리를 소개했지만 도미자와 히로시는 눈길조차 주지 않았다.

"서고에 얼씬거리지 말라고 했지."

노인의 입에서 쉰 목소리가 흘러나왔다. 하지만 발음은

또렷했다.

"돌아가시라고 해라."

그 말을 하려고 일부러 방에서 나온 모양이었다. 시오리코 씨와 이야기할 생각은 없는 것이다. 도미자와 노리코의 입술이 파르르 떨렸다.

"그런 식으로 말씀하지 마세요. 제 손님이에요."

"여긴 내 집이다. 난 손님을 부른 적 없어."

"아버지도 알고 싶으시잖아요. 그때 무슨 일이 일어났었는지. 누가 왜 그 책을 훔쳤는지."

그 말을 들은 노인은 바닥 한 곳을 뚫어져라 바라본 채 움직이지 않았다. 감정이 하나도 남지 않은 듯한 그 눈빛은 그 사진 속 환한 미소와 너무나도 달랐다.

이내 그는 왔던 길로 발길을 돌렸다.

"그런 옛날 일을, 알아서 뭣하겠냐."

그리고 신음하듯 중얼거렸다. 그가 어떤 표정을 지었는지 우리 쪽에서는 보이지 않았다.

"내가 배신당했다는 사실이 달라지진 않는데."

그 말을 남기고 도미자와 히로시는 떠났다. 우리는 구부정한 뒷모습이 멀어지는 모습을 말없이 지켜볼 따름이었다.

"이런 일을 겪게 해서 미안해요."

도미자와 노리코는 고개를 숙였다. 우리는 서고의 문을 닫고 응접실로 돌아왔다. 노인은 다시 서고로 들어갔다.

"어머니가 돌아가신 뒤로 더욱더 고집불통이 되셨어요. 옛날에는…… 이 집에 많은 사람들이 드나들던 시절에는 저런 말씀을 하시는 분이 아니셨는데."

그랬던 그가 달라진 계기는 47년 전 사건이었겠지. 나는 고타니의 깐깐한 얼굴을 떠올렸다. 어쩌면 그 사건에 관련된 모든 이들을 바꾸어 버렸는지도 모른다.

"아버지는 저렇게 말씀하시지만, 부디 계속 알아봐주세요. 아버지는 됐다고 하셔도, 나는 알고 싶으니까. 물론 비밀은 지킬게요. 누군가의 잘못을 폭로하거나 추궁하려는 게 아니니까."

"알겠습니다. 저도 할아버지가 무슨 일을 했는지 알고 싶어요."

시오리코 씨는 그렇게 대답했다. 이 사건은 시노카와 세이지, 과거의 비블리아 고서당이 관련되어 있다. 그녀에게도 남의 일은 아닌 것이다.

"그럼 다시 몇 가지 확인하고 싶은 게 있어요……. 『직소』가 사라진 건 1964년 7월에서 8월 사이였다고 하셨죠. 그동안 서고에 출입했던 분은 아버님과 다나카 씨, 고타니 씨, 스기오 씨…… 그리고 서고를 청소하셨던 어머님까지

총 다섯 분이시죠?"

도미자와 노리코는 고개를 끄덕였다. 집안사람을 제외하면 용의자는 그 세 명이었다. 시오리코 씨는 말을 이었다.

"로마네스크 모임분들은 거의 빈손으로 서고에 들어가셨고요. 그럼 다나카 씨가 가지고 계셨던 종이는 구체적으로 어떤 것이었나요?"

"그냥 평범한 종이였어요. 조금 커다란, 하얀 종이요. 여러 내용이 적혀 있었지만 자세히는 몰라요."

"노트를 사용하지는 않으셨나요?"

"어머니의 눈도 있어서 최소한의 소지품만 가지고 오셨어요. 하지만 맨 종이에다 필기를 하기는 불편하니까, 중간부터 책받침…… 클립보드라고 하죠? 그걸 쓰셨어요."

뭔지 알 것 같았다. 말 그대로 서류를 고정하는 클립이 달린 판이었다. 우리 가게에서도 쓰는 물건이었다. 솔직히 책을 가지고 나가는 데 도움이 될 것 같지는 않았다.

"옷 속에다 숨겨서 가지고 나올 수 있었을까요?"

"판형은 크지만 얇은 책이었으니 구부리면 감출 수 있었을지도 모르지만…… 책을 찾았을 때 살펴봤지만 접은 흔적이나 얼룩은 없었어요. 사라지기 전처럼 깨끗했죠. 오히려 전보다 더 깨끗해진 것 같았어요."

희귀본을 접었을 리가 없다. 그리고 7월에서 8월 사이면 한여름이라 셋 다 땀을 흘렸다고 했다. 옷 속에 숨기지는 않았으리라.

"전보다 깨끗해졌다고요? 그게 무슨 말씀이시죠?"

시오리코 씨가 의아한 듯 물었다. 왜 그런 걸 묻지? 도미자와 노리코에게도 예상 밖의 질문이었던 것 같았다.

"잘 설명은 못하겠지만…… 그전에 봤을 때에 비해 왠지 그런 느낌이 들었을 뿐이에요. 오히려 아버지는 책이 못 쓰게 되었다고 속상해 하셨으니, 내 착각인지도 모르죠."

"책이 못 쓰게 되었다, 분명히 그렇게 말씀하셨나요?"

"맞아요. 작은 흠이라도 생긴 모양이죠."

왠지 마음에 걸렸다. 같은 책을 봤는데 그렇게까지 인상이 다를 수 있을까? 여기 실물이 있으면 확인할 수 있겠지만.

"책이 돌아온 건 언제 일이었나요?"

"사라진 사실을 깨달은 지 한 달쯤 후였던 것 같아요. 9월 말이나 10월 초…… 정확한 날짜까지 기억하진 못해요. 시노카와 씨가 가져오셨는데, 어머니뿐 아니라 나도 자리를 비켜달라고 했거든요."

"어머님은 『직소』가 희귀본이라는 사실을 아셨나요?"

"아셨을 거예요. 아버지는 조심해서 다뤄야 할 책에 대해 그 이유도 포함해 설명하셨거든요."

"귀한 책이 서고 어디에 보관되어 있는지 누구나 알 수 있었나요?"

"주문 제작한 나무 상자에 들어 있었으니 금방 알 수 있었을 거예요. 『직소』 말고도 희귀본이 몇 권 더 있었고, 작가 친필 원고나 서간도 보관해 두었거든요. ……어머니가 가지고 나갔을 가능성도 고려하는 거죠?"

순간 헉 소리가 나올 뻔했다.

듣고 보니, 열쇠를 가지고 있었던 사람이라면 책을 가지고 나오는 건 어렵지 않았을 터였다. 딸도 어머니가 로마네스크 모임에 호의적이지 않았다고 말한 바 있다. 그들을 이 집에서 쫓아내기 위해 꾸민 일이라고 한다면…….

"죄송해요. 결론을 내기 위해서는 다양한 가능성을 생각해야 해서……."

"아니에요. 나도 같은 생각을 했던 적이 있거든요. 솔직히 어머니 성격이라면 그랬을 수도 있겠다 싶어서…… 하지만 만에 하나 그게 사실이라도 나한테는 숨기지 말아줘요."

용기 있는 사람이라 생각했다. 집안의 수치가 되는 이야기라 해도, 진실을 알려 하는 것이다. 아무리 추하고, 듣기 괴로운 일이라도 상관없다고 했던 고타니의 모습이 떠올랐다.

"약속드리겠습니다. 제가 알아낸 일은 숨김없이 말씀드릴게요."

시오리코 씨는 조용히 대답하더니 질문을 바꿨다.

"이 댁에 드나들던 분이 또 있나요? 서고 출입과 상관없이요. 누구라도 상관없습니다."

아득한 기억을 더듬듯 도미자와 노리코는 허공을 바라보았다.

"그때는 학생들 출입을 금했을 때니까, 거의 없었어요. 아버지도 논문을 쓰시느라 조용한 환경을 원하셨고요…… 나와 같은 반이었던 친구가 이따금 놀러 온 정도일까. 이 사진은 그 친구가 찍어줬어요."

나는 다시 사진을 바라보았다. 그러고 보니, 촬영자가 있을 가능성을 전혀 고려하지 않았다. 타이머 촬영이겠거니 생각했다.

"잠깐만요. 이날 찍은 다른 사진이 어디 있을 거예요."

도미자와 노리코는 자리에서 일어나 다른 방으로 갔다. 부스럭거리는 소리가 들린 뒤, 그녀는 사진 한 장을 들고 돌아왔다. 그리고 우리가 가져온 사진 옆에 내려놓았다.

"이 사진을 봐요."

장소는 이 집 정원이었다. 세일러복 차림의 여학생 둘이 웃으며 서로 껴안고 있었다. 도미자와 노리코와 함께 찍힌 건 단발머리에 안경을 낀 소녀였다. 친구보다 자그마한 덩치에 살짝 통통했다.

"그러고 보니 이 친구도 기타가마쿠라에 살아요. 아버님이 고서점을 하셨는데……."

"……쓰루요 아주머니."

시오리코 씨가 중얼거렸다. 아는 사람인 모양이었다.

"어머, 아는 사이였어요? 맞아요, 구가야마 쓰루요예요."

나는 고개를 갸웃했다. 최근에 구가야마라는 이름을 들은 적이 있는데. 어디서 들었지?

"할아버지는 비블리아 고서당을 개업하기 전에 이분 아버님이 경영하시던 고서점에서 일하셨거든요. 구가야마 서방이라는……."

아, 맞다. 구가야마 서방이었다. 시노카와 세이지가 일을 배웠다던 가게다. 요코하마의 이세자키초에 있다고 했다.

"이 지역에서 손꼽히는 고서점이었다고 해요. 이 사진을 찍었을 무렵에는 점포는 정리하고 통판만 전문으로 하셨다고 들었지만요. 할아버지가 구가야마 씨 댁에서 일했다는 얘기를 안 하셨나요?"

"못 들었어요. 나와 쓰루요가 친구였다는 걸 모르셨을지도 모르겠네요. ……그나저나 참 신기한 우연도 다 있네요."

그렇지 않아도 원래 좁은 업계다. 가나가와 현으로 한정하면 인간관계가 이어져 있어도 이상할 건 없었다.

아무리 그래도 이번 일은 너무 우연의 연속인 것 같다는 생각이 들었다. 꺼림칙한 느낌을 지울 수가 없었다.

"쓰루요는 밝고 사랑스러운 친구였어요. 그리고 책을 좋아했죠. 나보다 잘 알았을 거예요. 역시 아버님의 영향을 받았는지……."

"구가야마 씨…… 쓰루요 씨 아버님이 이곳에 오신 적은 없었나요?"

"여러 번 있었죠. 쓰루요가 우리 집 얘기를 했는지, 다자이의 친필 원고나 서간을 판매하러 자주 오셨어요. 아버지도 찾는 책이 생기면 먼저 구가야마 씨에게 상의했고요."

한마디로 도미자와 히로시는 구가야마 서방의 단골이었다는 건가. 고객의 취향을 파악하고 이거다 싶은 물건이 들어오면 직접 판매하러 왔다. 찾는 책이 있으면 구해다 주었다. 이 지역에서 손꼽히는 고서점이라고 할 만했다.

"그러고 보니 다나카 씨가 가져오신 마나고야쇼보 판 『만년』은 구가야마 씨도 보셨어요."

"정말인가요?"

시오리코 씨는 눈을 휘둥그레 뜨고 되물었다.

"네. 여기서 아버지와 다나카 씨가 이야기를 나누셨던 날, 구가야마 씨도 뒤늦게 오셨거든요. 아마 아버지 혼자서는 진위를 판명할 수 없어서 구가야마 씨에게 감정을 요청했던 게 아닐까요?"

"감정 결과는 못 들으셨죠?"

"나는 못 들었어요. 물론 아버지는 알고 계시겠지만요."

시오리코 씨는 힘없이 어깨를 떨궜다. 아까 태도로 봐서는 도미자와 히로시에게 듣는 건 불가능했다. 달리 알 만한 인물이라면…….

"저기, 구가야마 서방에 물어보면 안 됩니까?"

"그분은 제가 태어나기 훨씬 전에 돌아가셨어요……."

당연한 이야기였다. 시오리코 씨의 할아버지에게 일을 가르쳤던 인물이다. 만일 살아 있다면 엄청난 고령일 것이다.

"살아 계셨으면 이런저런 이야기를 해주셨을 거예요. 쓰루요처럼 항상 싹싹하시고 누구에게나 다정하신 분이었거든요."

'이상한데……?'

시오리코 씨에게 들은 이야기와 달랐다. 시노카와 세이지는 '엄하고 까다로운 사장'에게 10년도 더 혹사당했다고 하지 않았나? 뭐, 사람마다 각각 인상은 다른 법이겠지만.

"쓰루요 아주머니를 만나봐야겠어요. 뭔가 아시는 게 있을지도 몰라요."

시오리코 씨는 허리를 펴고 탁자에서 몸을 뗐다. 그만 일어날 생각인 모양이었다. 나는 사진을 가방에 넣어야 할지 망설였다. 도미자와 노리코가 계속 사진을 보고 있었기 때문이었다.

"옛날 생각 나네요."

그녀는 혼잣말처럼 중얼거리더니 두 장의 사진을 만졌다.

"쓰루요도 이 무렵에는 자주 놀러왔는데, 다른 학교에 진학한 뒤로는 자연스레 연락이 뜸해졌어요. 그 뒤로는 연하장만 주고받는 사이고요."

그 말을 들으니 으스스해졌다. 사진 속 두 소녀는 이렇게나 다정해 보이는데, 지금은 같은 동네에 살면서도 만나지 않는다. 딱히 싸우고 헤어진 게 아니어도 서서히 멀어져 수십 년이 흐르는 일도 있는 것이다.

"쓰루요한테 안부 전해줘요."

그녀는 환하게 웃었다. 그제야 사진 속 소녀와 꼭 닮은 얼굴이 보였다.

5

이튿날 저녁, 나와 시오리코 씨는 기타가마쿠라의 언덕길을 천천히 오르고 있었다.

목적지는 구가야마 쓰루요의 집이었다. 약속 시간까지는 아직 시간이 있었다. 나는 항상 매는 숄더백 말고도 종이봉

투를 하나 들고 있었다. 시노카와 아야카에게 받은 블루베리 잼이었다.

얼마 전에 가게를 보고 있을 때 구가야마 쓰루요가 블루베리를 가져다주었다고 한다. 그걸로 잼을 만들었으니 답례로 전해주라는 부탁을 받았다.

이런 모습을 보면 주부가 따로 없었다. 현역 여고생이 생각할 만한 행동은 아니었다.

"구가야마 쓰루요 씨는 자주 가게에 오시나 보죠? 전 한 번도 만난 적이 없는데요."

"평소에는 안채로 오시거든요. 다이스케 군에게 소개할 기회가 없었네요."

얼굴은 봤을지도 모른다. 나도 요새는 안채에 출입하는 일이 많아졌기 때문이었다.

"구가야마 씨와는 예전부터 가족끼리 가깝게 지내던 사이였습니까?"

별 뜻 없이 던진 질문이었지만 시오리코 씨는 잠시 입을 다물었다. 좁은 언덕길에 지팡이 소리가 규칙적으로 울려 퍼졌다.

"……그렇지도 않아요. 사이가 좋았던 건 아버지와 쓰루요 아주머니예요. 같은 초등학교에 다닌 사이라 소꿉친구라고 할까…… 남매지간 같은 느낌이었어요. 아주머니가 세 살 연상이거든요."

"어? 시오리코 씨 할아버님과 구가야마 서방을 경영했던……."

"구가야마 쇼다이 씨라고 해요."

"그분과는 왕래가 없었습니까? 10년 동안 같이 일했는데."

"저도 잘 모르겠어요. 아버지에게 들은 얘기로는 고서조합에서 얼굴을 자주 봤지만, 서로 왕래한 적은 거의 없었던 것 같아요. 성격 때문이었을지도 모르죠. 할아버지는 무뚝뚝한 분이었고, 구가야마 씨는 무척 엄한 분이었다니까요."

"……아까부터 이상하다고 생각했는데요, 도미자와 씨는 '항상 싹싹하시고 누구에게나 다정했다'고 했잖아요. 그냥 듣기에는 전혀 다른 사람 같던데."

"손님에게는 항상 싹싹하셨지만, 직원이나 동업자들에게는 180도 태도가 달랐다고 들었어요. 고서업자로서 지식도 해박하고 경험도 풍부하셔서, 다들 인정하면서도 무서워했다고……."

"그분도 다른 가게에서 일을 배웠던 겁니까?"

"처음에는 진보초의 고서점에서 일하셨다고 들었어요. 쇼와 대공황의 타격을 직격으로 받았던 시절이라 월급도 얼마 안 됐고, 무척 힘든 환경이었다고. 하지만 열심히 일한 보람이 있어서, 5년 후에는 그 가게 사장님이 희귀본을 제외한 모든 책들의 판매를 맡기셨다고 가족분께 들었어요. 전쟁이 끝난 후에는 이세자키초에 본인 가게를 열면서 기타가마쿠라에 집도 지으셨고요."

바닥부터 시작해 차근차근 배워온 고서업자였던 모양이다. 그러니 동업자나 직원들에게 엄했던 것일까.

"지금 구가야마 씨 댁에 사는 사람은, 쓰루요 씨……뿐입니까?"

"쓰루요 아주머니 딸과 어머니까지 셋이서 사세요. 딸은 대학생이고요. 오래 전에 남편분하고 헤어진 뒤로 딸을 데리고 친정으로 돌아오셨어요."

그제야 이해가 갔다. 그래서 남편 성이 아니라 아버지 성을 쓰는 거구나.

"어, 어머니라면 구가야마 쇼다이 씨의 부인이십니까?"

"네. 나이가 많으셔서 요 몇 년은 거의 자리보전하고 계세요. 저도 1년 만에 뵙는 거예요. 전에는 더 자주 놀러 갔지만……."

시오리코 씨는 말을 흐리더니 더는 말하지 않았다. 그러고 보니 아까 출발했을 때부터 안색이 영 좋지 않았다.

"무슨 사정이 있습니까?"

불현듯 그녀가 걸음을 멈췄다. 눈앞에 가파른 콘크리트 계단이 나왔다. 다른 계단보다 단이 높고 멀리까지 이어져 있었다. 오래된 계단인지 모서리도 제법 닳았다. 다리가 불편한 사람이 오르기에는 버거울 것 같았다.

순간 등골이 오싹해졌다. 시오리코 씨가 주저하는 건 경사가 급해서가 아니다. 계단에 얽힌 끔찍한 과거가 있기 때문이었다.

다나카 도시오가 이 계단에서 그녀를 밀쳤다.

"그 집에 가려면 이 계단을 지나야 하는데…… 그날 이후로 도무지 발이 떨어지지 않았어요."

나는 작년 병실에서 들었던 이야기를 떠올렸다. 1년 전 그날, 시오리코 씨는 돌아가신 아버지가 친구에게 빌렸던 책을 돌려주러 외출했었다.

"아버님이 책을 빌린 친구가 구가야마 쓰루요 씨였습니까?"

그녀는 고개를 끄덕였다. 하지만 안경 너머의 눈동자는 계단 위를 보고 있었다. 계단이 끝나는 곳에는 나무들이 울창해서 지금 있는 곳보다 어둑했다. 다나카 도시오는 분명 저기 어딘가에 숨어 있었으리라.

"오늘은 그냥 갈까요?"

나는 애써 자연스레 말을 붙였다. 물론 가서 물어볼 이야기는 있었지만, 가지 않는다고 세상이 끝나는 것도 아니었다. 무리할 필요는 전혀 없었다.

"아뇨, 갈래요."

단호한 목소리였다. 하지만 말과는 달리 시오리코 씨는

영 걸음을 떼지 못했다.

나는 말없이 그녀의 허리에 팔을 두르고 다른 손으로 지팡이를 들지 않은 그녀의 손을 가볍게 붙잡았다. 조금이라도 균형이 무너지면 내가 부축할 작정이었다. 만에 하나 무슨 일이 일어나도 예전 같은 일이 일어나게 두지는 않겠다.

그녀는 내 얼굴을 힐끗 올려다보더니, 깊이 숨을 들이마셨다.

그리고 첫 계단에 발을 올렸다.

구가야마가는 계단 끝에서 멀지 않은 곳에 있었다. 하얀 이층집으로, 기다란 쌍여닫이 창문이 인상적이었다. 꽤 오래된 집인 것 같았지만, 칠이 벗겨졌거나 금이 간 곳도 없는 걸 보면 정기적으로 관리하는 모양이었다.

대문을 지나 현관 앞에 섰을 때, 수국이 무성한 정원에서 누군가가 나타났다. 미니스커트에 노란 후드점퍼를 입은 젊은 여자였다. 시오리코 씨처럼 긴 생머리였다.

"어머, 왔어? 시간 딱 맞췄네."

그녀는 주머니에 손을 넣고 웃으며 말했다. 또랑또랑한 목소리였다. 얼굴 크기에 비해 눈과 입이 커서 어스름한 가운데에서도 하얀 이가 또렷이 보였다. 개성적인 생김새였지만 미인이었다. 나보다 조금 어린 것 같았다. 아마 구가야마 쓰루요의 대학생 딸이겠지.

"개 산책시키고 돌아오는 길이야. 엄마 만나러 왔다고?"

"……응. 어디 계셔?"

"안에서 기다리고 있을 거야……. 아."

그녀는 흥미진진한 표정으로 나를 올려다봤다. 갑자기 긴장이 됐다. 나는 헛기침을 하며 자기소개를 했다.

"처음 뵙겠습니다. 비블리아에서 일하는 고우라라고 합니다."

"저야말로 잘 부탁드려요. 전 구가야마 히로코예요. 저기, 고우라 씨는 시오리코 씨와 사귀는 사이예요?"

갑자기 직구가 날아왔다. 어딜 가나 이 질문이군. 옆에 있던 시오리코 씨가 굳었다. 대체 우리 얘기가 어디까지 퍼진 거지?

"어디서 들으셨습니까?"

"저번에 비블리아에서…… 아야카가 말해주던데요."

그러면 그렇지. 답은 뻔했지만, 이제 제발 그만 듣고 싶은 심정이었다. 그녀는 내가 든 봉투를 들여다보았다.

"이거 아야카가 만든 잼이에요?"

"그런데요."

"역시, 기다렸어요. 저번에 엄마하고 블루베리 주러 갔을 때 잼 만들면 보내겠다고 했거든요."

"……받으세요."

나는 하는 수 없이 잼을 건넸다. 시오리코 씨가 주는 게 맞다고 생각했지만, 당사자는 아직도 얼이 빠져서 입을 못 떼는 것 같았다.

"고마워요. 자, 들어가요."

그녀는 문을 활짝 열며 말했다. 현관 천장은 개방형이었다. 오랫동안 전구를 갈지 않았는지 조금 어두웠다.

"할머니한테 인사드릴래? 주무시고 계실 것 같지만."

"……아, 응."

"그럼 나도 그동안 엄마 모셔올게. 2층에 계실 거야."

현관에 서 있는 나에게 의미심장한 시선을 던지더니, 구가야마 히로코는 시오리코 씨의 어깨를 치며 말했다.

"남자친구 멋지네, 언니는 좋겠다."

그 말을 남기고는 계단을 올라가 사라졌다. 대체 무슨 뜻으로 한 소린지 궁금했다. 덩치 크고 인상 험악하다는 소리는 들어본 적 있지만, 멋지다는 칭찬을 들은 건 생전 처음이었다. 예전에 사귀던 여자친구에게조차 들어본 적이 없었다.

으레 하는 소리겠지. 딱히 예쁘다고 생각하지 않아도, 친구가 새 가방을 사면 한마디 칭찬을 건네는 것처럼.

"……다이스케 군."

뒤에서 옷자락을 당기는 느낌이 들었다. 신발을 벗은 시오리코 씨가 복도에서 나를 바라보고 있었다. 아니, 부루퉁한 얼굴로 노려보고 있었다.

"왜요?"

나도 신발을 벗으며 물었다.

"아무것도 아니에요!"

그녀는 홱 고개를 돌렸다. 토라진 것이다. 헤벌쭉 웃음이 나오는 걸 참느라 애썼다. 처음 만난 여자에게 칭찬 받는 것보다는 시오리코 씨의 이런 반응이 훨씬 기뻤다.

6

"실례하겠습니다."

시오리코 씨는 문을 열었다. 구가야마 쇼다이의 부인은 거의 자리에 누워 있다고 해서, 당연히 침실일 줄 알았는데 소파와 테이블이 놓인 거실이었다. 게다가 아무도 없었다.

시오리코 씨는 거실을 가로질러 얇은 커튼 앞에 섰다. 자세히 보니 그 너머에도 방이 있는 것 같았다. 그쪽은 불이 꺼져 있었다.

"마리 할머님, 저 왔어요. 시오리코예요."

커튼 너머로 불렀지만 대답은 없었다. 할머니의 이름은 구가야마 마리인 모양이었다.

시오리코 씨 뒤에서 나도 어스름한 옆방을 들여다보았다. 처음 눈에 들어온 건 책등이었다. 벽 두 면을 높다란 책장이 차지하고 있었다. 제목까지는 보이지 않았지만, 고서인 것 같았다. 원래는 서재로 쓰던 방인 모양이었다. 구석에는 독서용 책상과 의자가 놓여 있었다.

그리고 한가운데에는 커다란 환자용 침대가 놓여 있었다. 목 언저리까지 담요를 올려 덮은 노파가 누워 있었다. 보아하니 깊이 잠든 것 같았다. 땋아 내린 백발은 반지르르해서 아름다웠다.

분명 예전에는 다른 곳에 침실이 있었겠지. 병간호하기 쉽게 하려고 서재로 침대를 옮긴 것이다. 다른 가족이 이곳에서 지내는 시간도 긴지, 바닥에는 쿠션과 탁자가 놓여 있었고, 텔레비전과 노트, 컴퓨터 같은 것들도 보였다.

"여기 있는 책들은 전부 할머님께서 직접 수집하신 것이에요. 오래된 책을 읽는 걸 정말 좋아하시는 분이세요."

시오리코 씨는 담담하게 말했다. 아까부터 말 곳곳에서 그녀와 구가야마 집안의 미묘한 거리감을 느꼈다. 물론 가깝게 지내는 것 같기는 했지만, 이만큼 고서가 많은 집이니 더욱 친밀하게 지내도 이상하지 않을 것 같은데.

'……어?'

이게 전부 잠든 구가야마 마리의 책이라면, 남편인 구가야마 쇼다이는 고서를 남기지 않은 걸까. 아니면 다른 데 따로 서고가 있는 건가?

"저기……."

물어보려 했을 때 거실 문을 열고 두 여자가 들어왔다. 한 명은 구가야마 히로코였고, 나머지 한 사람은 그녀의 어머니겠지. 나는 저도 모르게 두 번이나 보았다. 도미자와 노리코와 친구라면 꽤 나이가 들었을 텐데 어깨까지 기른 머리는 아직 까맸다. 둥근 얼굴에 안경을 끼고 있었는데, 딸보다 체격이 더 작았다.

나이를 먹기는 했지만, 어제 본 사진 속 모습과 놀랄 정도로 흡사했다. 이런 사람도 세상에 있구나 하는 생각이 들었다.

"시오리코, 오랜만이야."

구가야마 쓰루요가 달려와 시오리코 씨의 팔을 잡았다. 그리고 옆에 있던 나를 보고 고개를 돌렸다.

"처음 뵙겠습니다. 고우라 다이스케라고 합니다."

"아, 그쪽이…… 안녕하세요."

그녀는 고개를 끄덕이며 인사했다. 이 사람도 알고 있는 건가.

"일단 앉으세요."

그 말에 우리는 2인용 소파에 앉았다. 문 옆에 서 있는 구가야마 히로코의 존재가 은근히 신경 쓰였다. 지금부터 과거의 범죄행위에 대해 이야기해야 하는데, 사정을 전혀 모르는 사람이 있는 자리에서 하기는 껄끄러웠다.

"아, 난 노트북 가지러 온 거예요. 방해할 생각 없으니까 걱정 마요. 내일까지 과제 제출해야 하거든요."

구가야마 히로코는 옆방으로 들어가 바로 노트북 컴퓨터를 들고 나왔다.

"그럼 편히 말씀 나누세요."

그녀는 바로 환한 미소를 지으며 방을 나갔다. 눈치가 빠른 사람 같았다. 그사이에 구가야마 쓰루요는 주전자의 물로 녹차를 우리고 있었다.

옆방과의 경계선에는 커튼 외에도 미닫이문이 있었지만, 문은 활짝 열려 있었다. 시오리코 씨가 가만히 있는 걸 보니, 이 집에서는 손님이 와도 이 상태인 모양이었다. 혹시라도 무슨 일이 생기면 금방 알아챌 수 있게 하기 위해서일지도 모른다.

차를 가져온 구가야마 쓰루요는 시오리코 씨와 이야기를 나누기 시작했다. 화제는 이 부근에 사는 지인들의 근황 같았다. 나는 모르는 이름들이 오갔다.

하지만 대화는 거의 구가야마 쓰루요의 일방적인 이야기였다. 어느 집에서 큰 개를 기르기 시작했다, 기타가마쿠라에 카페가 새로 생겼다 등등 화제는 평범했지만 무척 즐거워 보였다. 그리고 남을 나쁘게 말하는 법도 없었다. 도미자와 노리코의 말대로 밝고 구김살 없는 성격 같았다.

"어머, 슬슬 본론으로 들어가야겠네."

그녀가 그렇게 말했을 때, 내 찻잔 속 차는 이미 반으로 줄어 있었다.

"예전에 노리코네 집에서 일어난 일이 궁금하다고 했지?"

목소리가 조금 가라앉았다. 뭔가 아는 게 있는 모양이었다. 시오리코 씨는 자세를 바로 하며 말문을 열었다.

"네. 사정이 있어서 당시 일을 이것저것 알아보고 있어요. 혹시 47년 전, 도미자와 씨 댁에서 『직소』라는 책이 사라진 사건을 아시나요?"

"귀한 책이 없어졌다는 이야기는 노리코에게 들었던 기억이 나. 그 사건 이후로 그 집 사람들은 누가 오는 걸 꺼리게 됐거든. 난 괜찮았지만, 분위기가 그러니 찾아가기도 뭣하더라고."

"혹시 책이 없어졌던 상황에 대해 자세히 들으신 적이 있으세요? 이를테면 노리코 씨의 부모님에게서요."

"아니. 그런 얘기를 할 분위기가 아니었어. 가급적 그 일은 언급하지 않으려 했는걸."

당연히 그럴 터였다. 평범한 중학생이 친구의 집에서 일어난 일에 일일이 참견하겠는가. 하지만 관심은 가질 수도 있지 않았을까?

"로마네스크 모임분들과 말씀을 나눠보신 적이 있으세요?"

"그럼, 물론이지!"

시오리코 씨의 물음에 그녀는 밝은 표정으로 대답했다.

"책에 대해서는 둘째가라면 서러운 분들이라 정말 배운 게 많아. 고서에 관심을 가지기 시작했을 무렵이었거든. 특히 다나카 씨는 지식도 풍부한 데다 말씀도 아주 잘 하셨거든."

나는 몰래 숨을 삼켰다. 여기에도 다나카 요시오와 관련된 인물이 있다니.

"다나카 씨는 그 댁에 『만년』 희귀 초판본을 가져오셨다고 들었어요. 구가야마 쇼다이 씨가 감정을 하셨다고 들었는데……."

"아, 그 책 말이구나."

쓰루요는 손뼉을 쳤다. 드디어 그 책을 아는 사람이 나타났다. 나는 귀에 모든 신경을 집중시키고 다음 말을 기다렸다.

"나도 오랫동안 궁금했어……. 결국 그 책이 무엇이었는지."

아, 이 사람도 모르는구나. 시오리코 씨도 낙담했는지 힘없이 고개를 떨궜다.

"……다나카 씨나 아버님한테 뭔가 들으신 얘기는 없으신가요?"

"물어봤지만 가르쳐 주시지 않더라고. 애들한테 할 얘기가 아니라면서. 중학생인데 애 취급 당해서 기분 나빴어."

말뜻을 알 수 없었다. 왜 희귀한 책인지, 그 이유를 아이에게 알려줄 수 없는 책이라니 들어본 적이 없었다. 그리고 성인이 아니라도 읽을 수 있는 내용인데 말이다.

"그래도 다나카 씨에게 계속 부탁드렸더니, 다음에 로마네스크 모임에서 그에 대해 발표할 테니 시간 있으면 들으러 오라고 하셨어. 무척 기대했는데, 결국 그럴 기회는 없었지."

구가야마 쓰루요 역시 고타니와 비슷한 입장인 것 같았다. 현재 살아 있는 사람들 중에 자세한 사정을 아는 이는 역시 도미자와 히로시뿐인 것 같았다. 불현듯 구가야마 쓰루요가 씩 웃었다.

"그러고 보니 나, 그때 다나카 씨가 쓰신 메모를 가지고 있어."

"네?"

시오리코 씨가 놀란 듯 물었다.

"메모라면…… 다나카 씨가 도미자와 씨 댁 서고에서 적은 메모 말인가요?"

"그래, 그거. 다나카 씨가 깜빡 놓고 가신 걸 노리코가 한동안 가지고 있었어. 노리코도 다나카 씨가 뭘 조사하는지 궁금해했거든. 하지만 내가 갖고 싶다고 했더니 줬어. 보고 싶니?"

"네, 부탁드릴게요."

"그럼 잠깐만 기다려. 아직 버리지는 않았을 거야."

구가야마 쓰루요는 후다닥 밖으로 나가 2층으로 올라갔다. 나는 도미자와 노리코의 이야기를 떠올렸다. 다나카는 메모에 뭐라고 휘갈겨 썼지만 내용은 알아보지 못했다고 했다. 직접 읽어보려 시도한 적이 있었다는 말이다.

쓰루요는 한동안 돌아오지 않았다. 방을 뒤지고 있는지 천장에서 물건 치우는 소리와 말소리가 들렸다. 기다리는 동안 나는 별생각 없이 창밖을 바라보고 있었다. 어두운 정원에는 푸른 수국이 흐드러지게 피어 있었다. 지금이 한창 필 시기였다.

다시 돌아오는 발소리가 들리더니 문이 열렸다.

"미안해. 오래 기다렸지?"

구가야마 쓰루요는 가져온 클립보드를 우리에게 내밀었다.

'이건…….'

거의 알아볼 수 있는 부분이 없었다. 군데군데 단어를 판별할 수 있을 정도라, 정말 휘갈겨 썼다는 말이 딱이었다.

'광언의 신', '광대의 꽃', '도쿄팔경' '15년간'. 다자이 소설의 제목 같았다. 그 한참 아래쪽에 동그라미를 쳐둔 '구로무시 슌페이'라는 이름이 보였다. 뒤이어 '구로키 슌페이?'라고도 적혀 있었다.

"구로무시 슌페이는 다자이가 데뷔하기 전에 쓰던 필명인데……."

말을 흐리는 걸 보니, 시오리코 씨도 더 자세한 건 모르는 모양이었다.

그리고 메모를 고정해둔 클립보드를 자세히 들여다보았다. 옛날 물건인 듯했는데, 무척 튼튼해 보였다. 두꺼운 코르크판에 쇠로 된 큼지막한 클립이 단단하게 붙어 있었다.

"……좋은 물건이네요."

시오리코 씨는 눈을 휘둥그레 떴다.

"다나카 씨가 실제로 쓰시던 물건인가요?"

"원래는 아버지가 노리코 씨 댁에 깜빡 놓고 온 물건이라고 들었어. 책을 판매하러 갔을 때요……. 그걸 다나카 씨가 쓰셨던 모양이야."

구가야마 쓰루요는 그렇게 대답했다.

"아버님 물건이었군요."

"응. 아버지가 중요한 물건이니 꼭 가져다 달라고 하셔서, 내가 그 댁에 가서 찾았어. 이 메모하고 같이 노리코가 가지고 있었는데, 몇 달이 지나 찾은 바람에 벌써 새 물건을 사셨더라고. 그래서 나한테 주셨는데, 쓸 일이 없어서 이 메모와 함께 넣어뒀지."

한동안 시오리코 씨는 메모와 클립보드를 살펴보았지만, 이내 단념한 듯 테이블에 내려놓았다.

"……책은 못 끼우겠네요."

나지막이 중얼거리는 소리가 들렸다. 그야 그렇겠지. 로마네스크 모임의 멤버 중에 서고에 물건을 가지고 출입한 건 다나카 요시오뿐이지만, 클립보드를 이용해 책을 훔치는 건 불가능해 보였다.

'그렇다면…….'

머리에 떠오른 건 도미자와 노리코의 모친이었다. 가지고 나올 수단이 있었으며, 그럴 이유도 있었다. 하지만 정말 그녀가 범인이라 해도, 아마 더 이상은 알아볼 방도가 없었다. 도난당한 상황을 잘 알면서 우리에게 이야기해줄 만한 인물은 이제 없었다. 아무리 시오리코 씨라도 이번 수수께끼를 푸는 건 어렵지 않을까.

"책이 도난당했을 때의 상황에 대한 얘기를 다른 분에게 들으신 적은 없나요? 아무리 사소한 일이라도 상관없어요."

시오리코 씨는 질문을 이어갔다. 구가야마 쓰루요는 생각에 잠겼다.

"중학교를 졸업한 뒤에는 노리코와도 소원해졌고, 로마네스크 모임분들하고도 거의 만난 적이 없어."

"아버님은 아무 말씀 없으셨나요?"

"나한테는 아무 말씀도 없었어. 주변 사람들을 잘 챙기는 성격이셨으니 그쪽에서 도움을 요청했을지도 모르지만."

구가야마 쇼다이는 고객뿐 아니라 가족에게도 다정한 성격이었던 모양이다. 일할 때만 성격이 바뀌었던 건가.

"대학생 때 아버지가 돌아가신 뒤에, 구가야마 서방의 재고를 정리해준 분이 스기오 씨였어. 그때 처음으로 로마네스크 모임이 이미 해체됐다는 얘기를 들었어. 노리코네서 책이 없어진 지 얼마 후에……."

"스기오 씨가 자세한 얘기는 안 하시던가요?"

"안 하셨어. 왠지 얘기하는 걸 꺼리시는 것 같았는데…… 그러고 나서 얼마 뒤에 다나카 씨하고 우연히 마주쳤어."

처음 듣는 정보였다. 안경 너머로 보이는 시오리코 씨의 눈이 번뜩였다.

"그게 언젯적 일인가요?"

"히로코가 태어나기 전이었으니까, 20년은 더 됐을 거야. 늦게 결혼해서 전업주부였던 때니까……. 장소는 요코하마 역 지하상가였어. 동쪽 출구에 물통 모양의 오브제가 있었잖아. 그 근처에서."

"아, 뭔지 알아요."

시오리코 씨가 고개를 끄덕였다. 나도 어릴 적 본 기억이 있었다. 벌써 오래 전에 철거됐지만.

"먼저 말을 거셨는데, 처음에는 누군지 못 알아봤어. 나이가 많이 드셔서……. 거기서 잠시 얘기를 나눴는데, 가마쿠라 집을 처분하고 도쿄로 가신다고 하시더라고. 무척 힘들어 보이셨어."

예전에 다나카 도시오에게 그 이야기를 들은 적이 있다. 하세에 있던 집을 팔고 늘그막에는 도쿄에서 지냈다고 했다. 다나카 도시오가 태어난 뒤의 일일 것이다.

"나도 서두르던 차라 시간이 없어서 길게 얘기는 못 했는데, 헤어질 때 줄곧 마음에 걸렸던 걸 물었어. 로마네스크 모임을 왜 해체했는지, 솔직히 말해달라고 했어."

실내 분위기가 긴장에 찼다. 핵심을 찌르는 질문이었다. 보통 사람 같았으면 생각만 하지 대놓고 물어보지는 못했을 것이다. 그저 천진난만하고 밝기만 한 사람은 아닌 것 같았다.

"그래서 다나카 씨는 뭐라고 하시던가요?"

"어느 시점부터 갑자기 다른 두 분과 만나기가 싫어졌다고. 솔직히 말하면 싸움이 날 것 같아서, 이리저리 피해 다녔다고 하시더라고. 일이 바쁘다, 두통이 심하다, 오늘은 날씨가 별로다, 그런 핑계를 대서."

구가야마 쓰루요의 말투에서 처음으로 가시가 느껴졌다. 그 대답이 몹시 불쾌했던 것이리라. 나도 주먹을 꼭 쥐었다. 사람을 바보 취급하는 듯한 대답이었다. 정말 그런 변덕스러운 이유로 친구들을 멀리한 건가. 그들은 사정을 말해주기를 기다렸는데.

정말 그런 사람이 내 할아버지일지도 모르는 건가.

"다른 두 분이 너무 끈질겨서 마지막에는 만날 마음을 먹었지만…… 약속 장소에 가는 도중에 다시 발걸음을 돌렸다고 하셨어."

"왜죠?"

그렇게 묻는 시오리코 씨의 목소리도 한없이 가라앉아 있었다.

"나도 물어봤는데, 웃으면서 얼버무리시더라고……. '뭐랄까, 장소가 좀 그래서.' 라고."

7

결국 구가야마 쓰루요에게 결정적인 정보는 얻어내지 못했다.

혹시 몰라서 어머니인 구가야마 마리에게도 물어봤지만 아무것도 모른다고 대답했다고 들었다. 이제 이야기를 들을 만한 사람도 없었다. 진전이 없다는 걸 안 시오리코 씨는 도미자와 노리코에게 연락을 했다. 일단 알아낸 사실을 전부 말해달라고 해서 사흘 뒤에 다시 만나기로 했다.

사흘 동안 나는 다자이의 「직소」를 읽었다. 시오리코 씨에게 빌린 신초문고의 단편집에 실려 있었다. 그다지 울렁거림 없이 단숨에 읽었다. 전보다 활자에 내성이 생긴 건지도 모른다.

시오리코 씨의 이야기대로 유다가 예수를 배신하는 이야기였다. 행갈이도 거의 없는, 꿈틀거리는 듯한 고백에 가슴이 서늘해졌다.

울기는요. 저는 그 사람을 사랑하지 않습니다. 처음부터 사랑한 적도 없습니다. 예, 나리. 지금까지 거짓말만 늘어놓았습니다. 저는 돈이 필요해서 그 사람을 따라다닌 겁니다. 암요, 그랬던 게 틀림없습니다. 오늘 밤에야 그 사람이 저한테 한 푼도 도움이 안 된다는 걸 알았기 때문에 장사꾼인 저는 손바닥 뒤집듯 돌아선 겁니다. 돈. 세상은 돈이 전부죠. 은전 삼십 닢이라, 이렇게 좋을 데가 있나.

이 주인공은 나약한 인간이다. 사랑한다고 눈물을 흘린 뒤에 웃으며 돈을 챙기겠지. 뜨거운 우정을 맹세한 뒤에 만나기 싫어졌다고 웃으며 말하듯.

그동안 나는 그 사건에 대해 거의 말하지 않았다. 다나카가 구가야마 쓰루요에게 했다는 말이 무척 불쾌했던 까닭이었다. 『직소』를 훔쳤는지는 제쳐두고, 정신이 똑바로 박힌 사람인지 의심스러웠다. 생각해보면 남의 아내와 관계를 맺은 사람이다. 다자이 흉내나 내는. 처음부터 기대할 것도 없었다.

시오리코 씨도 이 이야기를 거의 꺼내지 않았다. 평소보다 말수가 적었던 것 같다. 어중간하게 끝난 조사를 어떻게 보고할지 고민했을지도 모른다.

약속한 시각에 도착하기 위해서는 마감시간 전에 출발해야 해서 아야카에게 가게를 맡길 수밖에 없었다. 아야카에게 가게를 맡기는 건 이달 들어서만 벌써 두 번째였다. 수험생에게 이런 부탁을 하기 미안했지만 본인은 흔쾌히 들어주었다.

생각보다 길이 막히지 않아서 일찍 고시고에에 도착했다. 대문을 열고 정원에 들어서자, 부드러운 노을에 젖은 바다가 보였다. 아름다운 풍경이었지만 서재 창문과 커튼은 굳게 닫혀 있었다.

현관에서 우리를 맞이한 이는 도미자와 노리코뿐이었다. 아버지는 여전히 모습을 보이지 않았지만, 서재 문 너머로 인기척이 느껴졌다.

응접실로 들어간 순간 나는 눈이 휘둥그레졌다. 선객이 있었기 때문이었다. 지난 주, 비블리아 고서당에 찾아온 고타니가 곧은 자세로 앉아 있었다.

"제가 뵙자고 했어요."

도미자와 노리코는 우리에게 말했다.

"고타니 씨도 꼭 아셔야 할 것 같아서…… 혹시 불편한가요?"

"아뇨, 상관없습니다. 그렇지 않아도 고타니 씨께도 말씀드리려고 했어요."

"고마워요. 고타니 씨, 편히 앉으세요."

도미자와 노리코의 말에도 고타니는 여전히 정좌하고 있었다. 꽤 긴장한 눈치였다. 수십 년 만에 출입을 금지당한 스승의 집을 찾았으니 그도 당연하겠지. 게다가 그 스승은 이곳에 모습을 드러내지 않았다.

"그럼 시작할까요."

테이블 앞에 앉자 도미자와 노리코는 서둘러 본론으로 들어갔다. 시오리코 씨는 눈을 내리깔고 조심스레 이야기를 시작했다.

"……몇 십 년 전 이야기라 조사하는 데 한계가 있었어요. 지금부터 말씀드리는 건 어디까지나 가장 가능성이 큰 가설입니다. 불명한 부분도 꽤 많아요. 양해 부탁드립니다."

고타니와 도미자와 노리코는 고개를 끄덕였다. 나는 내심 놀랐다. 설마 지금까지 들은 이야기만 가지고 답을 찾아내다니. 하지만 시오리코 씨의 분위기가 여느 때와 달랐다. 수수께끼를 풀었으면서도 목소리가 무거웠다.

"역시 어머니가 그러셨나요?"

도미자와 노리코는 각오를 굳힌 듯 물었다. 말이 끝나자마자 고타니가 작은 눈을 부릅뜨며 말했다.

"어떻게 그런…… 아무리 우리가 싫어도 사모님이 그런 짓을 하실 리가 없어."

그는 상상도 할 수 없다는 듯 고개를 절레절레 저었다. 고타니의 성품을 새삼 느낄 수 있었다. 이 사람은 도미자와 부부에게 의심을 산 끝에 이 집에서 쫓겨났다. 그런데도 자신을 범인 취급했던 인물을 감싸고 있었다.

"저도 고타니 씨와 같은 의견이에요. 가능성을 검토해 봤지만, 그 경우에 부자연스러운 점이 나타나더라고요."

시오리코 씨는 조용히 말하더니 도미자와 노리코의 눈을 빤히 바라보았다.

"『직소』가 사라진 뒤, 서고에 책을 쌌던 책갑이 남아 있었다고 하셨죠? 자유롭게 서고에 드나들 수 있고, 마음만 먹으면 책을 훔칠 수 있는 인물이 일부러 책갑을 벗길 필요가 있을까요.

책갑이 없으면 책의 가치는 떨어지고, 보관에도 신경을 써야 해요. 그리고 어머님이라면 『직소』뿐 아니라 다른 희귀본들도 가지고 나오실 수 있었겠죠. 그 책들은 상자에 들어 있어서 고서를 잘 모르더라도 한눈에 알아볼 수 있었으니까요."

그렇군. 나는 생각에 잠겼다. 로마네스크 모임을 쫓아내기 위한 자작극이었다면 서고를 더 요란히 뒤집어놓는 게 자연스럽다. 한 권만 훔치면 알아채지 못할 가능성도 있으니까.

"범인은 커버를 가지고 나올 여유가 없는…… 서고에 출입할 수 있지만 장서의 반입은 금지된 인물이라 생각하는 게 타당해요. 한마디로 다나카 씨, 고타니 씨, 스기오 씨 중에 한 분이죠."

자신의 이름이 거론되었는데도 고타니는 반박하지 않았다. 무슨 말을 하든 끝까지 들어볼 작정인 것 같았다.

"하지만 고타니 씨와 스기오 씨에게는 책을 가지고 나올 방법이 없어요. 노리코 씨도 서고에 들어가실 때는 빈손이었다고 하셨고요. 더운 여름에 큰 책을 옷 속에 숨겨서 나오는 것도 불가능했죠. 노리코 씨 어머님도 신경을 곤두세우고 계셨고요."

무의식적으로 침을 꿀꺽 삼켰다. 그렇다면 남은 사람은 하나밖에 없다. 고타니가 입을 열었다.

"……아가씨는 다나카가 한 짓이라고 생각하는군?"

"유감이지만 그렇게 생각합니다."

솔직히 그것만은 아니었으면 했다. 아니, 하지만 불가능하다고 하지 않았나?

"다나카도 책을 가지고 나오는 건 불가능했을걸. 책을 숨길 만한 곳이 없었다는 건 우리와 마찬가지니까."

나 역시 고타니와 같은 생각을 하고 있었다. 하지만 뜻밖에도 시오리코 씨는 고개를 저었다.

"네. 책을 숨기지는 못했죠. 하지만 가지고 나갈 방법은 있었어요."

말을 마친 시오리코 씨는 옆에 두었던 가방에서 작은 비단 보자기를 꺼냈다. 원래는 내 가방에 넣으려 했지만, 그녀가 자기가 가지고 가겠다면서 고집을 부렸다. 내가 손대는 걸 원치 않는 눈치였다.

테이블에 올려둔 보자기를 펼치자 얼마 전 구가야마 쓰루요가 보여준, 무슨 말인지 알아볼 수 없는 메모지가 나왔다. 그 낡은 클립보드에 끼워져 있었다. 내가 모르는 사이에 빌린 모양이었다.

"이건…… 다나카 씨가 쓰신 메모네요."

도미자와 노리코가 중얼거렸다.

"네. 다나카 씨가 서고에 출입할 때 실제로 휴대하셨던 물건이에요."

느닷없이 시오리코 씨가 클립보드를 뒤집었다. 코르크판은 네 개의 금속 부품으로 고정되어 있었다. 그녀는 그 사이에 손톱을 넣어 부품을 하나씩 떼어냈다. 이제야 알 것 같았다. 메모가 아니라 클립보드가 중요한 것이다.

코르크판의 뒷판은 순식간에 떨어졌고, 클립보드는 두 개로 분해됐다.

"다나카 씨는 이 앞판과 뒷판 사이에 『직소』를 숨겨 가지고 나가신 거예요."

"네?"

저도 모르게 되물었다. 판과 판 사이에 책을 어떻게 숨긴다는 거지? 고작해야 종이 한두 장밖에 들어가지 않을 것 같은데.

"그건 어렵지 않을……."

"그랬군."

고타니가 내 말을 잘랐다.

"어처구니가 없군. 이걸 몰랐다니……."

짚이는 데가 있는 모양이었다. 고타니뿐 아니라 도미자와 노리코도 새파랗게 질린 얼굴로 입을 가리고 있었다. 어찌된 일인지 전혀 파악하지 못하는 건 나 혼자인 듯했다.

"이걸 보시면 이해가 되실 거예요."

날 위해 설명해주는 것이나 마찬가지였지만, 시오리코 씨는 가방에서 얇은 대형본을 꺼냈다. 꽃무늬가 들어간 파란 표지에 '직소' 라는 제목의 소책자가 붙어 있었다.

"이건 게쓰요소 판 『직소』를 당시의 장정으로 일본근대문학관에서 다시 만든 복각판이에요. 지인에게 빌려왔어요."

한마디로 마나고야쇼보 판 『만년』 복각판과 비슷한 것이었다. 붉은색과 파란색 표지도 있다고 했다. 분명 파란 표지 판을 복각한 것이리라.

"아."

책등에 시선이 고정됐다. 우리가 잘 아는, 일반적인 책과 달리 책장은 굵은 실로 제본되어 있었다. 사극 같은 데서 보았던, 에도 시대의 낡은 책처럼…….

"수제본이었구나."

40페이지 남짓한 얇은 수제본이라는 이야기를 들어놓고도 잊고 있었다. 이런 식으로 실로 제본되었다면, 페이지별로 책을 분해하는 건 그리 어렵지 않았으리라.

"서고에 들어갈 때마다 낱장으로 가지고 나온 거군요?"

“네. 사인지는 가져갔으면서 커버는 두고 나온 것도 그 때문일 거예요. 커버는 이 사이에 끼울 수 없으니까요. 표지를 포함해 모든 책장을 가지고 나와서 새 실로 다시 제본한 거죠.”

아직도 놀란 듯 입을 가리고 있는 도미자와 노리코를 보며 시오리코 씨는 말을 이었다.

“저희 할아버지가 『직소』를 다시 가져오셨을 때, 이전보다 새것처럼 보인 건 새 실을 썼기 때문일 거예요. 하지만 이 책은 책등 끄트머리를 작은 천으로 덧대 놓았기 때문에 책장을 빼낼 때 그 천도 떼어내야 했어요. 당연히 낱장으로 분해한 흔적이 남아 있었겠죠. 아버님은 그걸 보고 알아채셨을 거예요. 다시 제본을 하더라도 원래 모습으로 돌아갈 수 있는 건 아니니까요.”

그래서 ‘못 쓰게 됐다’ 고 한 건가. 부녀가 같은 책을 보고도 다른 느낌을 받은 것도 이해가 갔다.

고서에 대한 시오리코 씨의 통찰력은 여전했다. 하지만 평소에 비해서는 역시 기운이 없어 보였다. 얼마 전에 이곳에서 『직소』에 대해 설명했을 때와는 영 달랐다.

“대체 왜 그런 어처구니없는 짓을?”

고타니가 팔짱을 끼며 신음했다.

“내 기억으로는 다나카는 그 『직소』에 딱히 관심이 있는 것 같지 않았어. 같은 희귀본이라도 그보다는…… 작가의 개성이 느껴지는 사인본 같은 걸 더 선호했는데."

"……『직소』에 관심을 가졌던 건 다나카 씨가 아닐지도 몰라요. 이 일에는 다른 인물이 관련되어 있습니다. 다나카 씨는 그 인물의 지시를 받고 움직였을 가능성이 있어요."

시오리코 씨는 둘로 나뉜 클립보드를 다시 들었다.

"이건 쓰루요 아주머니…… 구가야마 쓰루요 씨에게 빌린 물건입니다."

"아까부터 궁금했어요."

도미자와 노리코는 낮은 목소리로 말했다.

"이건 원래 내가 가지고 있던 물건이에요. 쓰루요가 갖고 싶다고 해서, 부모님에게 들켜 뺏기는 것보다는 낫겠다 싶어서 준 건데……. 설마 쓰루요가 그 일에 관련되어 있던 건가요?"

아닌 게 아니라 구가야마 쓰루요 역시 이 집에 드나들던 사람 중 하나였다. 게다가 사건 직후에 증거가 될 만한 물건을 가지고 돌아갔다. 수상히 여길 법도 했다.

"아닐 거예요. 만일 그랬다면 범죄의 증거가 될 만한 물건을 남겨두었을 리가 없고, 저희에게 보여주지도 않으셨겠죠."

시오리코 씨의 냉정한 대답에 도미자와 노리코는 내심 안도한 눈치였다. 하지만 내 안의 의문은 점점 커지고 있었다. 그렇다면 대체 누구의 지시였다는 거지?

"쓰루요 아주머니가 클립보드를 집에 가져온 건 아버님의 말씀 때문이었어요. 아마 다나카 씨가 이 집에 두고 온 걸 알고 증거를 남기지 않기 위해서 회수한 거겠죠."

나는 머릿속에서 생각을 정리했다.

"그러면…… 구가야마 서방이 다나카 요시오와 짜고 『직소』를 훔쳤다는 겁니까?"

"아마 그럴 거예요. 쓰루요 아주머니는 클립보드를 가지고 돌아갔지만 구가야마 쇼다이 씨는 받지 않고 딸에게 주었다고 했어요. 클립보드가 돌아온 건 사건이 일어난 지 몇 달 뒤라 이미 일이 커지지 않는 선에서 마무리되었기 때문이었죠. 증거를 없앨 필요도 사라졌고요."

누구에게나 싹싹하고 친절했다는 구가야마 쇼다이. 그 평판이 갑자기 으스스하게 다가왔다. 시오리코 씨의 이야기가 사실이라면 정상은 아닌 인물이다.

"구가야마 서방이라."

고타니가 괴로운 듯 중얼거렸다. 그 역시 구가야마 서방을 아는 모양이었다.

"취급하는 책도 괜찮았고, 사장도 싹싹한 사람이었지만 한편으로 좋지 않은 소문도 돌았지. 난처한 입장의 사람에게서는 책을 헐값에 사들이는 등 피도 눈물도 없는 사람이었다고 들은 적이 있네. 하지만 설마 절도까지 했을 줄이야……. 다나카는 그 사람에게 『직소』를 판 건가?"

"그럴 거예요. 저희 할아버지는 구가야마 씨 밑에서 일했던 분이에요. 아마 그 관계를 이용해 책을 되찾은 게 아닐까요……."

시오리코 씨는 자신 없이 말을 흐렸다. 뭔가 이상했다. 그렇다면 시노카와 세이지는 의뢰인을 위해 책을 찾아오기는 했지만, 전 고용주의 범죄 행각은 밝히지 않고 묻어버렸다는 것이다. 정의감이 투철했다, '사람과 책의 인연을 지킨다'는 신조를 가지고 있었다는 말은 거짓이었던 걸까? 그런 사람이 많은 사람들에게 믿음을 주었을 리는 없는데.

"그래도…… 이해가 가지 않는군."

고타니는 턱을 쓸며 말했다.

"다나카는 왜 구가야마와 한패가 되어 도둑질까지 한 거지? 우리에게 아무 말도 없었던 걸 보면 심각한 사정이 있었던 것 같은데."

"거기까지는 모르겠어요. 이를테면 돈을 빌렸다든지……."

"아니, 돈 문제일 리는 없어. 다나카는 유복한 집안의 자제였어. 약점을 잡혔다면 다른 일이었겠지. ……하지만 사생활도 깨끗했어. 술이나 여자에 빠진 적도 없었고, 노름에도 전혀 관심이 없었지. 취미라고는 고서 수집밖에……. 남에게 말 못할 약점이 있었을 것 같지는 않은데."

"저도 정확히는 모르겠지만 뭔가 있었겠죠."

시오리코 씨는 힘없이 말을 흐렸다. 나는 확신했다. 이 사람은 뭔가를 감추고 있다. 증거는 없더라도, 가설 같은 건 가지고 있을 것이다.

불현듯 이 자리에서 그녀가 언급하지 않은 일이 떠올랐다. 구가야마 쓰루요가 요코하마에서 다나카 요시오를 만났을 때 들었다는 이야기였다. 듣는 사람에게 상처가 될 만한 이야기였지만, 그렇다고 아무 말도 하지 않는 건 이상했다. 설령 듣기 괴로운 이야기라도 진실을 알고 싶다는 게 고타니의 바람이었다.

나는 검은 머리에 가려진 시오리코 씨의 얼굴을 뚫어져라 바라보았다. 내 시선을 알아챘을 텐데도, 그녀는 내 쪽으로는 눈길도 주지 않았다.

지난 며칠 동안 나도 아무 말 없었지만, 시오리코 씨의 분위기도 뭔가 이상했다. 구가야마 쓰루요에게 이야기를 들은 날부터, 다나카가 했다는 그 말을 들었을 때부터였다.

'뭐랄까, 장소가 좀 그래서.'

혹시 그 말에 중요한 뜻이 있던 걸까? 47년 전, 고타니가 다나카 요시오를 기다렸던 '장소'는 고우라 식당이었다. 그들이 자주 모였던 곳이라 익숙한 곳이었을 텐데.

"아."

나는 신음을 흘렸다. 온몸에서 힘이 빠져나가는 바람에 두 손으로 테이블 가장자리를 짚었다. 훨씬 전에 알아차렸어야 했다. 시오리코 씨가 어째서 자신의 생각을 분명히 말하지 않는지, **누구를 위해서 그러는 건지.**

내게 쏠린 시선이 느껴졌다. 나는 가슴을 펴고 양손을 무릎에 올려놓았다. 그리고 숨을 깊이 들이마셨다.

"다나카 씨가 『직소』를 훔친 이유를 제가 말씀드리겠습니다."

"다이스케 군, 잠깐만요."

"약속했잖습니까. 알아낸 사실은 전부 이야기하겠다고."

당황한 시오리코 씨의 말을 나는 강하게 제지했다.

"그, 그래도 증거가 있는 것도 아닌데……."

다나카 요시오는 나약한 인간이었다. 그래서 잘못된 선택을 했다. 협박에 굴해 도둑질까지 했다. 친구들에게 털어놓을 용기도 없었다. 이런저런 이유를 대며 도망 다니기만 했다. 많은 사람들을 배신했지만, 그래도 자기가 지키고 싶었던 것은 지켜냈다.

사실대로 말해달라는 구가야마 쓰루요의 요청에 분명히 진실의 일부를 이야기했다. 사정을 털어놓을 장소로 고우라 식당은 부적절했다. 절대로 그 이야기를 들어서는 안 되는 인물이 있었던 까닭이었다.

"저의 외조모…… 고우라 기누코는 다나카 요시오 씨와 내연 관계였습니다."

시오리코 씨가 비명에 가까운 소리를 흘렸다. 다른 두 사람도 경악한 기색이 역력했다. 나는 개의치 않고 말을 이었다.

"47년 전…… 사건이 일어났을 때도 만나고 있었는지는 모르겠습니다. 하지만 외할머니와의 관계는 다나카 씨에게 약점이었을 겁니다. 구가야마 쇼다이가 그 일을 빌미로 협박했다면 책을 훔칠 수밖에 없었겠죠. ……시노카와 세이지 씨가 사건을 흐지부지 마무리 지은 것도 그 때문일 겁니다. 만일 경찰에 신고하면 다나카 씨는 자신이 왜 책을 훔쳤는지 털어놓아야 했을 테니까요. 그렇게 되면 할머니에게도 피해가 가죠."

내 외조모, 고우라 기누코는 이 사실을 알았을까. 문득 그런 생각이 들었다. 알았다면 가만있지 않았으리라. 자신의 불륜을 털어놓고 연인을 구하려 했겠지. 그래서 다나카 요시오는 입을 다문 것이다.

"아마 다나카 씨와 시노카와 세이지 씨는 할머니의 비밀을 지키려 했던 겁니다."

8

살짝 열린 창문 밖에서 희미하게 파도소리가 들렸다. 불그스름한 저녁노을이 유리창을 물들였다. 한동안 우리는 아무 말도 없었다.

"전혀 몰랐어. ……다나카와 기누코 씨가……."

침묵을 깬 건 고타니였다.

"듣고 보니 짐작이 가는군. 둘이 무척 가까워 보였어. 그 이야기, 설마 기누코 씨에게 직접 들은 건가?"

"……할머니가 돌아가신 뒤에 다나카 씨에게 선물 받은 책이 나왔습니다. 거기에 다나카 씨가 적은 글귀가 있었어요."

그 글귀를 통해 두 사람의 관계를 알아낸 건 시오리코 씨였다. 그녀는 고개를 들고 미안하다는 눈빛을 보냈다. 나는 고개를 저었다. 이 사람은 우리 집안의 비밀을 지키려 했던 것뿐이다. 나쁜 짓을 한 게 아니다.

"그 시절, 기누코 씨 배 속에는 아기가 있었지."

고타니는 오늘 처음 만난 사람처럼 나를 보았다. 누구의 피가 흐르고 있는지 알아챈 모양이었다. 나도 이제 와서 감출 생각은 없었다.

"……제 어머니입니다."

"그래, 그랬군. 그 난봉꾼 남편의 자식을 또 가지다니 이상하다고 생각은 했었어. 개인적인 얘기를 물어서 미안하네."

"아닙니다."

생각해보면 사건이 일어난 건 외할머니가 우리 어머니를 가졌을 무렵이었다. 그것도 협박의 빌미가 되었는지도 모른다. 애초에 두 사람의 이별이 이 사건과 관련되어 있을 가능성도 있었다.

그때, 옆방과 이어진 장지문을 소리 없이 열고 허리 굽은 노인이 나타났다. 고급스러워 보이는 옅은 남색 기모노 차림이었다.

옆방에서 우리 이야기를 듣고 있던 모양이었다. 전과는 달리 퀭한 두 눈에서 적의는 느껴지지 않았다. 그는 그저 무척 지쳐 보였다.

"선생님……."

고타니가 쉰 목소리로 노인을 불렀다.

"고타니 군……."

웃으려 했지만 잘 되지 않는 것 같았다. 금방이라도 울음을 터뜨릴 것 같은 표정이었다.

"자네나 나나…… 할아버지가 됐군."

그는 한 걸음씩 방 안으로 들어왔다. 도미자와 노리코가 급히 일어나 옆방에서 팔걸이가 달린 좌식 의자를 가져왔다. 노인은 조심스레 자리에 앉더니, 한동안 고개를 푹 숙인 채 미동도 하지 않았다.

"……다나카 군은."

도미자와 히로시는 그렇게 운을 뗐지만 말을 잇지 못하고 기침을 했다. 목 상태가 좋지 않은 것 같았다.

"그 여름, 우리 집에 와서도…… 혼자 생각에 잠겨 있는 적이 많았네. 그때 자세히 물어볼걸 그랬어. 배신당했다고 자네들을 내쳤어. 책 때문에 내 주변에 있었던 거라고 생각했네."

저는 돈이 필요해서 그 사람을 따라다닌 겁니다. 암요, 그랬던 게 틀림없습니다.

불현듯 『직소』의 한 구절이 머릿속을 스쳐 지나갔다. 사정도 듣지 않고 제자들을 거부한 건 사실이지만, 그를 탓할 수 있는 이는 아무도 없을 것이다. 다자이 본인에게 받은, 무엇보다 소중한 귀한 책을 도난당했으니까.

"다나카 군은 고민이 있다고 했어. 한 여자와 헤어져야만 하는데, 그게 너무 괴롭다고. 젊은 시절에 흔히 있을 법한 일이라고 생각했지."

"어떤 여자인지 들으셨습니까?"

내 질문에 도미자와 히로시는 잠시 생각에 잠겼다.

"구체적으로 누군지는 말하지 않았네. 그저…… 자기에게 관음보살 같은 사람이라고 말했어."

그럴 분위기가 아니었지만 저도 모르게 웃음이 번졌다. 할머니, 고우라 기누코는 오후나에 있는 관음보살상 그 자체였다. 외모 면에서도 그렇고, 동시에 자신의 깊은 사랑을 뜻하는 것이기도 했다. 확실히 그는 말솜씨가 뛰어난 사람이었다.

"구가야마 서방과는 도난 사건 이후에도 계속 관계를 유지하셨나요?"

시오리코 씨가 그 이름을 꺼내자 노인은 괴로운 표정을 지었지만, 망설이지 않고 대답했다.

"구가야마가 세상을 떠날 때까지 자료 때문에 신세를 많이 졌네. 지금 이야기를 듣고도 아직 믿기지가 않는군. 그게 내 솔직한 심정일세. ……하지만."

갑작스러운 기침으로 이야기가 중단됐다. 도미자와 노리코가 자리에서 일어나려고 했지만 노인은 손을 흔들어 됐다는 신호를 했다.

"일부 값비싼…… 정말 귀한 고서에는 비정상적이리만치 집착했었지. 책을 거의 읽지 않는 친구였으니 그게 가치의 기준이었을지도 모르겠군."

"책을 읽지 않았다……."

나는 혼잣말처럼 중얼거렸다. 고서점 직원이 반드시 고서를 읽는 건 아니라는 사실은 알고 있었다. 멀리 갈 것도 없이, 나부터가 책을 읽지 않는 사람이었다. 하지만 희귀본을 주로 취급하는 전문가 중의 전문가가 책을 읽지 않았다는 사실은 솔직히 놀라웠다. 정말 고서 거래에 특화된 사람이었던 건가.

"내 『직소』를 보고 기회가 있을 때마다 팔라고 권했네. 하지만 내가 알기로 구가야마가 제일 탐냈던 책은 다나카 군이 가져온 마나고야쇼보 판 『만년』이었어. 감정을 했던 그때부터 당장 낚아채 가려는 기세였는데……."

심장이 쿵쾅거렸다. 드디어 그 책 이야기가 나왔다. 이제야 사건의 내막을 아는 사람을 만난 것이다. 시오리코 씨가 긴장한 표정으로 말문을 열었다.

"그 『만년』은 어떤 책이었나요? 사인은 없지만 다자이가 직접 쓴 글귀가 있었다고 들었는데요."

"그랬지. 다른 어떤 책에도 없는 특이한 글귀가…… 아마 1936년 여름에 다자이가 미나카미 온천에 들고 간 책일 거야. '조에쓰 선 미나카미 역'이라는 도장이 찍혀 있었으니까."

생기가 도는 도미자와 히로시의 표정은 아까보다 훨씬 젊어 보였다. 자신의 전문 분야에 대해 이야기하니 흥이 나는 모양이었다.

"미나카미 온천이요?"

들어본 지명이었다. 예전에 시오리코 씨가 말해준 다자이 이야기에서 들었던 것 같다.

"……첫 부인과 동반 자살 시도를 했던 곳이죠?"

옆자리의 시오리코 씨에게 물어보려던 것인데, 도미자와 히로시는 감탄한 듯 고개를 끄덕였다.

"역시 잘 아는군. 그 밖에도 혼자 죽기로 결심했던 적이 있었던 모양이야. 다나카 군이 입수한 책은 그때 소지했던 책이네. 아마 그 글귀도 그때 적었던 것 같고."

시오리코 씨의 얼굴에서 핏기가 사라졌다. 그게 어떤 책인지 알아챈 모양이었다. 소리도 내지 못할 정도로 놀란 그녀를 보고 나는 도미자와 히로시에게 직접 물었다.

"……자살하려고 했을 때 가지고 있던 책인 줄 어떻게 압니까?"

시오리코 씨가 소장한 『만년』에 적힌 글귀를 떠올렸다. '자신을 가지고 살아가자. 살아있는 이들은 모두 죄인이니.' 좋은 말이었지만, 나는 다자이가 어떤 상황에서 쓴 말인지 알지 못했다. 전문가는 역시 다른 건가.

"누군가의 증언이 남아 있습니까?"

"아니, 그게 아닐세."

도미자와 히로시는 단호하게 고개를 저었다.

"그 『만년』의 책날개에는 **다자이의 친필로 '자살용' 이라고 적혀 있었어.** ……달리 해석의 여지가 있겠나."

『晩年』 1936

03

만년

1936

광대의 꽃 | 1935 |

장편 『인간실격』과 주인공의 이름이 같아 그 모태 격으로 평가되는 단편. 집필 당시 다자이의 심경이 직접적으로 드러나 있다. 이야기는 오바 요조가 여성과의 동반자살에서 혼자만 살아남아 입원하는 동안 일어나는 일들을 그린다. 요조가 친구나 친지와 대화를 하거나 책을 읽고 풍경을 스케치하는 등 소일하는 묘사에 작가 다자이 자신의 모놀로그가 삽입되어 있다.

1

도미자와 히로시는 커다란 열쇠로 문을 열었다.

육중한 속문을 보고 나는 그를 도와 문을 열었다. 오랜만에 여는 것인지 먼지와 낡은 종이, 잉크가 섞인 독특한 냄새가 복도를 가득 채웠다.

불빛 한 점 없는 서고 안으로 처음 발을 들여놓은 이는 시오리코 씨였다.

"와, 굉장해요. 이렇게나……."

책장에 꽂힌 고서는 파라핀지로 곱게 싸여 있었고, 낡은 문예지도 과월호부터 차례대로 정리되어 있었다.

시오리코 씨는 앞으로 고꾸라지듯 지팡이를 짚으며 서가

사이로 사라졌다. 막대한 양의 고서에 몸과 마음을 뺏긴 모양이었다. 장서의 주인은 물론, 우리의 존재까지 까맣게 잊은 듯했다.

"……죄송합니다."

나는 다른 사람들에게 고개를 숙였다. 하지만 기분이 상한 사람은 아무도 없는 것 같았다.

"여기 들어온 애서가들은 대부분 저런 반응을 보이더군. ……고타니 군도 그랬지."

"네. 그랬죠."

고타니는 그리운 듯 아련한 눈빛을 짓더니 도미자와 히로시에게 말했다.

"책이 엄청나게 늘어났군요."

과거의 스승과 마주한 뒤로, 고타니의 말투는 무척 밝아졌다. 분명 젊은 시절에는 저런 식으로 이야기했던 것이리라.

"……그럴지도 모르겠군. 생각해본 적도 없는데. 오늘까지 이곳을 찾는 사람은 나밖에 없었으니까."

도미자와 히로시는 정면에 놓인 책장으로 똑바로 걸어갔다. 딸이 그 옆에서 부축했고, 우리도 뒤를 따랐다.

"분명 이 권이었네."

노인은 박스에 든 책 한 권을 꺼냈다. 유마니쇼보 『다자이 오사무 논집 동시대편 9』. 박스에서 책을 꺼낸 그는 손에 침을 붙이며 책장을 넘겼다.

"이건 다자이에 대한 연구 논문이나 평론 등을 모은 전집이네. 이 권에 다나카 군이 가져온 『만년』에 대한 수필이 있는데…… 아, 여기 있군."

책장을 펼쳐 우리에게 내민 부분을 보자, '다자이 오사무 군의 자가용본 『만년』에 대해' 라는 제목이 보였다. 저자는 요도노 류조였다. 읽어보니 다자이와 교유가 있었던 인물 같았다.

……단순한 초판본이었다면 그리 귀할 것도 없었지만, 이 책은 다자이 군의 자가용본이라는 점이 분명했다. 앞날개 왼쪽 하단에 자필로 쓴 글이 있는데, '자가용'이라는 세 글자도 처음에는 '자살용'이라고 적었던 모양이다. 실수로 그리 적었는지, 의식해서 적었는지는 모르겠지만, 먹으로 지운 한 글자를 자세히 보면 분명히 '살'이라는 글자가 보인다. 이 한 글자를 지우고 그 왼쪽에 '가' 자를 쓴 것이다.

"…… '자살용' 을 '자가용' 으로 바꾼 거군요."

"맞아. 의미가 전혀 다르지. 자살을 생각했지만 그럴 마음이 사라졌다는 거겠지."

이 수필에서는 다자이를 배려해 에둘러 말하고 있지만,

상식적으로 '가' 자와 '살' 자를 헷갈릴 리가 없었다. 아니, 그전에 자살을 생각하는 사람이 자기 물건에 '자살용'이라고 쓴다는 이야기는 처음 들어본다. 자기 과거를 소재로 소설을 쓰던 작가답게 뭐든 글로 쓰지 않으면 성이 풀리지 않는, 집념 비슷한 뭔가가 느껴졌다.

다나카 요시오가 애들한테 할 이야기가 아니라며 언급을 꺼렸던 이유도 바로 그것이겠지.

"여기 적혀 있지만, 그 『만년』에는 다자이의 명함도 함께 붙어 있었네. 명함에는 친구나 지인에게 꾼 돈의 총액이 적혀 있었지. 모두 451엔…… 당시 다자이의 형편으로는 꽤 큰돈이었지."

"채무 일람표…… 그런 걸 왜 붙여둔 걸까요?"

"빌려준 사람들 중에는 선배 작가인 사토 하루오와, 『만년』을 출간했던 마나고야쇼보도 들어 있었네. 돈이 없어서 빌려준 사람들에게 신의를 다하지 못한 자신이 부끄러웠겠지. 당시 다자이는 약물 중독이었어. 정신적으로도 불안정했을 거야."

약물 중독이었다는 이야기는 시오리코 씨에게도 들었다. 약값으로 돈을 꽤 탕진했다고 했다. 하는 행동과 달리 누구에게 돈을 꾸든 상관없다는 식으로 뻔뻔하게 굴지는 못했던 건가.

'인간적인 나약함에 공감이 간다'는 시오리코 씨의 말을 떠올렸다. 나도 다소나마 이해가 갔다.

"저기…… 죄송합니다. 마음대로 둘러봐서."

서고를 한 바퀴 돌고 온 시오리코 씨가 주저하며 말했다. 겨우 정신을 찾은 모양이었다.

"아니, 상관없네."

도미자와 히로시는 어색한 미소를 지었다.

"하지만 나도 이제 나이를 먹어서…… 오랫동안 얘기하기 버겁군. ……되도록 빨리 이야기를 마무리짓는 게 좋을 것 같네만."

"아, 네."

시오리코 씨는 진지한 표정을 지으며 두 손으로 안경을 올렸다. 도미자와 히로시는 상당한 고령이었다. 47년 전 사진 속 모습도 40대 중반으로 보였으니, 지금은 아흔이 넘은 노인일 터였다.

"선생님은 다나카 씨가 소장하셨던 『만년』을 진짜라고 보셨죠?"

"틀림없다고 단언했지. 언컷본이었지만 작가 개인 소장용이라서 상태는 그다지 좋지 않았네. 띠지도 없었고…… 모든 특징이 일치했다고 했어."

"정말 언컷이었나요?"

“그랬어. 나도 상태를 확인했네.”

‘슌토’라는 인물이 다나카 도시오에게 보낸 메시지에는 일부가 뜯어져 있다고 했다. 그의 조부인 다나카 요시오가 소장했을 때는 완전한 상태의 언컷이었던 것이다. 아마 그 이후의 소유자가 뜯은 것이리라.

“……이해가 가지 않는 부분이 있어요.”

시오리코 씨는 노인이 펼친 『다자이 오사무 논집 동시대편 9』를 가리키며 물었다.

“이 요도노 류조의 수필은 ‘자살용’ 『만년』을 언급한 몇 안 되는 상세한 증언이에요. 여기에도 띠지 유무나 언컷 상태에 대한 언급은 없고요. 구가야마 씨는 어디서 그런 자세한 정보를 얻은 걸까요?”

“나도 그걸 물었지. 이해가 안 갔거든.”

도미자와 히로시는 조용히 책을 덮더니 옆구리에 낀 박스에 넣으려 했다. 동작이 약간 불안정했다. 옆에 있던 도미자와 노리코가 건네받아 책을 제자리에 꽂았다.

“구가야마는 동업자에게 들었다고 했네. 다자이가 돈 때문에 이 『만년』을 진보초의 고서점에 팔았다는 얘기는 들어보았지?”

“네……. 하지만 다자이의 지인이 곧바로 되사들여 소장했다고 들었어요. 그러다 전후에 오사카의 고서점에 그 책이 나타났고요."

끼어들 타이밍이 없어서 가만히 듣고 있었지만, 물론 나는 처음 듣는 이야기였다. 고서에 대한 시오리코 씨의 지식은 정말 상상을 초월했다. 이 자가용 『만년』에 대해서도 알고는 있었지만 과거 사건에 관련된 게 그 책인지 알아채지 못했던 것뿐인 듯했다.

"구가야마가 일했던 고서점은 진보초에 있었네. 그 가게에 처음 들어갔을 때, 다른 가게의 직원에게 이 『만년』에 대한 얘기를 들었던 모양이야. 예전에 다자이 오사무가 본인이 소장했던 책을 팔러 왔었다고……."

"진보초 안에서 화제가 되었던 이야기인 걸까요?"

"구가야마의 말로는 그런 것 같더군."

그런 용도의 책을 작가 본인이 직접 팔러 왔다니 화제가 될 법도 했다. 내가 직원이었더라도 이야깃거리로 삼았을 것이다.

"구가야마 씨의 감정을 통해 진짜라는 게 밝혀진 뒤, 그 『만년』은 어떻게 됐나요?"

"……당연히 다나카 군이 가지고 돌아갔네. 구가야마가 제발 자기한테 팔라며 상당한 금액…… 4, 50만 엔쯤 제시했지만 그는 굴하지 않고 거절했네. 이 『만년』은 평생의 보물이라면서."

당시의 화폐 가치에 대해서는 가늠이 되지 않았지만, 아마 상당한 액수였으리라. 적어도 그 시점에서는 얼마를 싸 들고 와도 절대로 팔 생각이 없었던 것이다.

"그 후에는 자네들도 알다시피, 다나카 군은 여기서 매일같이 책을 뒤졌네. 자살용이라는 말에 영감을 얻어, 다자이가 본인의 동반 자살 시도와 자살 미수를 다룬 작품에 대해 조사했지. 뭔가 발견했다는 이야기도 들었지만 어디까지 사실이었는지……."

"도미자와 선생님."

시오리코 씨가 부드러운 목소리로 말했다.

"다나카 씨는 분명 죄를 저질렀지만, 직감이 뛰어난 명석한 분이셨다고 생각해요. 아까는 설명 드릴 기회가 없었는데, 다나카 씨가 이 서고에서 작성하셨던 메모에는……."

시오리코 씨의 시선에 나는 퍼뜩 정신이 들었다. 혹시 설명에 필요할지도 모른다는 생각에 아까 응접실에서 클립보드를 들고 왔었다. 진상이 밝혀진 지금, 시오리코 씨가 달라는 소리를 하지 않아서 계속 내가 가지고 있었다.

나는 어깨에 멘 가방에서 클립보드를 꺼내 도미자와 히로시에게 건넸다. 고타니도 옆에서 메모를 들여다보았다.

"광언의 신, 광대의 꽃…… 도쿄팔경, 15년간…… 구로

무시 슌페이…… 구로키 슌페이……?"

도미자와 히로시는 간신히 알아볼 수 있는 단어들을 중얼거리더니 느닷없이 퍼뜩 고개를 들었다. 흥분에 찬 눈동자였다. 고타니는 이해하지 못한 듯 심각한 표정이었다.

"그렇군……. 이걸 더 일찍 봤어야 하는데. 다자이 문학을 정말 잘 이해하는 사람이었기에 생각할 수 있는 일이로군. 당시에 발표했다면 획기적이었을 텐데."

그는 안타까운 듯 눈을 내리깔았다. 고타니는 여전히 얼굴을 찡그리고 있었다. 팬으로서의 자존심에 자극을 받은 듯, 아직도 다양한 각도에서 메모를 바라보고 있었다.

"나중에 천천히 보게."

도미자와 히로시는 제자의 어깨를 두드리더니 계속하라는 듯 우리를 올려다보았다. 다나카가 발표하려고 했던 내용이 무엇인지 궁금하기는 했지만, 지금은 묻지 않았다. 시간을 허비할 수는 없었다.

"다나카 요시오 씨의 『만년』은 그 후로 어떻게 됐나요?"

시오리코 씨의 물음에 도미자와 히로시는 입을 꽉 다물었다. 이를 악문 것 같았다.

"그 사건으로부터 몇 년 뒤에 구가야마가 집으로 왔을 때 다나카 군 얘기를 했네. 자세히 묻지는 않았네만. 요새 형편이 좋지 않은 것 같다고 했어. 본인도 빌려준 돈이 있다면서. 그리고 다나카에게 그 『만년』을 샀다며 웃었어."

말문이 막혔다. 구가야마 서방이었나.

작년에 다나카 도시오는 할아버지가 『만년』을 헐값에 넘겼다고 말했다. 그 『만년』을 시오리코 씨가 가진 책이라고, 헐값에 사들인 건 비블리아 고서당이라고 믿어 의심치 않았지만, 모두 그의 착각이었다.

"40년 전쯤의 일인가요?"

"그 무렵이었을 게야…… 오일쇼크가 터지기 전이었으니까."

한마디로 『만년』은 스기오가 경영하는 우쓰세가이도에서 다나카 요시오에게 넘어갔고, 그 뒤에 구가야마 서방에 팔린 것이다.

'어떤 심정이었을까.'

스승의 책에 손을 댄 끝에 친구들을 잃고, 고우라 기누코와도 이별했다. 거기다 사업에도 실패해 자신을 협박했던 상대에게 돈까지 빌리는 처지가 된 것도 모자라, 아끼던 책까지 팔아야 했던 그의 심정은…… 상상만으로도 괴로웠다.

"그나저나…… 구가야마는 왜 처음부터 『만년』을 요구하지 않았을까요? 그랬으면 다나카에게 선생님의 『직소』를 훔쳐오라고 시키지 않아도 됐는데."

만일 그랬다면 다나카 요시오는 그렇게 많은 것을 잃지

않았을 텐데.

"그 시점에서는 도미자와 선생님의 『직소』와 다나카 씨의 『만년』을 모두 손에 넣을 생각이었을 거예요."

시오리코 씨가 담담하게 대답했다. 등줄기가 서늘해졌다.

"도미자와 선생님은 협박할 거리가 없으니까 이 서고에 드나들 수 있는 다나카 씨를 이용한 거예요. ……먼저 『직소』를 노린 건 다나카 씨를 주변 사람들과 고립시켜 의논할 상대를 없애기 위해서였고요.

결국 『직소』는 얻지 못했지만, 다나카 씨는 계획대로 고립됐어요. 그 뒤에 다나카 씨를 조금씩 궁지에 몰아 끝내 『만년』을 내놓게 한 거죠."

구가야마의 냉혹함을 다시금 느낄 수 있었다. 하지만 그와 동시에 그 사실을 쉽게 밝혀낸 시오리코 씨의 명석함에도 일말의 불안을 느꼈다. 만에 하나, 그녀가 마음만 먹는다면 구가야마 쇼다이처럼 행동할 수 있을 테니까. 그럴 일이 없으리라는 건 알고 있었지만 말이다.

"구가야마 집안분들을 다시 만나볼게요. 『만년』의 행방을 아실지도 모르겠어요."

그렇게 말하더니 시오리코 씨는 나를 올려다보았다. 이제 이곳에는 더는 볼일이 없다는 뜻이리라. 그녀가 세 사람에게 인사를 건네려던 순간이었다.

"……기다리게."

도미자와 히로시가 우리를 불렀다.

"아, 네…… 말씀하세요."

"아가씨는 47년 전의 수수께끼를 풀어줬어. 뭔가 사례를 하고 싶군."

"아닙니다, 신경 쓰지 마세요."

시오리코 씨는 딱 잘라 거절했다.

"그럴 만한 일을 한 것도 아닌데요. ……아, 하지만 혹시 소장하신 책을 파실 일이 있으시면 저희 가게를 이용해 주세요."

그녀는 정중히 고개를 숙였다. 그러고 보니 지금까지 이런 수수께끼를 여럿 풀어왔지만, 정식으로 사례를 받은 적이 별로 없었다. 의뢰인의 책을 매입한 적은 있지만, 그때도 합당한 값을 치렀다.

느닷없이 도미자와 히로시가 껄껄 웃음을 터뜨렸다. 처음 보는 환한 표정이었다. 당황한 우리는 서로를 마주보았다. 대체 뭐지?

"47년 전에 시노카와 세이지 군도 그렇게 말했지."

"네……? 저희 할아버지가요?"

시오리코 씨의 눈이 휘둥그레졌다.

"그래. 자세한 사정은 밝히지 않았지만, 내가 무엇보다 아끼는 책을 찾아다 줬네. 사례를 하고 싶다고 했더니 그런 거창한 일을 한 게 아니라며 거절했네. 본인도 이번 결과에 만족하지 않는다면서…… '하지만 앞으로 책을 파실 때는 저희 가게를 이용해 주십시오.' 라고 했네."

시오리코 씨의 대답과 똑같았다. 그녀가 시노카와 세이지의 피를 이었다는 사실을 새삼 실감했다.

"그래서 그 자리에서 책을 팔았네. 마나고야쇼보 판 『만년』 초판을. 내가 소장한 것 중에서 가장 상태가 좋은 언컷본이었지."

머릿속에 스쳐 지나가는 것이 있었다. 시오리코 씨도 알아챈 모양이었다.

"'자신을 가지고 살아가자. 살아있는 이들은 모두 죄인이니'"

그녀는 그 말을 읊조렸다. 노인은 감탄한 듯한 표정을 지었다.

"맞아, 그거였네. 다자이의 친필로 그런 글귀가 적혀 있었지. 시노카와 군도 그 책이 마음에 든 것 같았어. 신이 아닌 우리 인간에게 뜻 깊은 말이라고 하더군. 물론 적절한 가격에 사갔네만……. 팔지 않고 죽 가지고 있었나 보군."

"할아버지는 평생 그 『만년』을 소중히 간직하셨어요. 할아버지가 돌아가신 뒤에는 아버지가 보관하셨죠. 아버지는 저에게 물려주셨고요."

온몸이 뻣뻣해졌다. 대외적으로는 이미 불타 사라진 책이기 때문이었다. 시오리코 씨 말고 그 사실을 아는 사람은 나와…… 비블리아 고서당에 편지를 보낸 인물뿐일 터였다.

"그랬군……. 잘됐군, 정말 잘됐어."

지금도 책을 가지고 있다는 말은 하지 않았다. 하지만 도미자와 히로시는 시오리코 씨의 미묘한 표현을 알아채지 못했는지 연신 고개를 끄덕였다.

"부디 앞으로도 소중히 간직해주게."

시오리코 씨는 지팡이를 꼭 잡고 말없이 다시 고개를 숙였다. 옆에 있던 나도 따라서 목례를 했다.

나는 이미 이 사람을, 그리고 그녀가 아끼는 책을 지키기로 결심했다.

그걸 위해서는 어떤 위험도 감수할 작정이었다.

2

도미자와가에서 나오자 이미 날이 저물어 어두웠다.

어두운 구름 사이로 희미하게 별이 보였다. 정원을 지나 근처에 세워둔 봉고차로 갔다. 우리는 먼저 나왔지만 고타니는 아직 도미자와 부녀와 함께 있었다. 지난 47년 동안 쌓인 이야기들이 많기 때문이리라.

과거의 여러 이야기들을 하루에 들어서인지, 머리에 쥐가 난 듯 피곤했다. 생각지도 못한 곳에서 시오리코 씨가 소장한 『만년』의 출처가 밝혀졌다. 다나카 요시오의 장서는 아니었지만, 전혀 상관없는 책도 아니었다.

차로 걸어가는 동안 나는 지금까지 밝혀진 일들을 대충 정리했다. 하지만 시오리코 씨의 말대로 증거가 있는 건 아니었다. 상당 부분이 억측이었다. 세세한 부분은 다를 수도 있었다.

47년 전, 구가야마 서방 사장 구가야마 쇼다이는 다자이의 희귀본 두 권에 눈독을 들이고 있었다. 다나카 요시오가 우쓰세가이도의 스기오에게 사들인 다자이의 자살용, 아니 자가용 마나고야쇼보 판 『만년』과 도미자와 히로시가 다자이에게 받은 게쓰요소 판 『직소』였다. 구가야마는 고우라 기누코와의 관계를 빌미로 다나카 요시오를 협박한 끝에 도미자와 히로시의 서고에서 『직소』를 훔쳐냈다.

그 책을 찾아 주인에게 돌려준 이가 바로 시오리코 씨의 할아버지, 시노카와 세이지였다. 그 보답으로 도미자와 히로시는 『만년』 언컷본을 비블리아 고서당에 팔았다. 그 책이 바로 시오리코 씨가 소장한 『만년』 초판본이었다.

그 사건으로부터 7년 뒤, 경제적으로 어려웠던 다나카 요시오는 구가야마 서방에 자가용 『만년』을 헐값에 넘겼다. 그 뒤 그 책이 누구의 손에 들어갔는지는 아직 모른다.

여러 일들이 복잡하게 얽혀 있었다. 하지만 제일 의문스러운 것은 지금 우리에게 그 일들이 어떻게 연관되었는가였다.

비블리아 고서당에 편지를 보내고, 다나카 도시오에게 조부의 『만년』에 대한 정보를 제공한 인물이 분명 어딘가에 있다. 우리의 동향을 살피며 다시 계획을 꾸미고 있을 것이다.

단독으로 벌인 일인지, 아니면 복수의 사람들이 관련되어 있는지는 아직 확실하지 않았다.

"……아."

차문을 열려던 순간 중요한 일이 떠올랐다. 나는 도미자와 히로시의 집 쪽으로 발길을 돌렸다.

"왜요?"

"그 클립보드와 다나카 요시오의 메모를 놓고 왔네요. 가져올게요."

"아뇨……. 그렇지 않아도 보시라고 두고 오려고 했어요. 도미자와 선생님이 천천히 읽어보셨으면 해서요. 쓰루요 아주머니께도 허락을 구했고요."

"그랬군요……. 그 메모, 결국 어떤 내용이었습니까?"

아까는 미처 묻지 못했던 질문이었다. 도미자와 히로시는 다자이 문학을 실로 잘 이해하고 있다며 극찬했다. 다자이에 대한 이해가 없으면 알지 못할 내용이겠지. 로마네스크 모임의 일원이었던 고타니조차 알아내지 못한 눈치였으니까.

"……다자이의 어느 단편에 대해 쓴 내용이에요."

조수석에 앉은 시오리코 씨는 안전벨트를 매며 말했다. 나는 시동을 걸고 언덕길을 내려갔다.

"소설의 제목이 적혀 있었죠."

"네. 「광언의 신」, 「광대의 꽃」, 「도쿄팔경」, 「15년간」…… 모두 고시고에의 동반 자살 사건을 언급한 작품이에요."

"동반 자살과 자살 미수를 다룬 작품에 대해 조사했다고 했죠?"

봉고차는 해변을 따라 난 국도로 나왔다. 평일이었지만 이 부근은 교통량이 많았다. 얼마 못 가 신호에 걸렸다.

저편으로 고유루기 곶이 보였다. 수풀이 무성히 난 둥그런 윤곽이 어둠 속에서 어렴풋이 보였다.

"네. 아마 그 과정에서 다자이가 젊었을 적 익명으로 쓴 작품을 알아냈을 거예요."

“익명으로? 그런 게 있습니까?”

“네. 1934년에 다자이는 구로키 슌페이라는 필명으로 「낭떠러지의 착각」이라는 단편을 발표했어요.”

“구로키라면…… 아, 그 메모에 적혀 있던…….”

두 개의 이름 중 하나였다. 그게 필명이었구나.

“그 단편은 어떤 내용입니까?”

시오리코 씨는 눈을 가늘게 뜨더니 힐끗 고유루기 곶을 보았다. 그 너머에는 에노시마가 있지만, 여기서는 잘 보이지 않았다.

“……탐정소설이에요.”

시오리코 씨가 낮은 목소리로 말했다. 순간 잘못 들은 줄 알았다.

“탐정소설이라고요. 미스터리입니까?”

“다자이 본인은 그렇게 불렀어요. 추리 요소는 별로 없었지만…… 주인공은 다자이스러운, 소심한 작가 지망생 청년이에요. 멋진 소설을 쓰기 위해 다양한 경험을 해야 한다고 고민하던 끝에 여행에서 만난 카페 여종업원을…… 낭떠러지에서 살해한다는 내용이에요.”

그때 신호가 바뀌었다. 나는 다시 액셀을 밟았다. 교차로에서 핸들을 꺾자 고유루기 곶은 저편으로 멀어졌다.

“설마 본인의 경험을 참고로 한 소설입니까?”

다자이는 긴자의 카페에서 일했던 여자와 만나 고유루기 곶에서 수면제를 복용했다고 들었다. 음식점에서 일하던 여자가 바닷가에서 죽는다는 내용에서 실화를 연상하지 않을 수 없었다.

"뭐라고 해야 할지 모르겠네요. 이야기의 무대는 아타미고, 여자도 수면제가 아니라 낭떠러지에서 떨어져 죽었어요. 하지만 본인의 경험에서 비롯된 이야기라는 건 틀림없겠죠. 본인이 일으킨 사건으로 사람이 죽었다는 걸 고려하면, 본인과 비슷한 주인공이 여자를 죽이는 내용의 소설을 쓴다는 건…… 솔직히 이해하기 어려워요."

"왜 탐정소설을 쓴 겁니까?"

"익명으로 오락소설을 써서 돈을 벌고 싶었던 모양이에요……. 결국 탐정소설은 이 한 편밖에 못 썼지만요."

"재미는…… 있습니까?"

시오리코 씨는 잔뜩 인상을 쓰며 한동안 말을 골랐다. 고시고에 역 열차 건널목의 경보음을 듣고 '열차 접근' 표시 앞에서 다시 멈췄다. 작은 초록색 에노덴이 도로에 깔린 선로를 따라 달려갔다.

"주인공의 묘사는 뛰어나요. 여행지에서 동경하던 작가 행세를 하던 주인공이 안절부절못하며 환대를 받는 장면이나, 정체가 들통 날까 두려워 낭떠러지에서 여자를 밀치는 장면의 심리 묘사는 역시 다자이다워요. 추리 면에서는…… 당시에도 좋은 평가를 받지는 못했어요."

시오리코 씨는 재미있게 읽은 것 같지 않았다. 뭐, 좋은 평가를 받았으면 탐정소설을 계속 썼겠지.

에노덴이 지나간 걸 보고 나는 다시 액셀을 밟았다.

"하지만 「낭떠러지의 착각」을 집필한 건 「광대의 꽃」과 거의 같은 시기였어요. 비슷한 모티프를 다루고 있으니, 비교해 읽어보면 흥미롭죠…… 뭐랄까, 어나더 「광대의 꽃」 같은 느낌이랄까요."

나는 클립보드에 끼워져 있던 메모를 떠올렸다. 「광대의 꽃」 말고도 자살 사건을 다뤘다는 다른 소설들도 나열되어 있었다.

"다나카 요시오는 「낭떠러지의 착각」과 동반 자살을 다룬 다른 작품을 서로 비교해 발표하려던 것이었을까요?"

"저도 그렇게 생각해요. 하지만 47년 전에 「낭떠러지의 착각」에 대해 논하는 건 무척 획기적이었어요."

"획기적이었다고요?"

"실은 다자이가 「낭떠러지의 착각」을 집필했다는 사실은 오랫동안 알려지지 않았어요. 소설이 실렸던 ≪문화공론≫과 그를 이어준 친구가 다자이의 부탁이었다며 죽은 뒤에도 그 사실을 비밀로 해왔거든요. 이제는 괜찮겠다 싶어서 공표한 게 1981년이었어요. 수없이 연구되었고, 널리 읽힌 작가인데도 그때까지 아무도 존재조차 알아채지 못했죠."

나는 머릿속에서 계산했다. 1981년이라면 30년 전이다. 다나카 요시오가 메모를 작성한 건 47년 전, 그보다 15년도 더 전의 일이었다.

"그럼 아무도 알아채지 못했던 걸 다나카 요시오는 자력으로 발견했다는 겁니까? 공표되기 훨씬 전에?"

"네."

시오리코 씨는 고개를 끄덕였다. 듣고 보니 굉장한 일이었다.

"대체 어떻게 발견한 거죠?"

당시 공표되지 않았고, 아무도 알아채지 못했던 사실을 발견한 것이니, 나름대로 근거가 있었을 터였다.

"운도 작용했을 거예요. 도미자와 선생님의 서고에는 낡은 잡지 과월호가 많았어요. 그중에 탐정소설과…… 그, 성적인 읽을거리가 실린 쇼와 초기의 대중문예잡지도 꽤 많았어요. 아까 서고를 둘러봤더니 「낭떠러지의 착각」이 실렸던 ≪문화공론≫도 있더라고요."

홀린 듯 책장을 둘러보던 시오리코 씨의 모습이 떠올랐다. 그저 책에 정신이 팔린 게 아니라, 다나카 요시오가 어떻게 그 사실을 발견했는지 알아보려는 것이기도 했던 것이다.

"아마 옛날 잡지를 뒤지다 우연히 「낭떠러지의 착각」을 읽으셨을 거예요. 우연히 만난 여자의 죽음이라는 플롯과 「광대의 꽃」 등의 작품 묘사에 공통되는 부분이 있다는 점을 통해 다자이가 익명으로 쓴 소설이라는 가설을 세우셨겠죠. 아마 결정적인 단서가 된 건 필명이었을 거예요."

"필명? 구로키 슌페이 말입니까?"

"그 옆에 '구로무시 슌페이'라는 이름도 적혀 있었죠?"

"아…… 다자이가 데뷔 전에 썼다던 필명 말입니까?"

"네. '구로무시 슌페이' 쪽은 당시 치쿠마쇼보에서 나온 전집 해설에도 언급되어 있었어요. 흡사한 두 필명을 보고 다나카 씨는 '구로무시 슌페이'와 마찬가지로 '구로키 슌페이'도 다자이의 필명임을 확신하신 거겠죠."

듣고 보니 판단을 내리는 데 필요한 근거들은 갖춰져 있었다. 하지만 그것을 하나로 이어 결론을 도출하는 건 웬만한 지식과 직감으로 할 수 있는 일이 아니었다.

"정말…… 대단한 사람이었군요."

나는 솔직한 감상을 말했다. 시오리코 씨는 무거운 한숨을 내쉬며 고개를 끄덕였다.

"이 연구를 계속했다면…… 다나카 씨도 도미자와 선생님처럼 연구자가 되었을지도 몰라요. 47년 전의 그 사건만 없었더라도……."

3

30분쯤 걸려 우리는 기타가마쿠라에 도착했다.

물론 영업시간은 이미 끝났지만, 비블리아 고서당에는 아직 불이 켜져 있었다.

"아직 문을 안 닫았네요?"

나는 유리창 너머로 가게 안을 보며 조수석의 시오리코 씨에게 말했다.

"커튼은 쳐 놓은 것 같은데……."

마감 준비에 이렇게 오래 걸리지는 않을 터였다. 좌우지간 안채 주차장에 차를 세운 뒤에 바깥 출입문을 통해 가게 안으로 들어갔다. 왠지 불안했다. 혹시 아야카에게 무슨 일이 생긴 걸까? 우리만 조심하면 된다고 생각했는데, 내 생각이 모자랐던 건지도 모른다.

가게에서 목소리가 들렸다. 커튼은 쳐 놓았지만 바깥의 유리문은 살짝 열어 놓았다. 나와 시오리코 씨는 나란히 귀를 기울였다.

"결혼이라."

귀에 익은 기운찬 목소리에 나는 가슴을 쓸어 내렸다. 다른 누구와 이야기를 나누는 것 같았다. 그런데 결혼이라니, 무슨 소리지?

"언니는 은근히 생각이 있는 것 같아. 밥 먹을 때 텔레비전을 틀어놓는데, 결혼 잡지나 결혼식장 광고가 나올 때마다 동작 그만 상태가 된다니까. 꿈쩍도 안 하고 뚫어져라 보고 있어. 솔직히 좀 무서워."

역시 우리 이야기였다. 여기저기 떠들지 말아달라고 부탁한 게 엊그저께 일인데…….

시오리코 씨는 딸꾹질하듯 이상한 소리를 내며 한 손으로 입을 막았다.

"엄마, 난 몰라. 저기, 아, 아니에요. 지금 당장 결혼하자는 생각 같은 건 없어요."

그녀는 붉어진 얼굴로 고개를 저었다. 나는 딱히 놀랍지 않았다. 아니, 사귀는 이상 결혼이 전제가 될지도 모른다고 본인이 직접 말하지 않았나. 지금 당장 결혼하자는 건 아니었지만, 사귀다 보면 언젠가는 그렇게 되리라는 생각은 가지고 있었다.

"어머, 우리 히로코도 그래. 여자라면 다 그런 거 아냐? 멋진 결혼식 장면을 보면 나도 동작 그만 상태가 되는걸."

'우리 히로코'라는 말을 듣고 누구와 대화하는 것인지

알았다. 구가야마 쓰루요였다. 마감 직전에 찾아와 지금까지 계속 이야기를 나누는 것이리라.

“전 아닌데요? 그러고 보니 히로코 언니 참 예뻐졌더라고요. 얼마 전에 아주머니랑 같이 왔을 때 보고 깜짝 놀랐어요. 지난 1년 동안 통 못 봤잖아요.”

“걔도 이제 스무 살이잖아. 작년에는 단기 유학도 다녀왔고, 윈드서핑인가 뭔가 하는 서클에 들어갔다면서 집에 붙어 있는 날이 없었어. 책 좋아하는 건 여전하지만.”

“좋겠다. 저도 얼른 대학생 되고 싶어요. ……아, 언니랑 고우라 오빠 얘기로 돌아와서, 저번에 말이에요.”

돌아가지 말라고!

안으로 들어갈 타이밍을 잡지 못하고 갈팡질팡했지만, 계속 여기서 듣고 있을 수도 없었다. 나는 유리문과 커튼을 동시에 젖혔다. 아야카는 교복 차림이었고, 구가야마 쓰루요는 청바지에 운동복 상의를 입고 있었다. 복장은 수수했지만 그냥 지나가다 들른 게 아니라, 뭔가 볼일이 있어서 온 것 같았다.

“아, 왔어요? 피곤하죠?”

아야카는 순간 당황한 눈치였지만, 이내 아무렇지도 않은 척 환하게 웃었다. 구가야마 쓰루요도 우리를 보며 말했다.

“이제 오니?”

"아, 안녕하세요."

시오리코 씨가 어색하게 인사를 건넸다. 나도 고개를 숙였다.

"할 얘기가 있다고 하셨죠? 전 그만 들어가 볼게요!"

아야카는 서둘러 안채 출입문을 열고 사라졌다.

"죄송해요, 금방 오겠습니다."

나는 양해를 구하고 안채로 들어갔다. 아야카와 할 이야기가 있었다. 부엌으로 들어가려는 아야카가 보였다.

"미안, 쓰루요 아주머니는 이미 알고 계시길래, 언니랑 오빠 얘기해도 될 것 같아서……."

내가 입을 열기도 전에 아야카는 먼저 고개를 숙였다.

"아, 오빠가 하지 말라고 해서 손님들한테는 말 안 했어. 내가 먼저 얘기 안 했다고! 그전에도 누구한테나 다짜고짜 말한 건 아니란 말이야. 믿어줘!"

입은 가벼웠지만 아야카는 기본적으로 거짓말을 못 하는 성격이었다. 그건 그렇고, 내가 하려던 이야기는 그것이 아니었다.

"오늘 별일 없었어?"

일단 그걸 확인하고 싶었다. 콕 집어서 말할 수는 없었지만 뭔가 불길한 느낌이 들었다. 무슨 일이 터질 것만 같은 불안감을 떨칠 수가 없었다.

"어? 별일 없었는데. 저녁이라 손님도 거의 없었고. 일이라고 해봤자 쓰루요 아주머니가 문 닫기 전에 온 것밖에 없었는데? 무슨 일 있었어?"

"그게……."

나는 비블리아 고서당에 일어난 일들을 설명할까 고민했지만, 시오리코 씨와 상의하는 게 먼저라고 생각하고 입을 다물었다. 사정을 아는 사람은 되도록 적은 게 안전하다는 생각도 했다.

"조만간 말해줄게."

나는 그렇게 말하고 발길을 돌렸다. 가게로 돌아가며 가방에서 스마트폰을 꺼냈다. 밖에 있는 동안 메시지를 확인할 짬이 없었다. 새 메시지가 세 통 있었다. 급하게 출장을 가게 되어서 오늘은 못 들어간다는 어머니의 메시지와 다음주에 만나자는 친구의 메시지, 그리고 다나카 도시오가 보낸 메시지였다.

지난 며칠 동안 그와 자주 연락을 주고받았다. 주된 내용은 『만년』의 조사 진척 상황 보고와 약간의 잡담이었지만, 요새는 후자가 주가 되었다.

나로서는 『만년』의 행방에 대해 구체적으로 가르쳐줄 수가 없었다. 우리의 목적은 현 소유자에게 경고하는 것이기 때문이었다. 그렇다고 용건만 달랑 보내면 의심을 살 것 같아서 어쩔 수 없이 잡담에 응할 수밖에 없었다.

잡담이라 해도 오랜만에 가본 진보초의 오래된 고서점이 문을 닫았다거나, 인터넷상에서 활동하는 고서업자들의 경향 등 고서 마니아다운 내용이어서, 생각 외로 참고가 되었다. 오늘 보낸 메시지에서는 재고 문의를 했다. 아카세가와 겐페이의 『도쿄 믹서 계획』이라는 책을 구하는 모양이었다.

녀석의 정체가 탄로나기 전, 가사이 기쿠야라는 가명으로 이곳에 드나들 무렵의 태도와 거의 비슷했다. 방심은 금물이라 되뇌며 '찾아볼게. 『만년』 건은 알아내는 대로 연락하겠음' 이라고만 답장을 보냈다.

가게 출입문을 열자 구가야마 쓰루요의 들뜬 목소리가 들렸다.

"……나는 이달 들어서야 알았다니까. 너한테 그런 듬직한 남자친구가 생기다니."

"아, 아직 사귄 지 오래되지 않아서."

벌써 본론에 들어갔을 줄 알았는데, 아까와 같은 화제가 이어지고 있었다. 시오리코 씨는 애원하듯 울상을 지으며 나를 올려다보았다. 제발 살려달라는 눈이었다. 하지만 귀여웠다.

"죄송합니다, 기다리셨죠."

나는 대화에 끼어들었다.

"오늘 도미자와 선생님 댁에 다녀왔습니다."

"어머, 역시 그랬구나. 노리코는 잘 지내고?"

시오리코 씨는 고개를 끄덕였다. 순간, 구가야마 쓰루요의 표정이 딴 사람처럼 진지해졌다. 지금까지는 앳되어 보였던 얼굴도 경험 많은 그 나이 대 여자의 얼굴로 바뀌었다.

"뭐 알아낸 게 있니? 47년 전에 무슨 일이 일어났던 거야?"

나는 내심 동요했다. 클립보드와 메모까지 빌려줬으니 당연히 내막이 궁금하겠지. 하지만 자신의 아버지가 뒤에서 무슨 짓을 저질러 왔는지 아마 이 사람은 모를 것이다.

"……옛날 일이라 알아보는 데 한계가 있더라고요."

"그럼 시오리코 네 생각을 말해줘. 괜찮아, 나 신경 쓰지 말고 모두 말해줘."

이 사람 역시 과거의 진실을 받아들일 각오가 되어 있었다. 시오리코 씨는 생각을 정리하듯 가게 안을 잠시 둘러보더니, 이내 '우리끼리만 아는 이야기로 해요.' 라고 말한 뒤 조용히 이야기를 시작했다.

그녀는 우리가 알아낸 모든 사실을 이야기했다. 47년 전의 『직소』 도난 사건과 다나카 요시오가 알아낸 「낭떠러지의 착각」에 대해서. 그리고 지금 우리가 다나카 도시오의 의뢰로 다자이의 자가용 『만년』을 찾고 있다는 이야기까지. 물론 구가야마 서방에서 그 책을 헐값에 사들였다는 이야기도 했다.

그리고 시노카와 세이지가 도미자와 히로시에게 사들여, 시오리코 씨가 물려받은 『만년』을 불태운 것으로 위장했지만, 그 비밀을 폭로한 편지를 받았다는 이야기도 숨기지 않았다.

왜 거기까지 이야기하는지 이해가 가지 않기도 했지만, 분명 생각하는 바가 있는 것이겠지. 하지만 고우라 기누코와 다나카 요시오의 관계에 대한 이야기는 해야 할지 망설이는 것 같아서, 내가 대신 설명했다.

"……한마디로 우리 아버지가 남의 책을 빼앗는 사람이었다는 소리네."

모든 이야기를 들은 뒤, 구가야마 쓰루요는 그렇게 중얼거렸다. 시오리코 씨는 당황한 듯 고개를 숙였다.

"죄송합니다. 어디까지 제 추측이라 사실인지는……."

"아니야. 네가 틀린 말을 한다는 소리가 아냐. 내가 아는 아버지는 자상한 분이셨지만, 그래도 이따금 뭔가 위화감을 느낀 적도 있었어. 그 클립보드를 가져오라고 하셨을 때, 딴사람처럼 무서운 표정이었거든. 아버지가 그다지 양심적이라 할 수 없는 거래를 한다는 소문도 들은 적이 있고. 어머니는 천진난만하신 분이었으니까 모르셨겠지만."

그녀는 지친 표정으로 미간을 주물렀다. 그리고 눈을 꼭 감더니, 결심을 굳힌 듯 우리를 보았다.

"아버지한테는 여자가 있었어."

갑작스런 이야기에 우리는 아무 말도 할 수 없었다.

"어딘지는 모르지만, 기타가마쿠라 부근에 살았는데…… 그 여자와의 사이에 자식도 있었어. 내가 대학생이었을 때, 딱 한 번 그 애를 집에 데려온 적이 있었나 봐. 어머니가 우는 걸 본 건 그날이 처음이었어."

생전의 사진조차 본 적 없는 구가야마 쇼다이라는 인물이 더욱더 으스스하게 느껴졌다. 알면 알수록 어두운 과거가 줄줄이 나왔다. 앞으로도 뭐가 튀어나올지 알 수 없었다.

"아버지가 다나카 씨를 협박했다는 얘기는 어머니에게 비밀로 해줘. 몸도 좋지 않으신데…… 충격을 받으실까 걱정돼."

"네, 물론이죠."

시오리코 씨는 그렇게 대답했다. 우리는 타인의 평온한 일상을 깨뜨리기 위해 이 일을 하고 있는 게 아니니까.

"……다나카 요시오 씨에게 사들인 다자이의 자가용 『만년』이 그 뒤에 어떻게 됐는지 아세요?"

드디어 시오리코 씨는 우리가 그토록 궁금해했던 질문을 던졌다.

"나도 아까부터 생각해 봤는데……."

구가야마 쇼다이의 딸은 고개를 든 채 생각에 잠겼다. 필사적으로 기억을 더듬는 것 같았다. 하지만 이내 물 위로 나온 사람처럼 한숨을 내쉬었다.

"전혀 짐작 가는 데가 없어. 팔았을 것 같은데, 그게 누구인지는 모르겠어."

"아버님이 소장하셨을 가능성은 없을까요?"

"그럴 리는 없을 거야. 뭔가 애착이나 사연이 있었으면 몰라도, 아버지는 개인적으로 책을 소장했던 적이 거의 없으셨거든. 시오리코 너도 알다시피, 우리 집에는 아버지의 책은 거의 없잖아. 생전에도 비슷했어."

그러고 보니 구가야마 가의 서재에 있던 건 모두 쓰루요의 어머니의 책이라고 했다. 책을 읽지 않았다니 당연히 책을 모으지도 않았겠지.

뭔가 떠오른 것인지 구가야마 쓰루요는 폴더형 휴대전화를 꺼냈다.

"잠깐만, 어머니한테 물어볼게. 머리맡에 전화를 두었으니까 깨어 있으면 받으실 거야."

그녀는 전화를 걸었다. 잠시 기다렸지만 받지 않는 것 같았다. 쓰루요는 어두운 표정으로 전화를 넣었다.

"요새는 종일 잠만 자셔서 깨어 계신 시간이 거의 없어.

올 초까지는 누워 계셔도 이것저것 관심사가 많으셨는데. 히로코가 유학을 갔을 때도 컴퓨터로 화상채팅을 하셨어."

나는 백발의 노파를 떠올렸다. 구가야마 쓰루요의 어머니이니 엄청난 고령이겠지. 책에만 관심을 가졌던 건 아닌 모양이었다.

"할머님도 구가야마 서방의 일을 도우셨나요?"

"그럴 리가. 아무 일도 안 했어."

시오리코 씨의 질문에 구가야마 쓰루요는 세차게 고개를 저었다.

"고서를 정말 사랑하시긴 했지만, 부잣집 아가씨로 커서 장사에는 문외한이셨어. 가끔 아버지가 거래하실 때 동석했던 정도였지. 그것도 당신이 보고 싶은 희귀본이 있을 때만."

고령의 여성 중에 고서 마니아는 정말 드물었다. 지난 일 년 동안 시오리코 씨를 따라 종종 출장 매입을 갔지만 거의 본 적이 없었다.

"아버지는 딸인 내가 가게를 물려받았으면 하는 눈치였지만, 난 어머니처럼 장사 센스가 전혀 없었어. 아마 평생의 한이셨겠지. 당신 피를 물려받은 후계자를 무척 원하셨으니까. 아마 히로코도 그쪽으로는 영 재능이 없어. 우리 식구 모두 아버지보다 책을 좋아하는데 아무도 가게를 물려받지 않았다니 참 희한하지?"

쓰루요는 대수롭지 않다는 듯 말했지만, 왠지 소름이 끼쳤다. 내 귀에는 구가야마 쇼다이가 완벽한 후계자를 얻기 위해 일부러 고서를 사랑하는 여자와 결혼한 것처럼 들렸다. 물론 지나친 억측이었지만.

그때 벨소리가 울려 퍼졌다. 구가야마 쓰루요는 주머니에서 휴대전화를 꺼냈다.

"어머, 어머니야. 깨셨나 보네……. 잠깐만, 지금 물어볼게."

쓰루요는 책장 안쪽으로 가서 큰 소리로 통화하기 시작했다. 같은 말을 여러 번 반복하는 걸 보니 구가야마 마리는 가는귀가 먹은 것 같았다. 잠시 후, 쓰루요는 휴대전화를 주머니에 넣으며 카운터로 돌아왔다.

"당시에 재고가 있던 희귀본은 집에다 보관했지만, 『만년』은 본 적이 없대. 아버지한테서도 아무 얘기 못 들었고."

우리는 힘없이 어깨를 떨궜다. 가게 일을 돕지 않았다니 재고를 파악하지 못하는 것도 당연했다.

"하지만 우쓰세가이도의 스기오 씨라면 알고 계실지도 모른다고 하시는데? 아버지가 돌아가시기 전에 우리 재고를 전부 사들인 건 우쓰세가이도였으니까. 그때 지금 사장님도 아버지를 따라 같이 오셨어.

아버지가 남긴 계산서나 고객 명단도 그때 같이 넘겼으니까, 그중에 『만년』을 사간 사람의 정보가 있을지도 모른다고…….”

시오리코 씨의 얼굴이 살짝 밝아졌다. 가능성은 희박했지만, 스기오라면 뭔가 아는 게 있을지도 모른다. 어찌 되었든 지금은 거기에 걸어보는 수밖에 없었다.

“감사합니다.”

시오리코 씨는 구가야마 쓰루요에게 정중히 고개를 숙였다.

“마리 할머님께도 감사하다고 전해주세요. 가까운 시일 안에 찾아뵙겠다고요.”

4

기나긴 하루를 마치고 비블리아 고서당을 나설 즈음에는 벌써 저녁 9시가 지난 시각이었다.

스쿠터를 출발시켰을 때, 갑자기 아직 저녁을 먹지 않았다는 사실을 깨달았다. 메뉴를 생각할 기운도 없어서 제일 가까운 곳에 있는 패밀리 레스토랑에 들어갔다.

그저 그런 맛의 디너 세트를 깨끗이 비운 뒤 한숨을 돌리고 있는데 전화벨 소리가 들렸다. 모르는 번호였다. 나는 짐을 들고 일어나며 통화 버튼을 눌렀다.

“……고우라? 나야. 다나카.”

다나카 도시오였다. 반사적으로 몸에 힘이 들어갔다. 일단 번호는 알려줬지만 직접 전화를 건 것은 처음이었다.

"무슨 일 있어?"

"부탁한 책은 확인해 봤어? 아까 가게라면서."

뭐야, 그 이야기였나. 힘이 빠졌다. 그러고 보니 재고 확인을 부탁했었지.

"좀 여유가 생기면 보려고 했는데. 급한 일이야?"

"판결이 날 때까지 얼마 안 남았잖아. 시간 있을 때 읽고 싶은 책을 구해두고 싶어서. 이제 감방에 들어가면 책도 마음대로 못 읽을 테니까."

그 담담한 말투가 오히려 가슴을 서늘하게 했다. 『논리학 입문』이라는 책에 얽힌 사카구치 부부의 사연을 통해 알게 된 사실인데, 수감자가 책을 반입하려면 허가가 필요했다. 자업자득이라고는 하지만 책을 좋아하는 사람에게는 크나큰 고통이리라.

"알았어. 내일 찾아볼게."

"고마워. 그리고 『만년』 건은 어떻게 됐어?"

순간 사정을 감추는 것에 죄책감이 들었다. 그는 우리의 보고를 목 빠지게 기다리고 있었다. 물론 밝힐 수 없다는 건 잘 알고 있었다.

"여기저기 알아보고는 있는데, 지금 누가 가지고 있는지는 아직 모르겠어. 확실해지면 연락할게."

"……그렇구나."

다나카는 침울한 목소리로 말했다. 그렇다고 내가 기운 내라고 하는 것도 여러 의미로 이상했다. 아무 말 없이 미묘한 침묵이 흘렀다.

"그러고 보니 궁금한 게 있는데, 시노카와 시오리코하고 사귀는 사이야?"

"뭐?"

나는 패밀리 레스토랑 현관에서 저도 모르게 외쳤다. 자리가 나기를 기다리던 가족이 어안이 벙벙한 표정으로 나를 보았다. 창피해서 괜히 가방을 고쳐 맸다.

"그건 왜 묻는데?"

"나는 남의 연애사에 관심 없는 것 같아? 그런 얘기를 한 적도 오래된 것 같아서. 반응을 보니 사귀는 게 맞네."

다나카는 놀리듯 말했다. 뭐, 인정한다고 별문제는 없겠지.

"……그런데."

"그럴 줄 알았어. 지금 밖이야?"

자기가 먼저 물어놓고 바로 화제를 바꾸었다. 결론을 들어서 만족한 건가? 더 캐묻는 것도 싫어서 얼른 대답했다.

"저녁 먹었어. 이제 집에 가려고."

"그렇군. 방해해서 미안. 그럼 다음에 봐."

다나카는 그렇게 말하더니 전화를 뚝 끊었다.

'뭐야, 뜬금없이…….'

나는 스마트폰을 내려다보며 생각에 잠겼다. 솔직히 메시지로 해도 충분한 일이었다. 그냥 한번 걸어본 건지도 모르지만, 왠지 위화감을 떨쳐낼 수가 없었다.

집으로 돌아온 나는 문을 열고 스쿠터를 안으로 들였다. 원래는 식당이었던 곳이라 공간은 충분했다. 할머니가 돌아가신 뒤에는 안 쓰는 물건을 두는 창고로 변했다. 테이블과 의자는 대부분 처분했지만, 카운터와 주방 시설은 먼지를 뒤집어쓴 채 방치되어 있었다.

어머니는 입버릇처럼 리모델링하겠다고 했지만, 아직 실행에 옮기지는 않았다. 말은 그렇게 해도 식당에서 나고 자란 식당집 딸이다. 그리 쉽게 허물지는 못하는 건지도 모른다. 반대하는 건 아니었지만 나도 복잡한 마음이었다.

어머니는 급한 출장이 잡혔다니 오늘밤에는 나 혼자겠군. 식구라고는 어머니와 나뿐이었다.

문단속을 한 뒤 카운터 위의 조명만 켰다. 구석에서 의자를 가져와 카운터 앞에 앉았다. 그리고 예전 모습 그대로인 식당 안을 둘러보았다.

50년 전, 이곳에는 로마네스크 모임의 사람들과 우리 할머니가 있었다. 많은 사람들이 세상을 떠났지만, 그들이 남긴 고서는 지금도 살아 숨 쉬고 있다. 비록 주인은 바뀌었지만.

나는 가방을 내려놓았다. 요 근래 한시도 떼놓지 않고 가지고 다니는 가방이었다. 그럴 만한 이유가 있었다.

안에서 태블릿 케이스를 꺼내 카운터에 놓았다. 딱히 이게 아니라도 상관없었지만, 크기가 딱 맞았고 눈에 잘 띄지 않았다. 케이스 안에는 한 권의 책이 들어 있었다.

다자이 오사무의 『만년』 마나고야쇼보 판이었다. 비닐로 꼼꼼하게 포장해 두었다.

'자신을 가지고 살아가자. 살아있는 이들은 모두 죄인이니.' 라는 다자이의 친필이 들어간 언컷 사인본이었다. 원래는 시오리코 씨가 소장한 책이었다.

비블리아 고서당에 그 편지가 날아온 뒤로 오늘까지 내가 이 책을 맡아 가지고 있었다. 다리가 불편한 자신은 이 책을 지킬 수 없다며 시오리코 씨가 나에게 맡겼다.

처음에는 은행 대여 금고처럼 다른 보관 방법을 궁리하기도 했지만, 결국은 내가 맡기로 했다. 내 눈에 띄는 데 두어야 안심이 될 것 같았고, 나 같은 사람이 수백 만 엔짜리 희귀본을 가지고 다닌다는 게 오히려 맹점이 되리라 생각했다.

시오리코 씨도 종일 책을 가지고 다닌다는 건 모른다. 비밀을 아는 사람은 적을수록 좋으니까. 오늘도 『만년』에 이상은 없었다. 나는 책을 다시 케이스 안에 넣었다.

나한테 맡긴 책이니 무슨 일이 있어도 끝까지 지켜낼 작정이었다. 언제까지 지켜야 하는지 짐작조차 가지 않았지만.

"빨리 끝났으면."

저도 모르게 한숨이 흘러나왔다. 얼른 이 긴장에서 벗어나 시오리코 씨와 편안한 시간을 보내고 싶었다.

지난달 말에 사귀기 시작한 이래, 연인다운 시간을 보내본 적이 거의 없었다. 일전에 몰래 키스한 게 다였다. 그건 그거대로 좋았지만…….

'이달 들어서야 알았다니까.'

문득 아까 들었던 구가야마 쓰루요의 말이 떠올랐다. 나는 고개를 갸웃했다. 다른 사람들의 이야기도 떠올리며 손가락을 접었다 펴기를 반복했다.

'……이상하네.'

이유는 모르겠지만 뭔가 모순된 듯한 기분이 들었다. 시오리코 씨는 알아챘을까. 확인해 보려고 전화를 든 순간, 화면에 시오리코 씨의 이름이 떴다. 그럴 상황은 아니었지만 이런 우연은 기쁘기 그지없었다.

"여보세요."

"아, 다이스케 군."

목소리에서 동요하는 기색을 느끼고 나는 자세를 바로 했다. 무슨 일이 생긴 모양이었다.

"무슨 일입니까?"

"지금 우쓰세가이도의 스기오 사장님과 통화했는데…… 그 『만년』에 대해서 모른다고 하세요. 구가야마 쇼다이 씨가 돌아가신 뒤에 매입한 것 중에 거래를 암시하는 단서는 못 보셨대요. 물론 책도 없었고요."

실망했지만 이내 다음을 다잡았다. 아직 이야기가 남은 것 같았다.

"그 무렵, 저희 할아버지가 우연히 우쓰세가이도에 들르셨다 구가야마 씨에게 사들인 책들을 보셨는데, 의아한 듯 고개를 갸웃거렸다고 하셨어요."

"이유가 뭡니까?"

그러고 보니 시노카와 세이지와 구가야마 쇼다이는 근처에 살고 있었다. 과거 자기 밑에서 일했던 직원에게 구가야마 서방의 뒤처리를 부탁하지 않았다는 걸 보면 두 사람의 미묘한 관계를 알 수 있었다.

"책 읽는 취미는 없어도, 소유욕이 없었던 건 아니다……. 구가야마 쇼다이는 정말 귀한 책을 몇 권 가지고 있었을 거라고 단언하셨대요."

"정말 귀한 책이라면…… 어떤 책일까요?"

"진짜 희귀본 중에 구가야마 씨와 관련이 있는 책이라고 하셨대요."

나는 숨을 삼켰다.

'뭔가 애착이나 사연이 있었으면 몰라도, 아버지는 개인적으로 책을 소장했던 적이 거의 없으셨거든.'

구가야마 쓰루요의 말이 떠올랐다. 그 말은 개인적인 애착이나 사연이 있는 책이면 팔지 않고 간직했다는 뜻이다.

"집 어디에 자물쇠가 달린 선반에 숨겨놓고 정말 마음을 터놓는 사람에게만 보여줬대요. 할아버지도 직접 보신 적은 없지만, 우쓰세가이도에서 사들인 책 중에 그런 책은 없었다고……."

그렇다면 생각할 수 있는 가능성은 두 가지였다. 생전에 처분했든지, 처분하지 않고 집에 두었든지.

"그 말을 듣고 생각난 건데요. 도미자와 선생님 이야기에 나온 다자이의 자가용 『만년』에 대해 구가야마 씨가 했다는 설명은 조금 부자연스러웠어요."

"어디가요?"

전혀 알아채지 못했다.

"다자이가 개인적으로 소장했던 『만년』을 팔아버린 건 쇼와 10년대 초, 초판이었지만 고서로서의 가치는 거의 없었죠. 다자이는 전차 삯이 없어서 단돈 1엔에 본인이 소장했던 책을 팔았어요. 그 직후에 다자이의 지인이 2엔에 사들였다는 증언이 남아 있죠."

"1엔. 그렇게 비싸지는 않네요."

"지금 값어치로는 2, 3천 엔쯤 될 거예요. 참고로 정가가 2엔이고요."

어처구니가 없었다. 반값에 팔았다는 건가? 희귀본이라 말하기도 민망한 가격이었다.

"아무리 작가 본인이 판 책이라고 해도, 이런 헐값에 거래된…… 책의 소문이 다른 가게에까지 퍼졌다는 건 좀 부자연스러워요. 그리고 또 하나."

시오리코 씨는 평소와는 다른 사람처럼 유창하게 말을 이었다. 수화기 너머로 손가락을 세우고 있는 그녀의 모습이 눈에 선했다.

"그 『만년』의 특징에 대해 구가야마 씨는 무척 상세히 알고 있었어요. 처음 가게에 들어갔을 때 다른 가게의 직원에게 들었다고 했죠. 전에 다자이가 이 책을 팔러 왔을 때의 이야기를 전해 들었다고요."

"……그 얘기도 부자연스러운 겁니까?"

"네. 제가 들은 이야기로는 구가야마 씨가 진보초에 처음 발을 디딘 건 쇼와 공황이 일어났을 무렵…… 1930년이나 1931년이었어요. 『만년』은 1936년에 처음 발행됐고요.

다자이가 자가용 책을 판 것은 그 이후의 일이니, 당시 구가야마 씨는 이미 진보초에서 일하고 있었을 때죠."

쇼와 공황이 일어났을 무렵이었다는 이야기는 전에도 들었다. 듣고 보니 분명 이상했다. 취직도 못 해본 내가 말하는 것도 우습지만, 자신이 입사한 해를 그렇게까지 착각하는 사람이 있을까?

"왜 그런 거짓말을 한 걸까요?"

"이건 제 추측이지만…… 본인과 그 『만년』의 연관성을 다른 사람들에게 숨기기 위해서였을 거예요. 애초에 다자이 본인에게 자가용 책을 1엔에 사들였다 2엔에 판 고서점 직원이 구가야마 씨 아니었을까요? 그래서 책의 상태를 그렇게 잘 알았던 거고요."

"아…… 그럴 수도 있겠네요."

그렇게 생각하면 앞뒤가 맞았다. 예전에 자신이 1엔에 사들였다 2엔에 판 『만년』이 돌고 돌아 눈앞에 나타났다. 헐값에 팔아버린 일을 분명 후회했을 테고, 인생의 오점이라 생각했겠지. 수단 방법을 가리지 않는 인물이라면 다시 수중에 넣기 위해 몰래 계획을 세웠어도 이상할 것이 없었다. 그리고 자기 손에 넣은 뒤에는…… 다시는 남에게 팔지 않았을지도 모른다.

"그럼 구가야마 쇼다이는 다자이의 개인 소장용 『만년』

을 직접 소장했던 겁니까?"

"저는 그럴 가능성이 있다고 생각해요. 그리고 구가야마 씨가 돌아가신 뒤에도 다자이의 개인 소장용 『만년』이 모습을 드러내지 않았다는 건……."

한마디로 아직 구가야마가에 있을지도 모른다는 뜻이다. 하지만 그 집 사람들은 그런 책을 본 적도 없다고 했다.

정말 모르는 건가. 아니면…….

누군가가 감추고 있는 걸까.

5

"저기, 아까 쓰루요 씨 이야기 말인데요."

이번에는 내가 이야기를 시작할 차례였다.

"쓰루요 아주머니가 왜요?"

시오리코 씨는 의아스레 물었다. 이야기를 해도 될지 잠시 망설였다. 그녀에게는 오랫동안 알고 지내온 아버지의 친구였다. 내가 지금부터 꺼내려는 건 구가야마 쓰루요에 대한 의혹이었다.

하지만 혹시라도 시오리코 씨가 모르고 있다면 지적하지 않을 수 없었다. 구가야마 집안사람이 뭔가를 숨기고 있을 가능성이 존재하는 한.

나는 각오를 굳혔다.

"쓰루요 씨는 분명 '이달에야 아셨다.' 고 하셨죠. 시오리코 씨에게…… 남자친구가 생겼다는 소식 말입니다."

"네, 그러셨어요."

"그 얘기, 좀 이상하지 않습니까?"

시오리코 씨는 아무 대답도 하지 않았다. 얼굴이 보이지 않으니 반응도 알 수 없었다. 좌우지간 끝까지 이야기하는 수밖에 없을 것 같았다.

"이달 초에 아야카에게 우리 일을 여기저기 말하고 다니지 말라고 부탁했습니다. 그 뒤로는 부탁한 대로 입을 다물었고요. 이달에 가게를 봤을 때는 아무에게도 말하지 않았다고 했습니다. 이야기했다면 지난달, 쓰루요 씨가 블루베리를 가져왔을 때 했겠죠. 하지만 쓰루요 씨는 '지난달' 이라 하지 않고 분명히 '이달' 이라고 했습니다. 착각이라 하기에는 뭔가 이상해요."

스스로 말해놓고도 사소한 지적이라 생각했다. 하지만 구가야마 쇼다이가 했던 거짓말처럼 뭔가 깊은 의미가 있을지도 모른다. 다나카 요시오가 판 『만년』을 숨기고 있는 사람이 그녀일 가능성도 없지는 않았다.

"사실 저도 그 말이 좀 마음에 걸렸어요."

시오리코 씨가 침착한 목소리로 말했다. 그녀 역시 느꼈던 건가.

"……어떻게 생각합니까?"

"쓰루요 아주머니는 착각했던 게 아니에요. 아까 아야카에게 확인했어요."

나는 스마트폰을 꼭 쥐고 다음 말에 귀를 기울였다. 착각이 아니라면 무엇이었을까? 뭔가 이유가 있어서 일부러 그렇게 말한 건가?

"아, 그러고 보니 아야카가 고맙다고 전해달래요. 가게에 무슨 일이 없었냐고 일부러 물어봤다면서요? 고마워요. 신경 써 줘서."

시오리코 씨는 갑자기 쑥스러워하며 그렇게 말했다. 이야기가 완전히 딴 길로 샜는데? 그렇게 말해주니 나도 기뻤지만, 그전에 시노카와 아야카가 뭐라고 대답했는지가 궁금했다.

그 순간, 희미하지만 물소리가 들렸다. 나는 뒤를 돌아봤다. 식당 안쪽에서 나는 소리 같았다. 지금 이 건물 안에는 나 말고 아무도 없을 터였다.

침을 꿀꺽 삼켰다. 일단 확인해 봐야 할 것 같았다.

"미안하지만 5분 뒤에 다시 걸게요."

나는 그렇게 말하고 전화를 끊었다. 의자에서 일어나 살

금살금 안으로 들어갔다. 만일의 사태에 대비해 적당히 몸에 힘을 빼고 주위를 경계했다. 떼로 달려들지 않는 한, 웬만한 상황에는 대처할 자신이 있었다.

카운터 안쪽으로 들어가 불을 켰다. 아무도 없었다. 예전에는 주방 겸 창고였지만, 지금은 커다란 싱크대와 청소 용구를 넣어두는 사물함이 있을 뿐이었다.

"……뭐야."

안도의 한숨을 내쉬었다. 수도꼭지에서 물이 뚝뚝 떨어지고 있었다. 오래된 시설이라 멋대로 물이 쏟아졌던 모양이었다. 나는 힘을 주어 수도꼭지를 꼭 잠갔다. 다음번에 또 이러면 수리공을 불러야겠다고 생각했다.

앞머리가 살랑거리는 느낌에 고개를 들었다. 싱크대 위에 불투명 유리로 된 창문이 있다. 옆 건물과 딱 붙어 있어서 낮에도 거의 빛이 들지 않는 창이었지만, 혹시 몰라서 알루미늄으로 된 창살을 달아 놓았다.

'어?'

어찌된 영문인지 창문 너머로 창살이 보이지 않았다. 가까이에서 들여다보자 걸쇠 주변의 유리가 삼각형으로 잘려 나가 있었다. 그곳을 통해 바람이 들어온 것이었다.

등골이 오싹해졌다. 이 건물에 침입자가 있다. 창살을 떼어내고 창문을 깼다. 문제는 지금 그 침입자가 어디 있느냐였다.

당했다. 덫에 걸렸다. 침입자는 나를 이곳으로 유도한 것이다. 돌아보려 했을 때, 사물함 안에서 시꺼먼 그림자가 튀어나와 막대기 같은 것을 들이댔다. 순간적으로 팔을 들어 막았지만 불꽃이 튀며 상반신에 엄청난 통증이 느껴졌다.

'아…….'

힘없이 서 있는데 다시 목덜미에 그것이 닿았다. 다음 순간, 나는 비명도 지르지 못하고 콘크리트 바닥에 쓰러졌다. 굵은 바늘 수천 개가 온몸을 찌르는 듯했다. 사지를 전혀 움직일 수 없었지만 의식은 놓지 않았다.

운동화를 신은 남자의 발이 눈앞에 나타났다. 간신히 눈을 굴려 녀석을 올려다보았다.

전에 만났을 때보다 조금 머리가 길었다. 어둠에 가까운 짙은 녹색 후드티와 검은 바지를 입은 녀석은 막대 형태의 전기 충격기를 가지고 있었다. 그 모습과 어울리지 않는 친근한 미소를 보니 소름이 돋았다.

"상대가 상대이니만큼 준비를 철저히 했지. 정말 맷집 하나는 끝내주는군. 이 정도면 기절은 할 줄 알았는데."

다나카 도시오는 감탄조로 말했다.

굵은 압박 밴드로 내 팔다리를 묶은 뒤, 다나카는 내 멱

살을 잡고 식당 쪽으로 끌고 갔다.

머릿속은 혼란 그 자체였다.

왜 갑자기 이런 짓을 하는 거지? 우리에게 의뢰는 왜 한 거고? 처음부터 이럴 작정이었나? 앞으로 뭘 하려는 거지?

다나카는 식당 벽에 나를 짐짝처럼 내던졌다. 어깨와 등이 벽에 부딪친 고통으로 간신히 정신을 차릴 수 있었다.

무술 유단자는 아니지만, 그는 키도 크고 힘도 센 편이었다. 거기다 한손에 전기 충격기까지 들고 있었다. 몸도 제대로 가누지 못하는 이 상황에서 저항하는 건 불가능에 가까웠다.

지금은 상황을 지켜보자. 나는 벽에 붙어 상체를 일으킨 뒤, 저만치 서 있는 다나카를 올려다보았다.

"……아까 전화했을 때."

마른입을 억지로 열었다. 전기 충격기를 맞아서인지, 아니면 두려워서인지 목소리가 떨렸다.

"이미 집 안에 있었군. 내가 언제 돌아올지 확인했던 거야."

"맞아. 2층에서 집을 뒤지던 중이었지."

다나카는 순순히 인정했다.

후회막심이었다. 이런 놈에게 조금이나마 공감을 느끼고 방심했던 내가 멍청이였다. 언제 무슨 일이 생겨도 이상할 게 없었는데.

"대체 뭘 찾는 거지?"

"아직도 시치미야? 알잖아, 『만년』. 그 여자가 불태운 시늉을 한 언컷본 말이야. 시간 낭비하지 말고 순순히 대답해."

심장이 죄여왔다. 역시 알고 있었던 건가.

"언제부터 알았지?"

"보석으로 나온 뒤에. 1년 전에 너희가 날 속였고, 지금 또 다시 속이려 한다는 걸 친절하게 알려준 사람이 있었거든."

"……뭐라고?"

나는 얼빠진 목소리를 흘렸다.

"보석으로 나온 뒤에……? 그럼 비블리아에 편지를 던져 넣은 놈과 한패였던 게 아니라고?"

"편지? 무슨 소리야?"

다나카는 의아스레 되물었다.

나는 혼란스러운 머릿속을 필사적으로 정리했다. 이 마당에 시치미를 뗄 필요는 없다. 정말 모르는 것이다. 그렇다면 그 편지를 보낸 이는 다나카 도시오와는 상관없는…… 아니, 아마 지금은 상관이 있겠지. 그 인물이 이 남자에게 정보를 제공한 것이다.

"그런 귀한 책을…… 내가 가지고 있을 리가 없잖아."

"없기는. 그 여자가 너에게 『만년』을 맡긴 것도 알아."

그런 정보까지 알고 있는 건가? 시오리코 씨와 그 이야기를 가게에서 하기는 했지만…… 아니, 침착해. 나는 마음을 가라앉히려 애썼다.

이 남자가 우리 집을 뒤지고 있던 건 책이 어디에 있는지 모르기 때문이다. 책이 든 가방은 카운터에 놓여 있다. 여기서 카운터는 잘 보이지 않는 위치였다. 아까 내가 『만년』을 꺼내본 건 모르는 눈치였다.

"네가 찾는 건 너희 할아버지가 소장했던 『만년』이잖아. 시오리코 씨가 소장한 언컷본과는 다른 책이야."

"그래, 아마 그럴 거야. 하지만 둘 다 이 세상에 존재한다는 사실을 안 이상……."

서늘한 눈이 가늘어지며 날카로운 빛을 발했다. 작년에 병원 옥상에서 이 남자와 대치했을 때가 떠올랐다. 그때와 똑같은 눈빛이었다.

"두 권 다 손에 넣어야지. 그뿐이야."

나는 말을 잃었다. 이 녀석은 역시 정상이 아니다. 그때 카운터 위에 올려두었던 스마트폰이 울렸다. 시오리코 씨다. 5분 후에 전화한다고 해놓고 소식이 없으니 걱정돼서 건 것이다. 다나카는 힐끗 화면을 보며 누구의 전화인지 확인했다.

"그 여자군. 이렇게 여유 부리고 있을 틈이 없겠어."

이 상황이 이어지면 그녀는 뭔가 이상하다는 걸 알아채고 손을 쓸 것이다. 그러면 내가 해야 할 일은 이 대화를 되도록 오래 끄는 것이겠지.

"어떻게 두 권을 모두 가진다는 거지? 만일 시오리코 씨의 『만년』을 손에 넣는다고 해도 다른 한 권이 어디 있는지 모르잖아."

"그건 앞으로 알게 될 거야. 그보다 나한테 사과하는 게 먼저 아닌가? 우리 할아버지의 『만년』의 행방을 알아내도 나한테 가르쳐주지 않을 작정이었잖아. 현 소유자에게 경고할 속셈이었다면서."

우리 정보는 다나카에게, 아니, 그에게 정보를 제공한 인물에게 죄다 유출된 모양이었다. 다나카는 웃옷 주머니에서 새 스마트폰을 꺼내 나에게 들이댔다. 풀려난 뒤에 산 것이겠지. 화면에 떠 있는 건 어디서 찍었는지 전혀 알 수 없는, 저화질의 사진이었다.

순간 눈을 부릅떴다. 사진 속에는 책날개의 일부가 찍혀 있었다. 구석에 작은 글씨로 '자●용'이라 적혀 있었다. '●' 왼쪽에 '가'라는 글자가 적혀 있었다.

다자이의 자살용…… 자가용 『만년』이 틀림없었다.

"이걸 어디서?"

"어디긴, 지금 소유자가 보내줬지. 그쪽은 시노카와 시오리코가 가진 『만년』을 원한다더군. 네가 가진 『만년』을 입수하면 만나서 서로 교환하기로 했어."

"교환한다고? 방금 두 권 다 가질 거라고……."

아니, 다나카는 그 제의를 받아들인 척한 것뿐이다. 시오리코 씨의 『만년』을 빼앗아, 그걸 미끼로 그 상대와 만나 다른 한 권도 빼앗을 작정이다.

"작년하고 똑같은 짓을 또 하려는 거냐? 시오리코 씨를 계단에서 밀친 것처럼."

"이제 그렇게까지는 안 해. 뒷맛이 영 찝찝해서 말이야. 더 신사적으로 처리할 생각이야."

"남의 물건을 훔쳐놓고 신사적이라고?"

불현듯 이런 생각이 들었다. 다나카에게 정보를 제공하고, 교섭을 주선한 인물 역시 같은 생각을 하는 게 아닐까? 자신이 가진 『만년』을 미끼로 남의 책을 빼앗으려 하는, 다나카와 같은 족속이 아닐까?

'……대체 누구지?'

제일 먼저 떠오른 건 구가야마 쓰루요였다. 다자이의 자가용 『만년』을 가지고 있을 가능성이 있으며, 우리에 대한 자세한 정보를 입수할 수 있는 사람은 손에 꼽혔다. 사소하지만 발언에도 석연치 않은 점이 있었다. 비정상적인 소유욕을 가진 사람처럼 보이지는 않았지만, 그건 다나카 도시오에게도 해당되는 말이었다.

“너하고 얘기만 하면 길어진다니까. 자, 이제 『만년』을 내놓으시지.”

다나카의 말에 나는 정신을 차렸다. 애써 동요를 감추며 상대를 노려보았다.

“……그래, 내가 가지고 있어. 하지만 네가 손댈 수 없는 곳에 숨겨뒀지. 집을 뒤져도 소용없어.”

“아니, 거짓말 마.”

다나카는 싱글거리며 말했다.

“어째서인지 네가 무슨 생각을 하는지 훤히 알 것 같아. 머리도 잘 돌아가고, 책임감도 있지. 그리고 무의식적으로 자신의 신체적 장점에 의지하고 있어. 중요한 일은 혼자 끌어안으려는 스타일이지. 분명 손닿는 곳에 두었을 거야. 그래야 마음이 놓이거든.”

식은땀이 흘러내렸다. 지능이나 신체적 장점은 차치하고라도, 다른 부분들은 소름이 끼치도록 맞아 떨어졌다. 가족이라도 이렇게 나를 잘 알지는 못할 것이다.

“특히 자기 여자 일에는 더욱더 그런 경향을 보이지. 그게 네 단점이야. 결국 냉정한 판단을 내리지 못하고 제 무덤을 파지.”

다나카는 카운터 위의 가방을 집어 들더니 주저 없이 태블릿 케이스를 꺼냈다.

'당했다.'

나는 이를 악물었다. 아까 통화에서 시오리코 씨와 사귀느냐고 물었던 건 바로 이 때문이었다. 그때부터 의심하고 있던 것이다.

"역시 여기 있었군."

케이스 안을 들여다본 다나카는 눈을 빛내며 환하게 웃었다.

"너무 실망하지 마. 내가 너였더라도 비슷한 생각을 했을 테니까. 누가 수백 만 엔짜리 희귀본을 가지고 다닐 거라고 생각하겠어……. 맞지? 차라리 은행 대여 금고에 넣어두었다면 나도 손 쓸 방법이 없었을 텐데."

그는 신이 난 표정으로 비닐을 벗긴 뒤 책을 펼쳐 꼼꼼하게 확인했다. 그리고 이내 흡족한 표정으로 고개를 끄덕이며 가져온 비닐봉투에 책을 넣었다.

"이번에는 진짜가 틀림없군……. 솔직히 그 점이 제일 걱정이었어. 혹시 그 여자가 너한테도 가짜를 줬으면 어쩌나 하고. 잘됐네, 넌 진심으로 사랑받고 있어. 축하해!"

더는 참지 못하겠다는 듯 다나카는 소리 내어 웃었다.

나는 온몸이 묶인 채 피가 날 정도로 꽉 주먹을 쥐었다. 분통이 터져서 참을 수가 없었다. 시오리코 씨는 날 믿고 소중한 물건을 맡겼는데, 내 얼빠진 판단 실수로 모든 게 엉망이 됐다.

“미안하지만 이제 기절해줘야겠어. 누굴 부르면 계획에 차질이 생기니까. 목숨엔 별 지장 없을 거야.”

다나카는 묵직한 전기 충격기를 휘둘렀다.

나는 필사적으로 생각을 쥐어짰다. 팔다리는 움직일 수 없다. 소리를 질러도 소용없다. 무슨 수가 없을까? 녀석에게 『만년』을 뺏기지 않을 방법이…….

“믿지 않을지도 모르지만, 너하고 얘기할 수 있어서 즐거웠어. 신기하게 이곳에 있으니 마음이 차분해지는군. 편안해. 식당이라고 했지? 영업했을 때 한번 와봤으면 좋았을 텐데.”

다나카는 발랄하게 말하더니, 조금씩 다가왔다. 나는 꼼짝도 할 수 없는 상태인데도 빈틈없이 신중했다. 그리고 전기 충격기를 쑥 들이댔다.

흉포한 푸른 불꽃이 시야 가득히 퍼졌다.

6

두터운 구름이 별을 가렸다. 습한 바람이 불어왔다.

다나카 도시오는 산중턱에서 불빛이 빛나는 기타가마쿠라 거리를 내려다보고 있었다. 그가 있는 오솔길 주변에는 조릿대를 포함한 나무들이 울창했고, 발치에는 급경사의 돌계단이 저 아래까지 뻗어 있었다. 계단 좌우로는 흐드러지게 핀 수국이 보였다. 남에게 보여주기 위해 심은 꽃이 인적 드문 이곳에 피어 있었다. 망자가 지나는 길 같았다.

1년 전, 시노카와 시오리코를 밀친 계단이었다.

이곳에 도착한 뒤 처음으로 다나카는 손목시계를 보았다. 약속 시간은 지났다. 등에 멘 가방에는 70년도 더 나이를 먹은 책이 들어 있었다. 아직 이름도 모르는 누군가가 다른 소유자를 거친 같은 책을 가지고 이곳에 나타날 터였다.

좁은 골목 안쪽에서 발소리가 들렸다. 이어서 그림자가 나타났다. 빛바랜 청바지에 푸른 레인코트 차림이었다. 후드를 뒤집어쓰고 있어서 얼굴은 보이지 않았다. 하지만 차림새나 체격으로 보아 여자란 걸 알 수 있었다.

여자는 계단 앞, 다나카와 몇 발짝 떨어진 곳에서 걸음을 멈췄다.

"……다나카 도시오 씨."

상대가 먼저 쉰 목소리로 말했다. 여자의 얼굴을 가까이서 본 다나카의 눈이 휘둥그레졌다.

"……우리, 작년에 이 근처에서 마주친 적이 있지?"

그 말에 여자는 아무 반응도 보이지 않았다.

"책은 가져왔어?"

"물론. 그쪽도 가져왔겠지?"

"가져왔어. 먼저 보여줘."

다나카 도시오는 가방에서 『만년』이라는 제목의 책을 꺼내 날개를 그녀에게 보였다.

'자신을 가지고 살아가자. 살아있는 이들은 모두 죄인이니'. 시노카와 시오리코가 아끼던 진짜 초판본이었다.

"이제 그쪽 차례야."

여자는 레인코트 안에서 갈색 종이에 싼 물건을 꺼냈다. 다나카가 보여준 『만년』과 비슷한 크기였다.

"……여기."

"내용물을 확인해야겠어."

"알았어."

그녀는 그렇게 말하더니 다나카의 발치로 물건을 던졌다. 어둠 속에서 툭, 하는 소리가 울려 퍼졌다.

다나카가 반사적으로 고개를 숙인 순간, 여자가 앞으로 내달렸다. 등에 손을 넣어 까만 봉 같은 것을 꺼냈다. 그것을 다나카의 허벅지에 댄 순간, 어둠 속에서 파란 불꽃이 파직 튀었다.

"아!"

다나카는 비명을 지르며 무릎을 꿇었지만, 『만년』을 품에 안은 채 내려놓지 않았다. 여자는 허리를 굽혀 책에 손을 뻗었다. 예상대로 상대 역시 책을 빼앗을 작정이었다. 한시도 지체할 수 없는 긴박한 상황이었다.

그들을 지켜보던 나는 커다란 나무 그늘에서 뛰쳐나왔다.

"멈춰!"

우두커니 선 여자에게 달려가 손에 든 까만 막대기를 낚아챘다. 나는 얼굴을 찌푸렸다. 다나카가 썼던 것과 같은 전기 충격기였다.

"시판되는 것 중에 그게 제일 강력하거든."

다나카는 신음을 흘리며 설명했다. 말하지 않아도 그 위력은 아주 잘 알고 있었다. 아까 직접 체험했으니까. 아직도 뼈마디가 쑤셨고, 몸도 평소처럼 말을 듣지 않았다.

"이제야 튀어나오면 어쩌자는 거야."

다나카는 불만스레 말했다. 하지만 나 역시 할 말이 없는 건 아니었다.

"아까 너한테 당한 뒤로 몸이 말을 안 들어. 평소보다 반응이 느린 게 당연하지."

나, 고우라 다이스케는 그렇게 말했다.

"왜 당신이 여기 있어? 책을 빼앗긴 거 아냐?"

여자가 놀란 듯 물었다. 나는 비로소 상대의 얼굴을 확인했다.

역시…… 다자이의 자가용 『만년』의 소유자이자 다나카 도시오에게 정보를 제공했던 여자. 이번 일은 그녀의 계획에서 시작됐다.

"……나 말고도 만나야 할 사람이 있어."

내가 숨어 있던 나무 뒤에서 지팡이를 짚은 여성이 모습을 드러냈다. 긴 검은 머리카락이 6월의 바람에 나부꼈다. 어둠에 녹아든 짙은 남색 블라우스와 스커트 차림의 모습도 아름다웠다.

"역시 너였구나."

시오리코 씨는 그렇게 말했다. 여자는 단념한 듯 후드를 벗었다. 핀으로 고정한 긴 검은 머리가 보였다. 어색할 정도로 커다란 눈동자가 뚫어져라 바닥을 바라보고 있었다.

"구가야마 히로코."

구가야마가에서 만났던 구가야마 쓰루요의 딸이었다.

한 시간 전.

나는 고우라 식당의 바닥에서 뒹굴고 있었다. 전기 충격기 정도로는 인간을 기절시키기 어려운 모양이었다. 극심한 고통에 오히려 정신이 맑아졌다. 나는 떨리는 몸을 일으켜 아까와 같은 자세로 다나카를 노려보았다.

"……미치겠군."

다나카 도시오는 쯧, 혀를 차더니 전기 충격기를 껐다. 그리고 몇 차례 손잡이를 잡고 휘둘렀다. 때려서 기절시키려는 모양이었다. 하지만 왠지 모르게 망설이는 기색이 느껴졌다.

아까도 시오리코 씨를 밀친 일을 '뒷맛이 영 찝찝하다' 고 했다. 이런 엄청난 일을 저지르기는 했지만 남을 크게 다치게 하는 걸 원치 않는 건지도 모른다. 이 상황이 이어진다면 아직 희망은 있었다.

"……지금 보석 중이잖아. 책을 훔쳐서 도망치면 전국에 수배령이 떨어질걸."

"작년에 계획했던 일을 실행에 옮기는 것뿐이야. 그때도 준비는 다 해뒀거든."

"작년? 무슨 소리를……."

생각났다. 병원 옥상에서 시오리코 씨를 위협했을 때, 다나카는 '얼굴을 바꾸고 다른 곳에서 처음부터 다시 시작하겠다' 고 했다.

"그게 어디 쉬운 일이야? 반드시 잡힐걸."

"살인죄를 저지른 것도 아닌데 경찰이 그렇게까지 하겠어? 나 아니라도 할 일 많은 사람들이야."

"아니, 내가 쫓을 거야."

굳은 결심을 가지고 한 말은 아니었지만, 입 밖으로 낸 순간 모든 동요가 깨끗이 사라졌다. 모든 것이 제자리를 찾은 기분이었다. 다나카는 동작을 멈추고 내 얼굴을 들여다보았다.

"뭐라고?"

"만일 경찰이 포기해도 내가 널 반드시 찾아낼 거야. 너는 그 『만년』을 소중히 간직하겠지. 소중히 간직한 책은 몇 년, 몇 십 년이 지나도 이 세상에 계속 남아 있어. 시간이 아무리 걸리더라도 찾아내서 시오리코 씨에게 돌려줄 거다."

순간 다나카는 어처구니없다는 표정을 지었다. 하지만 이내 사람을 놀리는 듯한 표정으로 다시 돌아왔다.

"몇 십 년? 그때까지 그 여자와 사귀려고?"

"아니, 결혼할 거다."

나는 단호하게 말했다. 분위기도 한몫 거들기는 했지만, 거짓 없는 진심이었다.

이 결심을 처음 털어놓은 상대가 본인이 아니라, 하필이면 이 남자라는 게 안타까울 따름이었다.

"시오리코 씨에게 소중한 건 나에게도 소중해. 함께 그 가게를 꾸려가며 너와 그 책을 반드시 찾아낼 거야."

그제야 다나카의 얼굴에서 웃음기가 사라졌다. 그는 정

체 모를 생물을 보는 눈으로 나를 보았다.

"내가 어떤 수단을 동원해 어디로 도망칠 작정인지 너희는 모르잖아. 경찰이라면 몰라도 일개 민간인이 무슨 수로 찾는다고?"

"시오리코 씨가 얼마나 똑똑한지는 너도 알 텐데. 그리고 나도 있어."

"네가 뭘 할 수 있는데? 체력 싸움이라도 하려고?"

웃어넘기려는 것 같았지만 목소리는 진지하기 그지없었다.

"분명 나도 네 머릿속을 훤히 알게 될 거야. 네가 내 생각을 읽어 그 책을 찾아낸 것처럼. ……우리는 그런 사이야."

"어처구니가 없군. 대체 무슨 근거로……."

"난 다나카 요시오의 손자야. 너와는 사촌지간이지."

얼어붙은 듯한 정적이 흘렀다. 이토록 놀란 다나카의 모습은 처음 보았다. 다시 말문을 열기까지 오랜 시간이 걸렸다.

"나 원 참, 무슨 소리를 하나 했더니……. 다나카 요시오의 손자는 나 하나뿐이야."

"독신 시절, 네 할아버지는 이 식당 단골이었고, 우리 외할머니, 고우라 기누코와 사귀었어. 그 사이에서 태어난 게 우리 어머니고. 당시 외할머니는 유부녀였기 때문에 친자식이라고 말할 수도 없었지. 처음부터 끝까지 남들에게는 말할 수 없는 관계였어. 하지만 할머니의 책장에는 다나카 요시오에게 받은 책이 남아 있었어. 못 믿겠으면 2층에 올라가서 직접 봐. 지금은 내 방에 있으니까."

신서판 소세키 전집의 『제8권 그 후』였다. 그 책이 계기가 되어 나는 비블리아 고서당에서 일하게 된 것이다.

"말도 안 돼. 할아버지는 그런 얘기 한마디도……."

당황할 법도 했다. 이런 반응이 정상이겠지. 하지만 나는 포기하지 않았다. 여기서 설득하지 못하면 다나카는 『만년』을 가지고 떠날 것이다. 할 수 있는 일은 전부 해야 했다. 필사적으로 머리를 굴리던 순간, 머릿속에서 뭔가가 번뜩였다.

"할아버지가 소세키 전집을 마지막까지 소중히 간직했지? 이와나미쇼텐 신서판, 『제8권 그 후』가 빠진."

다나카의 얼굴에 놀란 기색이 역력했다. 확신은 없었지만 적중한 모양이었다.

"……그걸, 네가 어떻게 알지?"

"우리 할머니는 소세키를 좋아했어. 아까 말한 책이 소세키 전집 『제8권 그 후』였지. 너희 할아버지 전집에서 사라진 책은 우리 집에 있어."

예전에 시오리코 씨가 말했던 대로 그 신서판 전집은 고서로서 거의 가치가 없는 물건이었다. 빠진 권이 있다면 가치는 더욱 떨어지겠지. 금전적 가치는 없지만 추억이 담긴 물건을 버릴 수는 없었을 것이다. 가지고 있어도 두 사람의 관계가 들킬 위험도 없었으니까.

다나카 도시오의 몸에서 힘이 빠졌다. 그는 아득한 과거를 응시하듯 천천히 식당 안을 둘러보았다.

"소세키는 할아버지 취향이 아니었는데 뭔가 이상하다 생각하긴 했어."

그는 낮은 목소리로 중얼거렸다.

"그래서 그렇게 애지중지하셨던 거군. 그래, 이제야 알겠어."

자기 입으로 꺼낸 말이었지만 나 역시 안도하고 있었다. 다나카 요시오에게 고우라 기누코는 다시는 떠올리고 싶지 않은 여자가 아니었다. 그녀와의 관계 때문에 협박까지 당했는데도 여전히 소중한 기억이었던 것이다.

"너한테 제안할 게 있어."

나는 힘주어 말했다. 여기부터가 중요했다.

"……제안?"

"우리에게 협조해. 네가 거래하려는, 다자이가 개인 소장했던 『만년』의 소유자를 잡고 싶어. ……그 대신 그 『만년』 두 권을 언젠가 네가 가질 수 있게 도와줄게."

내 제안에 다나카는 관심을 가진 기색이 역력했다. 하지만 덥석 물 정도로 만만한 상대는 아니었다. 눈에는 경계하는 빛이 가득했다.

"어떤 방법으로?"

"네가 거래하려는 상대는 분명 시오리코 씨가 아는 사람이야. 책을 처분하게 되면 시오리코 씨가 제일 먼저 소식을 들을 테고. 다나카 요시오가 소장했던 『만년』은 우리가 반드시 합법적으로 매수해 너에게 팔게."

"뭘 믿고? 여기 있는 시노카와 시오리코의 『만년』은 어쩔 건데?"

"시오리코 씨가 너보다 먼저 죽으면 대가 없이 줄게. 나한테는 필요 없는 물건이니까. 필요하면 각서든 뭐든 써줄게. 네 입으로 내가 책임감이 강하다고 했지? 약속할게. 거짓말은 안 해."

"……제안이라 부르기도 뭣하군."

다나카는 어처구니없다는 표정으로 코웃음을 쳤다. 그 사실은 나도 알고 있었지만, 더 이상 제시할 수 있는 게 없었다. 나는 굴하지 않고 말을 이었다.

"네가 오늘 이 집에 불법침입해서 『만년』을 강탈하려 했다는 것도 경찰에 말하지 않을게. 오히려 네가 거래 상대의 계획에 편승하는 척해서 우리와 함께 녀석을 붙잡은 걸로 해줄게."

다나카는 대답이 없었다. 말처럼 심하게 반발하지는 않

았다. 마음이 움직인 건 분명해 보였다.

"만족스러운 제안이 아니라는 건 알아. 하지만 그게 싫으면 이 자리에서 날 죽이든지, 시오리코 씨보다 더한 중상을 입혀. ……그렇지 않으면 아까도 말했듯이 평생 널 쫓을 테니까."

이야기를 마친 나는 어깨를 들썩이며 숨을 내쉬었다. 아직도 손발이 저렸다. 할 이야기는 모두 했다.

"우리 집안에는 이제 나밖에 없다. 가까운 친척은 없다고 생각했어…… 이 세상에 하나밖에 없는 사촌동생을 어떻게 때리겠어."

그는 무릎을 꿇더니 주머니에서 칼을 꺼내 내 손발을 묶은 밴드를 끊었다.

"교활한 제안이야. 너에게 중요한 건 시노카와 시오리코야. 그 여자를 지키기 위해서라면 나에게 어떤 거짓말도 할 수 있겠지."

나는 말없이 팔다리를 움직였다. 반박할 말이 없었다. 다나카의 말이 맞다. 결국 나는 가족에 대한 다나카의 강한 애착과 남을 상처 입히는 것에 대한 공포심을 이용했을 뿐이었다.

"하지만 나도 다를 바는 없지. ……원하는 걸 손에 넣기 위해서라면 무슨 짓이든 할 수 있으니까. 우리 몸엔 같은

피가 흐르고 있어."

고개를 들자 같은 눈높이에서 나를 바라보는 다나카와 눈이 맞았다. 한동안 마주보던 우리는 누가 먼저랄 것도 없이 웃음을 터뜨렸다.

"너나 나나 거짓말을 잘하니, 행실이라도 똑바로 해야지. ……안 그래?"

그는 다자이의 한 구절에 빗대어 제안을 던졌다.

"……그러게."

나는 고개를 끄덕였다.

7

고압 전류의 충격에서 회복된 다나카 도시오는 나에게 『만년』 언컷본을 건넸다.

작년에 그를 병원으로 유인했을 때처럼 진짜처럼 꾸민 복각판을 준비할 여유는 없었다. 때문에 이 책은 진짜 『만년』 초판본이었다. 나는 책을 다시 태블릿 케이스에 넣었다.

그러는 동안에도 구가야마 히로코에게서 눈을 떼지 않았다. 구가야마 쇼다이가 다나카 요시오에게 헐값에 사들인 『만년』을 물려받은 그녀는 시오리코 씨의 『만년』까지 노리고 있던 것이다. 솔직히 아직도 믿기지가 않았다.

"시오리코 언니, 언제부터 날 의심했어?"

구가야마 히로코는 고개를 숙인 채 물었다.

"일전에 집에서 만났을 때부터. 나랑 다이스케 군이 사귄다는 얘기를 '비블리아'에서 '아야카'에게 들었다고 했지? 그게 실수였어."

대답은 없었다. 히로코는 레인코트 주머니에 손을 넣고 계단 위에 우두커니 서 있을 뿐이었다.

"그게 무슨 말입니까?"

나는 시오리코 씨에게 물었다. 어떻게 알았느냐고 물은 건 나였지만, 무엇이 실수였는지는 전혀 짐작 가는 바가 없었다.

"아야카에게 물어봤더니 지난달에 아주머니와 히로코가 가게에 들렀을 때, 우리 얘기는 안 했다고 했어요. 이달 들어서는 두 분 다 가게에 들르지 않았고요. ……오늘 쓰루요 아주머니가 오신 것 말고는요."

"네?"

나는 고개를 갸웃거렸다. 그러면 말이 안 되는데?

"그럼 쓰루요 씨도 아야카에게 이야기를 들을 기회가 없었던 것 아닙니까? 그런데 어떻게 이달 들어서 우리 얘기를 알았다고 하신 거죠?"

"아주머니는 히로코에게 들었을 뿐이에요. ……그렇지?"

구가야마 히로코는 부정하지 않았다. 이렇게 듣고 보니 맥이 빠질 정도로 단순했다. 분명히 그녀는 '비블리아에서 들었다'는 말은 한 마디도 하지 않았다. 그런데도 나는 아까까지 그녀를 의심했었다. 미안할 따름이었다.

"히로코는 다이스케 군의 질문에 저도 모르게 '비블리아에서' 들었다고 대답했어요. 정정할 수도 없어서 하는 수 없이 '아야카한테' 들었다고 덧붙였죠. 비블리아에서 들었다는 말은 사실이에요. 하지만 우리 중에 히로코 씨에게 그 얘기를 한 사람은 없어요."

"잠깐만."

다나카가 끼어들었다.

"설명이 이상한데? 비블리아 사람들이 아무도 얘기를 안 했다면 대체 누구한테 들은 거지?"

좋은 질문이라는 듯 시오리코 씨는 고개를 끄덕였다. 다나카와 시오리코 씨가 평범하게 대화를 나누는 모습이 아직도 영 낯설었다. 원래 이런 식으로 얼굴 볼 일도 없는, 사건의 가해자와 피해자 관계일 터였다.

"이제 꽂아둘 필요가 없을 것 같아서 가게에서 가져왔어요."

시오리코 씨는 어깨에 멘 가방에서 어디서나 흔히 구경할 수 있는 전기 탭을 꺼냈다. 이제야 뺀 건가. 나는 안도의 한숨을 내쉬었다. 이것 때문에 여간 움직이기 힘든 게 아니었다. 다나카가 고개를 갸웃거리며 들여다보았다.

"그게 뭐야?"

"보기에는 그냥 전원 탭처럼 보이지만…… 실은 고성능 도청기에요."

시오리코 씨는 구가야마 히로코에게 날카로운 눈빛을 보냈다.

"넌 작년 사건에서 내가 『만년』을 불태우지 않고 몰래 가지고 있다는 가설을 세웠어. 그래서 쓰루요 아주머니와 가게에 들렀을 때 이 도청기를 설치하고 그 후에 다나카 씨의 이름으로 편지를 보냈지. '네 삼류 연극을 알고 있다. 연락해라.' 라는 내용에 우리가 어떻게 반응할지 확인하기 위해서.

"……도청기도 알고 있었어?"

"처음에는 몰랐어. 아무 생각도 없이 다이스케 군과 가게에서 이야기한 뒤에 다나카 씨에게 접촉했지."

시오리코 씨는 천진난만할 정도로 순순히 실패를 인정했다. 옆에서 듣고 있던 다나카 도시오가 불쾌한 표정을 지었다.

"그렇다고 왜 내 이름을 댄 거지?"

"우리가 그때 가장 두려워하던 건 다나카 씨가 『만년』이 불타지 않았다는 사실을 알아채는 것이었어요. 우리의 반응을 보기 위해 가장 적합한 이름이죠."

다나카는 말없이 옆을 보았다. 불만을 말할 입장은 아니었지만, 그는 시오리코 씨의 '삼류 연극'에 아직 화가 풀리지 않은 것 같았다. 하지만 한편으로는 그녀를 크게 다치게 한 일에 죄책감을 느끼고 있기도 했다. 복잡한 감정을 품고 있는 것이다.

"하지만 며칠 지나서 깨달았겠죠. 우리의 반응을 정확히 알려면 도청기를 설치하는 것밖에 방법이 없다는 걸. 그래서 다이스케 군이 다나카 씨를 만나러 간 날, 가게 안을 뒤져서 이 도청기를 찾아냈어요."

내가 가게로 돌아왔을 때, 그녀는 카운터 위의 메모를 보라고 했다. 해야 할 일들을 적어 놓은 것인 줄 알았는데, 뒷장을 보니 도청당하고 있을 가능성과 향후의 구체적 지시가 적혀 있었다. 특히 중요했던 건 '도청기는 그대로 둘 테니 평소처럼 자연스럽게 행동해 달라'는 것과 '한동안은 메모를 이용하자. 중요한 일은 글로 전하자'는 것이었다.

그 전날, 우리 관계를 아야카에게 인정한 건, 메모로 용건을 주고받는 것을 이상하게 여길까봐 복선을 깔아둔 것이다. 뭐, 부끄러워했던 건 연기가 아니라 사실이었지만. 나도 애써 자연스레 행동했지만, 무엇을 어디까지 말해야 할지 가늠이 되지 않아서 힘들었다.

"왜 도청기를 떼지 않았지?"

구가야마 히로코는 시오리코 씨를 보지 않고 물었다.

"정보를 제어하기 위해서. 우리가 도청을 알아채지 못했다고 생각하면, 상대는 우리가 의도적으로 흘린 정보도 의심하지 않고 믿을 테니까."

시오리코 씨는 거기서 말을 끊고 한밤의 기타가마쿠라를 바라보았다. 울창한 가지를 뻗은 나무들과 민가 지붕 때문에 여기서는 비블리아 고서당의 불빛은 보이지 않았다.

"히로코, 네 오산은 이름을 도용한 다나카 씨가 할아버지가 소장했던 『만년』을 찾아달라고 우리에게 의뢰한 거였어. 그 『만년』은 네가 가지고 있었고, 조사가 계속 진행되면 그 사실이 밝혀지니까.

원래는 다이스케 군이 내가 맡긴 『만년』을 어디에 숨겼는지 천천히 시간을 들여 찾아볼 작정이었어. 하지만 이대로 두면 자신의 존재를 알아챌지도 모른다는 생각에 조바심이 났던 거겠지. 다나카 씨를 끌어들여 이런 무리한 수법을 쓴 걸 보면."

나는 야경을 바라보는 시오리코 씨의 얼굴을 보았다. 구가야마 히로코가 조바심을 내게 된 건 이 사람 때문이기도 했다. 아까 구가야마 쓰루요에게 돌연 모든 일을 털어놓은 것은 도청하는 인물의 반응을 끌어내기 위해서였다.

솔직히 우리도 난감한 상황이었다. 그 시점에서 구가야

마가에 다자이의 자가용 『만년』이 남아 있을 가능성을 시오리코 씨도 정확히 인식하지는 못했을 것이다.

시오리코 씨는 분명 비상한 두뇌의 소유자였지만, 그렇다고 모든 것을 꿰뚫어볼 수 있는 건 아니었다. 이런 복잡한 사건이라면 더더욱.

"히로코."

시오리코 씨의 목소리가 애달파졌다.

"왜 이런 짓을 했니?"

대답은 없었다. 시오리코 씨의 물음은 어둠에 녹아 사라졌다.

"난 네가 어릴 때부터 봐왔어. 예전에는 자주 우리 집에 놀러 와서 나한테 책을 빌려 갔잖아. 사이도 나쁘지 않았어. 둘 다 할아버지가 고서점을 경영했고, 자란 환경도 비슷했지. 그런데 왜 이런 짓을 한 거야?"

두 번째 물음에도 구가야마 히로코는 침묵을 지켰다. 그 모습에 부아가 치밀었다. 이번 사건으로 우리를 마음대로 휘둘러 놓고서는 그 이유도 말하지 않겠다는 건가?

"구가야마 히로코라고 했지? 우린…… 구면 아닌가?"

그때 다나카 도시오가 느닷없이 말문을 열었다. 우리는 놀라 돌아봤다. 시오리코 씨도 몰랐던 모양이었다.

"작년 이맘때에 이 근처에서 만났잖아. 나는 그 『만년』

언컷본을 손에 넣을 계획을 꾸미고 있었지. 사람들에게 비블리아 고서당에 대해 물어보기 위해 기타가마쿠라를 돌아다니고 있었어."

자랑처럼 할 이야기는 아니잖아. 어처구니가 없었다. 그런 짓까지 했던 건가.

"그러다 개 산책을 시키던 너와 만났지. 내가 비블리아 고서당에 대해 묻자 안다고 대답했고. 자기 할아버지도 예전에 고서점을 경영했는데, 그 밑에서 일하던 직원이 나가 차린 가게라고. 지금도 왕래하는 사이라 가게에서 무슨 일이 생기면 자기 집으로 책을 들고 와 도움을 청한다고. 자기도 시노카와 시오리코를 도와준 적이 있다고 했지."

말이 끝나기도 전에 구가야마 히로코의 얼굴이 빨갛게 달아올랐다. 희미하게 떨고 있는 것도 같았다. 나는 시오리코 씨를 보며 그런 일이 있었느냐고 눈으로 물었다. 그녀는 당혹스럽다는 듯 고개를 저었다. 한마디로 거짓말이었다. 왜 그런 소리를 한 거지?

"그래서 나는 여기서 기다렸어. 그 집에 『만년』을 가지고 가서 도움을 요청하러 갈지도 모른다는 생각에……."

생각지도 못한 이야기에 나는 경악을 금치 못했다. 시오리코 씨의 얼굴에서도 핏기가 가셨다.

전부터 이상하다고 생각했다. 1년 전, 시오리코 씨는 아버지가 생전에 빌린 책을 돌려주기 위해 구가야마가를 찾아가는 길이었다. 겉보기에는 짐을 들고 집을 나섰을 뿐이다. **그런데 왜 다나카는 그녀가 『만년』 언컷본을 가지고 있다고 오해한 걸까?** 모두 구가야마 히로코가 다나카에게 한 말 때문이었다. 만일 그 발언이 없었다면 시오리코 씨는 그런 일을 당하지 않았을지도 모른다.

"난 당신을 알아. 다나카 도시오 씨."

느닷없이 구가야마 히로코가 그렇게 말했다. 냉소를 머금은 낮은 목소리였다. 지금까지와는 딴사람처럼 뻔뻔하게 보였다.

"SNS의 '가나가와의 고서 팬 모여라' 라는 커뮤니티에서 나도 당신하고 글을 주고받은 적이 있어. 기억 안 나? '소노기' 라는 닉네임."

다나카는 고개를 갸웃거렸지만, 나는 기억하고 있었다. '구즈하라' 라는 닉네임을 쓰던 다나카와 '소노기' 가 주고받은 글을 얼마 전에 보았기 때문이었다. 그게 구가야마 히로코였다니.

"고서에 대해 알고 싶어서 드나들었지만, 난 도저히 따라갈 수 없는 부분도 많았어. 그런 경험을 한 게 한두 번은 아니지만."

그녀는 굳은 표정으로 메마른 웃음을 흘렸다. 그리고 그

표정으로 시오리코 씨와 눈을 맞췄다.

"난 당신하고 잘 지냈던 적 없어."

"어……?"

시오리코 씨는 말문이 막힌 듯했다. 그 상처 받은 표정을 보고 구가야마 히로코는 돌연 언성을 높였다.

"당신이 나보다 훨씬 지식도 풍부하고, 머리도 좋고, 얼굴도 예뻤지. 만날 때마다 생각했어. 이 사람은 내가 원하는 걸 전부 가지고 있다고. 나한테 책 빌린 적 없지? 빌려준 적은 많았지만. 전부 당신이 먼저 가지고 있었고, 먼저 읽었어. 그런 건 생각도 안 해 봤지?"

그랬을 것이다. 자기가 좋아하는 책에 대해 이야기하는 것에 한없는 기쁨을 느끼는 사람이다. 이야기를 듣는 사람의 지식이 얼마나 되는지, 좋은 의미로도, 나쁜 의미로도 별로 관심이 없었다.

"좋아하는 게 있고, 더 좋아하고 싶지만 어디서부터 손을 대야 할지 막막했어. 나보다 더 뛰어난 사람을 절대 따라잡을 수 없는 그 심정, 당신은 모를 거야. 스스로는 말도 못하고, 행동도 서툴러서 책 말고는 아무 짝에도 쓸모없다고 생각하지만, 내가 봤을 땐 전혀 아니야. 당신은 스스로를 믿어. 못난 자기 모습도 솔직하게 인정하고 있지. 거짓말을 해서 자기를 과대포장하지 않아."

그녀가 말하는 거짓말이란 시오리코 씨를 도와준 적이 있다고 자랑한 일이겠지. 자신을 과대포장하고 싶었던 것이다.

"당신은 뭐든 갖고 있어. 결점까지 사랑해줄 남자친구까지……. 자기가 얼마나 우위에 있는지 자각하지 못할 뿐이야."

갑자기 내 이야기가 나와서 흠칫했다. 그와 동시에 이제야 이해가 됐다. 구가야마가에서 만났을 때, 그녀는 날 칭찬한 게 아니었다. 사랑해줄 남자친구가 있는 시오리코 씨가 부러워서 그렇게 말했을 뿐이었다.

"하지만 작년에 깨달은 게 있어. 당신 말고도 고서를 사랑하는 사람들의 심리를. 다나카 씨가 여기서 당신을 밀치는 걸 봤을 때에."

"봤다고……?"

시오리코 씨는 신음하듯 중얼거렸다. 지팡이를 짚은 오른손이 떨리기 시작했다.

"봤다니, 그냥 보고만 있었다고? 아무 조치도 취하지 않고?"

화를 참지 못하고 나는 구가야마 히로코를 추궁했다. 그녀는 미소 띤 얼굴로 머리를 묶은 헤어핀을 뺐다. 스르륵 퍼지는 검은 머리는 기분 나쁠 정도로 시오리코 씨와 똑같았다.

"학교 가다 우연히 목격했을 뿐이야. 말릴 새도 없었어. 구급차라도 불러주려고 했는데 아랫동네 사람들이 이미 불렀더라고."

"그렇다고……."

다나카에게 그런 일을 당한 원인을 제공한 게 누구인데. 무엇보다 그녀는 시오리코 씨가 심하게 다친 걸 보고도 전혀 가슴 아파하지 않았다. 오히려 그 일을 즐기는 듯 말하고 있었다.

"고서를 좋아하는 사람들은 이런 짓까지 하는구나. 그런 생각이 들었어. 이렇게 어리석고 심한 짓까지 하는구나. 그런데 오히려 마음이 놓이더라고. 이 사람들은 지적이지도, 우아하지도 않아. 나도 그 정도는 할 수 있겠구나 확신했어."

내 상식과는 정반대의 반응이었다. 어리석은 행동을 혐오하는 게 아니라, 그에 공감한 건가.

"그때부터는 어떤 일에 대해 조사하면 전보다 머리에 잘 들어오더라고. 다자이에 대해서도 엄청 공부했어. 서재에 있는 할아버지 책들은 내가 물려받기로 되어 있는데, 그 책들에 대해서도 열심히 연구했어. 『만년』 언컷본이 어떤 것인지, 처음으로 정확히 이해했어. 고서는 참 멋지구나…… 하고."

그녀는 커다란 두 눈으로 내가 가진 케이스를 뚫어져라 보았다. 나는 그 시선을 피하려 케이스를 고쳐 들었다.

"넌 고서를 좋아해서가 아니라, 고서를 더 좋아하는 사람이 되고 싶어서 내 『만년』을 빼앗으려 한 거니?"

시오리코 씨는 조용히 물었다. 순간의 침묵 후에 구가야마 히로코는 고개를 끄덕였다.

"맞아. 그게 가장 빠른 지름길이었으니까."

"……미쳤군."

나는 그렇게 중얼거렸다. 주객전도가 따로 없군. 그런 짓까지 해서 좋아해야 할 이유는 뭐지? 누가 명령한 것도 아닌데.

"히로코, 넌 「낭떠러지의 착각」의 주인공 같아. 소설을 쓰기 위해서는 다양한 경험을 해야 한다고 믿었던."

시오리코 씨는 눈을 내리깔고 중얼거렸다. 구가야마 히로코는 코웃음 치며 대답했다.

"다자이가 가명으로 쓴 소설 말이지? 나도 그쯤은 알아. 그런 지식을 내보이며 나보다 우위에 있다는 걸 보여주려고? 헛수고야. 당신이 무슨 생각을 하는지 전보다 훨씬 잘 알 것 같으니까."

어처구니가 없었다. 진짜 이유는 내가 더 잘 알고 있었다. 「낭떠러지의 착각」 이야기를 꺼낸 건 아까 차 안에서 이야기했기 때문이었다. 그리고 낭떠러지에서 밀쳐 떨어진 소설 속 여자와 1년 전 이곳에서 떨어진 자신의 모습이 오버랩되었기 때문이겠지.

"여자를 해친 주인공은 그 뒤로 소설을 한 줄도 쓸 수 없었어. 살인이라는 엄청난 체험을 했는데도. 난 남의 책을 빼앗는 사람은, 언젠가 책을 사랑하지 못하게 되는 날이…… 책에게 보복을 당하는 날이 올 거라고 생각해."

"그래, 항상 입바른 소리만 하지. 당신은 고서를 지키기 위해 다른 사람을 속인 게 아냐. 지금도 많은 사람들을 속이고 있잖아."

"맞아……. 하지만 이젠 그러지 않을 거야."

시오리코 씨는 맹세하듯 똑바로 앞을 바라보며 말했다.

"이제 다시는 그런 짓 안 해. 이번 일로 깨달았어. 『만년』을 아직 가지고 있다는 걸 경찰에 모두 털어놓고 사과할 거야. 사람과 책은 이어져 있으니까. 그 인연은 소중한 것이니까."

그것은 그녀의 할아버지의 신조, '사람과 책의 인연을 지킨다'와 비슷한 생각이었다. 기분 탓인지는 모르겠지만 스스로에게 들려주는 말 같기도 했다.

"난 남의 책을 빼앗고도 도망쳐서 잘 사는 사람도 있다고 생각하는데?"

구가야마 히로코는 도발하듯 말했다. 시오리코 씨의 시선을 똑바로 받아치고 있었다.

"평행선이네. 더는 말해도 소용없겠어. 나는 내 식으로 하겠어."

말을 마친 구가야마 히로코는 갑자기 레인코트 자락을 펄럭이며 단숨에 나와의 거리를 좁혔다. 생각보다 훨씬 민첩한 몸놀림이었다.

책을 지켜야 한다. 나는 왼손으로 케이스를 꼭 껴안고 오른손으로 구가야마 히로코의 레인코트 소매를 잡았다. 상대의 힘을 이용해 받아넘길 작정이었다. 하지만 오른쪽 손에 닿은 딱딱한 물체의 감촉에 온몸이 얼어붙었다.

무의식적으로 부릅뜬 두 눈에 그녀의 다른 쪽 손에 들린 작고 검은 기계가 비쳤다.

'예비용 전기 충격기…….'

아까 내가 빼앗은 것과 달리 소형 충격기였다. 분명 코트 주머니에 숨겨두었던 것이리라. 팔에서 힘이 빠지는 순간 구가야마 히로코가 케이스를 낚아채는 걸 느꼈다.

그녀는 발길을 돌려 계단으로 몸을 틀었다. 계단을 내려가 달아날 작정이었다. 나는 억지로 힘을 짜내 바닥을 차고 그녀를 쫓았다.

모두 순식간에 일어난 일이었다. 불안정한 곳에서 몸싸

움을 벌여 케이스를 되찾았다. 하지만 구가야마 히로코는 굴하지 않고 온몸으로 돌진했다. 무게중심이 뒤쪽으로 이동하는 걸 느끼고 한쪽 발뒤꿈치를 중심으로 상대와 함께 옆으로 쏠린 온몸이 허공에 붕 떴다. 구름이 뒤덮은 밤하늘이 시야를 가득 채웠다. 한없이 무방비한 등을 타고 식은땀이 흘러내렸다.

"다이스케 군!"

시오리코 씨의 비명이 귀를 찔렀다. 그 목소리에 정신이 들었다.

'떨어진다.'

기분 나쁠 정도로 똑똑히 자각했다. 1년 전의 그녀처럼. 하지만 떨어져도 해야 할 일이 있었다. 나는 손에 든 케이스와 구가야마 히로코의 자그마한 몸을 있는 힘껏 품에 안았다.

다행인지 불행인지 마지막까지 의식을 놓지 않았다. 돌계단과 수국, 밤하늘이 빙글빙글 돌았다. 나는 극심한 통증을 느끼며 계단 아래로 추락했다.

8

걸음을 내딛을 때마다 왼쪽 어깨가 욱신거렸다.

나는 10분 전에 떨어진 계단을 다시 하나씩 오르고 있었다. 앞서 걷던 시오리코 씨가 걱정스러운 듯 돌아봤다. 지팡이를 짚고 있어서 걸음이 불안한 그녀를 보니 나 역시 걱정이 됐다.

고개를 돌리자 계단 아래에서 우리를 지켜보는 구가야마 쓰루요가 보였다. 그 옆에는 무릎에 얼굴을 묻은 채 웅크리고 있는 구가야마 히로코가 있었다. 멀리서 구급차 사이렌 소리가 들렸다. 구가야마 히로코를 이송하러 오고 있는 것이다.

"너도 지금 당장 병원에 가봐야 하지 않아?"

옆에서 걷던 다나카 도시오가 말했다.

"저 여자보다 훨씬 중상인데."

솔직히 그렇기는 했다. 구가야마 히로코는 살짝 머리를 찧어서 의식이 몽롱한 상태였지만 크게 다친 곳은 없었다. 그에 비해 나는 왼쪽 어깨가 완전히 나갔다. 탈구나 골절 중 하나겠지. 다나카와 시오리코 씨에게는 말하지 않았다.

"너와 시오리코 씨를…… 단둘이 둘 순 없잖아."

나는 그렇게 쏘아붙였다. 우리는 지금 구가야마가로 향하고 있었다. 시오리코 씨가 무슨 일이 있어도 오늘 밤 안으로 구가야마 쇼다이가 남긴 책을 찾고 싶다고 고집했기 때문이었다. 다나카 도시오도 할아버지가 소장했던 다자이의 자가용 『만년』을 보고 싶다고 했다.

아까 구가야마 히로코는 할아버지의 책이 서재에 있다고 했다. 쓰루요에게 물었더니 서재에 잠겨 있는 수납장이 하나 있는데, 그걸 말하는 것 같다고 했다. 열쇠가 없어서 오랫동안 방치되었지만, 어쩌면 어머니가 뭔가 아는지도 모른다고 했다. 그리고 구가야마 마리에게 전화를 걸어 우리가 찾아간다고 말해주었다.

그녀에게는 무슨 일이 있었는지 자세히 말하지 않았다. 딸이 무슨 짓을 저질렀다는 사실은 눈치챈 것 같았지만, '나중에 자세히 설명하겠다'는 시오리코 씨의 말에 말없이 고개를 끄덕였다.

계단을 지나 구가야마가가 점점 가까워지면서 시오리코 씨의 걸음도 같이 무거워졌다. 안색도 좋지 않은 것 같았다.

"괜찮아요?"

"전 괜찮아요, 그냥 긴장이 돼서. 다이스케 군이야말로 병원에 가봐야 하는 게……."

"괜찮아요. 크게 다친 것도 아니고……. 왜 긴장되는데요?"

시오리코 씨는 잠시 망설이다 대답했다.

"뭐라고 할까…… 별로 이야기를 나눠본 적이 없어요. 마리 할머님하고."

"책을 좋아하는 분이라고 하셨죠. 이야기가 잘 통하지 않을까요?"

"저도 그렇게 생각했는데…… 항상 절 피하시는 것 같아서…… 제가 뭔가 밉보인 건지도 몰라요. 그래서 찾아뵙기도 조심스럽더라고요."

그러고 보니 전에 구가야마 가에 갔을 때 시오리코 씨와 그 집 식구들 사이에 미묘한 거리감을 느꼈었다. 하지만 시오리코 씨가 밉보일 만한 일이 뭐가 있지?

초인종을 누르자 낯선 중년 여자가 문을 열어주었다. 이 근처에 사는 친척인데, 구가야마 쓰루요가 병원에 가면서 부른 모양이었다.

우리는 안내를 받아 서재로 갔다. 지난번과 마찬가지로 구가야마 마리는 침대에 누워 있었다. 시오리코 씨가 머뭇거리며 인사를 건넸다. 노부인은 여전히 눈을 감은 채였다. 딸의 전화를 받았다고 하니 아까까지 깨어 있었을 텐데.

귀한 책을 찾아야 해서 친척 아주머니에게는 자리를 비켜달라고 하고 미닫이문도 닫았다. 구가야마 쓰루요의 말로는 책상 위에 있는 수납장이 수상하다고 했다. 그녀의 말대로 자물쇠로 문이 잠겨 있었다. 문이 달린 수납장은 하나뿐이었다.

"할머님. 이 수납장 열쇠를 갖고 계신가요?"

대답은 없었다. 잠든 것 같았지만, 시오리코 씨는 굴하지 않고 다시 물었다.

"부탁이에요. 오늘 밤 안에 꼭 확인해야 할 일이 있어요. 내일은 경찰에서 나올 테니까요."

잠시 기다렸지만 상대는 꿈쩍도 하지 않았다. 시오리코 씨가 다시 말을 걸려던 순간, 구가야마 마리는 눈을 감은 채 우리에게 열쇠를 내밀었다.

'자는 척한 건가.'

어처구니가 없었지만, 시오리코 씨는 고개를 숙이며 열쇠를 받았다. 방을 가로질러 수납장의 자물쇠를 열었다. 삐걱거리는 소리를 내며 문이 열렸다. 생각보다 넓은 공간에 책 몇 권이 쌓여 있었다. 책등은 보이지 않았지만, 표지를 보니 고서임을 단번에 알 수 있었다. 우리가 찾는 『만년』은 제일 위에 있었다. 크기와 두께로 금방 알아봤다. 시오리코 씨는 긴장한 표정으로 책을 집어 책상 위에 놓았다. 나와 다나카도 그녀의 어깨 너머를 뚫어져라 보았다.

그 『만년』은 들었던 것처럼 그다지 상태가 좋지 않았다.

표지는 지저분했고 띠지도 없었다. 아무것도 인쇄되지 않은 책등도 약간 상한 것 같았다.

날개를 펼치자 왼쪽 끝에 있는 '자●용' 이라는 글자가 눈에 확 들어왔다. '●' 밑으로 희미하게 '살' 자가 보였다. 그 옆에는 '가' 자가 적혀 있었다.

오른쪽에는 명함 크기의 종이가 붙어 있었는데, '빌린 돈 내역' 이라는 제목과 함께 사람 이름과 금액이 적혀 있었다.

기묘한 느낌이었다. 75년 전에 다자이 오사무 본인이 소장했던 책을 직접 보고 있다니. 우리가 아는 것만 해도 스기오의 아버지, 다나카 요시오, 구가야마 쇼다이의 손을 거친 책이었다. 책 자체에도, 이 책을 소장했던 다자이 자신에게도, 그리고 그 후의 소유자들에게도 저마다의 이야기가 존재했다. 그 모든 것들이 이 한 권에 담겨 있었다.

다나카 도시오가 손을 뻗어 책을 만졌다.

"아까 그 사진만 봐서는 알 수 없었는데, 역시 언컷이 아니군."

듣고 보니 첫 부분의 책장이 깨끗하게 뜯겨 있었다.

"대체…… 누가 뜯은 거지?"

나는 고개를 갸웃했다. 다나카 요시오가 소장했을 당시에는 완벽한 언컷본이었다. 다나카에게 책을 사들인 구가야마 쇼다이가 뜯은 건가? 아니, 고서점 주인이 그런 멍청한 짓을 할 리가 없었다. 그렇다면 대체 누가…….

나는 왼쪽 어깨를 보았다. 점점 통증 부위가 넓어지며 고통도 심해졌다. 생각이 정리되지 않았다. 여기서 나가는 대로 병원에 가야겠다고 생각했다.

등 뒤에서 헛기침 소리가 들렸다. 그만하면 됐다고 신호하듯. 시오리코 씨는 뒤돌아 침대를 보았다. 안경 너머의 두 눈이 날카로워졌다. 이유는 알 수 없었지만 화가 난 눈치였다.

책을 덮은 시오리코 씨는 재빨리 수납장에 넣고 다시 문을 잠갔다. 그러고 나서 침대로 다가가 구가야마 마리에게 열쇠를 내밀었다. 노부인은 혈관이 비치는 손을 들었다.

"할머님이시죠?"

시오리코 씨는 매서운 목소리로 그렇게 말했다.

"제 『만년』을 빼앗으려던 사람은."

노부인의 손이 허공에서 멈췄다.

"뭐라고요?"

나는 눈을 휘둥그레 뜨며 물었다.

"하지만 『만년』을 노리던 건……."

"아마 히로코는 할머님의 지시를 받고 움직였을 뿐일 거예요. 저 수납장의 책을 물려받기로 하고, 혼자 모든 일을 꾸민 걸로 한다는 조건으로요. 아닌가요?"

구가야마 히로코의 말을 떠올렸다. 그녀는 할아버지의 책을 '물려받기로 되어 있다'고 했다. 아직 자신의 책이 아니라, 누군가에게 물려받을 약속을 받아낸 것이다. 이 경우, 그런 약속을 할 만한 사람은 그녀의 할머니밖에 없었다.

구가야마 마리는 열쇠를 받아들더니 다시 원래대로 누워 눈을 감았다.

"……모르는 일이야."

그리고 쉰 목소리로 딱 잘라 부정했다. 시오리코 씨의 표정이 매서워졌다.

"히로코는 여기 있는 『만년』을 보고 언컷본이 어떤 것인지 처음으로 정확히 이해했다고 했어요. 하지만 여기 있는 건 언컷본이 아니에요. 히로코는 그 사실조차 모르죠. 혹시 할머님은 히로코에게 직접 그 책을 보여주신 적이 한 번도 없는 게 아닌가요? 휴대전화로 찍은 사진 정도만 보여주셨겠죠."

그러고 보니 다나카가 보여준 사진은 너무 저화질이었다. 그런 사진으로는 언컷인지 아닌지 확인할 수 없었다.

"그럼 그 사진을 찍은 건……?"

나는 시오리코 씨에게 물었다. 입을 열 때마다 어깨가 욱신거렸지만 지금은 이야기를 듣는 게 무엇보다 중요했다.

어깨 따윈 아무래도 상관없었다.

"물론 할머님이세요. 휴대전화도 다루실 줄 아시고, 컴퓨터도 잘하시죠. 히로코하고 화상 채팅을 하실 정도니까요. 아, 그러고 보니."

시오리코 씨는 신경질적인 표정으로 손가락을 들었다. 진짜로 화가 난 것이다. 만나면 긴장한다던 상대 앞에서도 전혀 주눅 들지 않고 할 말을 하고 있었다.

"그 SNS 커뮤니티에서 제가 소장했던 『만년』의 정보를 다나카 씨에게 알려준 사람도 할머님이시죠? 그때나 지금이나 히로코는 『만년』의 언컷본을 본 적이 없었을 테니까요."

나도 뭔가 이상하다는 생각은 했다. '소노기'가 구가야마 히로코였다면, 시오리코 씨가 다치기 전부터 『만년』에 대해 잘 알았다는 것이다. 그 글에서 '소노기'는 본인도 언컷 초판본을 본 적이 있다고 했다.

"계정을 공유했거나, 할머님이 히로코를 시켜 만들게 했겠죠."

어느새 구가야마 마리는 눈을 뜨고 있었지만, 여전히 천장을 올려다보고 있었다. 나는 또 하나 중대한 사실을 깨달았다. 이 사람이 '소노기'라면, 비블리아 고서당에 『만년』이 있다는 사실을 다나카 도시오에게 알려준 사람도 바로 그녀였다. 시오리코 씨가 사건에 말려든 계기를 제공한 장

본인이라는 뜻이었다.

"……할머님."

시오리코 씨는 선 채로 침대 위로 몸을 내밀어 노부인과 억지로 눈을 맞췄다. 윤기 흐르는 검은 머리에 가려 표정은 보이지 않았다.

"아까 히로코는 저기 있는 다이스케 군과 함께 계단에서 굴러 떨어졌어요. 지금은 병원에 있고요."

시오리코 씨는 이를 악물고 있었다. 남색 블라우스 아래의 어깨도 부들부들 떨리고 있었다.

"할머님이 저지른 일 때문에 저처럼 크게 다쳤을 수도 있었다고요! 다이스케 군도, 히로코도! 재수가 없었으면 죽었을지도 몰라요!"

어머니가 아닌 다른 사람에게 이토록 감정을 드러내는 시오리코 씨는 처음 보았다. 구가야마 마리는 큰 소리에 놀란 눈치였지만, 이내 원래의 무표정으로 돌아왔다. 떴던 눈도 다시 감았다.

"……그게 어쨌다는 거니?"

입술 사이로 힘없는 목소리가 흘러 나왔다.

"난 이제 곧 죽을 텐데……. 가만히 있어도. 내년 가을은 못 볼지도 모르는데."

한동안 아무도 입을 열지 않았다. 시오리코 씨는 한숨을 쉬며 허리를 폈다. 조금이지만 냉정함을 되찾은 것 같았다. 그 모습을 본 나는 옆에 있는 책장에 몸을 기댔다. 이제 서 있기조차 힘겨웠다.

"……병원에 가."

다나카의 말에 나는 말없이 고개를 저었다. 내 눈으로 끝까지 지켜보고 싶었다. 아마 이제 곧 끝날 것이다.

"왜 이런 짓을 하신 거죠?"

시오리코 씨가 물었다. 아까 히로코에게도 했던 질문이었다. 닫힌 눈꺼풀 아래에서 천천히 움직이는 두 눈동자가 보였다. 죽음과도 같은 침묵이 실내를 가득 채웠다.

"……내 평생, 소원이 하나 있었단다."

이내 구가야마 마리는 천천히 말을 이었다.

"다자이의 『만년』 언컷본을 칼로 한 장씩 뜯으며 읽는 것. 남편이 죽었을 때 겨우 소원 성취를 하겠구나 싶었어. 그 사람은 평생 모은 책을 자기가 점찍은 후계자에게만 보여줄 작정이었으니까.

하지만 가게를 물려받을 사람이 없었기 때문에 책은 모두 내 차지가 됐어. 나 말고는 아무도 모르는 보물이 되었지. 그중에는 다나카 요시오라는 사람에게 사들인 『만년』 언컷본이 있을 터였어……."

노부인은 눈을 감은 채 미간을 찌푸렸다. 역시 이 사람은 다나카 요시오를 알고 있었다. 아까는 모르는 척 시치미를 뗀 것이었다.

"하지만 막상 펼쳐보니 완벽한 언컷본이 아니었어. 일부가 뜯겨져 있었거든."

"누가 뜯은 거죠?"

시오리코 씨는 그렇게 물었다. 나는 멀어지는 의식을 필사적으로 붙잡았다. 나도 줄곧 그게 궁금했다.

"전 주인인 다나카 씨겠지."

"할아버지가?"

다나카 도시오는 놀란 듯 되물었다.

"왜 그런 짓을……?"

"책을 팔러 왔을 때 그 자리에서 일부러 그랬던 모양이야. 값어치가 떨어졌다고 남편이 불같이 성을 냈거든."

그렇게 된 일이었군. 상황에 떠밀려 어쩔 수 없이 책을 팔아야 했던 다나카 요시오는 구가야마에게 사소한 복수를 한 것이다.

"……할아버지다운 행동이네."

다나카 도시오는 나에게만 들리는 목소리로 중얼거렸다.

"끝내 책을 찢어버리지는 못했던 거야. 설사 증오하는 사람에게 책을 넘길 수밖에 없었더라도."

그런 면이 좋은지 나쁜지는 모르겠다. 하지만 다나카 요시오는 그러한 나약함과 다정함을 동시에 가졌던 인물이었을 것이다.

“나는 『만년』을 처음부터 한 장씩 뜯으면서 읽고 싶어. 끝까지 읽은 뒤에 그날 세상을 떠나고 싶어……. 그걸 내 인생의 마지막 책으로 삼고 싶어.”

갑자기 그녀의 목소리가 힘없이 흔들렸다.

“그 작품집은 다자이의 출발점…… 숨 막히는 청춘의 향기가 쏟아져. 내 만년에 그 내음을 맡으며 숨을 거두고 싶어…….”

잠이 쏟아지는 모양이었다. 꿈과 현실의 경계에서 울려 퍼지는 듯한 몽롱한 목소리였다.

“……시오리코.”

“네.”

“네 『만년』을 나에게 주면 안 되겠니?”

순간 시오리코 씨는 입술을 꽉 깨물었다. 갈 곳을 잃은 분노일까, 안타까움일까, 아니면 그와는 또 다른 감정에 휩싸인 것일까. 그녀는 이내 조용히 고개를 저었다.

“안 돼요.”

“그래……. 유감이로구나.”

구가야마 마리는 그 말을 끝으로 새근새근 숨소리를 내며 잠들었다. 그와 동시에 나는 온몸의 힘이 빠져나가는 걸 느끼며 격렬한 고통과 함께 바닥에 쓰러졌다. 눈앞이 캄캄했다. 내 이름을 부르는 시오리코 씨의 목소리가 멀리서 아련하게 들렸다.

그다음 일은 기억에 없었다.

에필로그

나는 지난 열흘 동안 일어난 일들을 시노카와 지에코에게 상세히 이야기했다.

꽤 시간이 걸렸다. 어젯밤에 구가야마가에서 기절한 데까지 이야기했을 때에는 어슴푸레 어둠이 내려앉았다. 창밖 풍경이 짙은 잿빛으로 바뀌어 있었다.

시노카와 지에코는 자리에서 일어나 불을 켰다. 눈부신 빛이 병실을 밝혔다.

"고생이 말이 아니었네."

말을 그렇게 했지만 동정하는 기색은 전혀 느껴지지 않았다. 은근히 기분이 나빴다.

"병원에 실려 온 뒤로는 아무 일도 없었고?"

"지금까지는……. 하지만 이제 곧 경찰이 올 겁니다."

구가야마 마리와 그 손녀 히로코는 시오리코 씨의 『만년』을 강탈하려 했다. 엄연한 범죄 행위이니 경찰에 신고가 접수되었을 것이다. 구체적으로 어디까지 죄를 추궁할지는 알 수 없었지만. 시오리코 씨는 작년에 사건이 일어났을 때 『만년』을 태워버리지 않았다는 사실을 밝힐 것이다.

그 일을 포함해 나에게 이야기를 들으러 올 터였다.

"쓰루요 씨는 구가야마 쇼다이의 장서를 처분하려는 것 같아. 아까 통화했을 때 그 얘기를 하더라고."

갑자기 피로가 몰려왔다.

"쓰루요 씨와 연락을 주고받는 사이였습니까……?"

그녀 역시 이번 사건의 내막을 자세히 아는 사람이었다. 쓰루요 씨와 연락을 주고받았으면서 무엇 때문에 지금까지 나에게 물어본 거지? 전부 알고 있으면서.

"옛날부터 친했어. 그 집안에서 제일 정상적인 사람이지. 뭐, 그 책들의 소유권이 누구에게 있느냐는 미묘한 문제니까 쉽게 처분할 수는 없겠지만…… 다나카 도시오가 『만년』을 가질 수 있도록 돕겠다고 약속했지? 가능성이 커졌네."

다나카의 이름을 듣고 생각난 게 있었다. 이 사람에게 꼭 확인할 게 있었다.

"다나카 요시오가 소장했던 『만년』에 대해 다나카 도시오에게 메시지를 보낸 게 당신이죠?"

시노카와 지에코는 미소를 지으며 자리에 앉았다. 웃으니 눈가의 주름이 눈에 띄었지만, 오히려 아이처럼 보이기도 했다.

"맞아. 어떻게 알았어?"

"이 타이밍에 상관도 없는 사람이 그런 정보를 보낼 리 없잖습니까…… 그리고 시오리코 씨가 그 얘기를 전혀 언급하지 않더라고요."

시노카와 지에코가 SNS를 탈퇴한 건 자신이 어떤 글을 썼는지 알아보지 못하게 하기 위해서였다. 그런 자잘한 행동들을 보고 시오리코 씨는 자신의 어머니라는 걸 깨달았을 터였다. 가족이 관련된 일이라 부자연스러우리만치 무시했던 것이다.

"어머, 그런 이유로?"

선글라스 너머로 보이는 눈이 휘둥그레졌다. 바보 취급당한 기분이었다.

"왜 다나카에게 메시지를 보낸 겁니까?"

"그 사람도 궁금해할 것 같아서."

잔재주가 통할 상대도 아니라 정공법으로 물었지만, 예상대로 장난스러운 대답만이 돌아왔다. 구가야마 집안과 인연이 있다면, 구가야마 마리가 시오리코 씨의 『만년』을 노린다는 사실도 알고 있었을 텐데.

다나카 도시오를 끌어들여 상황을 복잡하게 만듦으로써, 구가야마 마리와 히로코를 혼란에 빠뜨려 결과적으로 우리를 도우려 했다든지…….

아니, 지나친 생각이다. 어찌 되었든 도움을 줄 거면 평범한 방법으로 도왔으면 좋겠다고 생각했다. 그랬으면 이런 꼴을 당하지 않아도 됐을 텐데.

"후카사와에는 우리 어머니가 살아."

시노카와 지에코는 뜬금없이 그런 말을 던졌다. 한참 뒤에야 그것이 내 질문에 대한 답이라는 걸 깨달았다. 지난 5월에 후카사와 역 주변에서 무엇을 하고 있었느냐는 질문이었다.

"어머니……를 만나러 가신 겁니까?"

"잠깐 얼굴만 비추고 금방 나왔어."

나는 생각에 잠겼다.

"시오리코 씨와 아야카의 외할머니시죠?"

"그렇지. 그 애들은 한 번도 만난 적 없고, 어머니 역시 만날 생각은 없겠지만. 지금은 새 가족과 살고 있고, 성도 바뀌었어."

뭔가 복잡한 사정이 있는 것 같았다. 그렇기 때문에 거의 왕래하지 않고 살아온 거겠지.

"난 그만 가볼게."

그녀는 자리에서 일어나 우산을 들었다. 아직 할 이야기가 남은 듯, 없는 듯 미적지근한 기분이었다. 이 사람과 만날 때는 항상 이런 기분이 들었다.

"여기까지 왔는데 시오리코 씨도 안 보고 가시는 겁니까?"

"오늘은 그냥 갈래. ……그러고 보니."

"네?"

"구가야마 씨 댁에서 다자이의 개인 소장용 『만년』을 봤다면서?"

"……그런데요."

갑자기 그 이야기는 왜 하는 거지? 당혹스러웠지만 일단 고개를 끄덕였다. 찰나였지만, 그녀는 무언가를 읽어내려는 듯 내 두 눈을 뚫어져라 들여다보았다. 그리고 이내 흡족한 표정으로 고개를 끄덕였다.

"그래, 알았어. 그럼 나중에 보자."

시노카와 지에코는 여느 때처럼 경쾌한 걸음으로 병실을 나갔다.

나는 몸을 반쯤 일으킨 채 생각에 잠겼다.

본인도 아는 이야기를 굳이 나에게 물어본 건 왜일까. 쓸데없는 일에 시간을 허비할 사람이 아니었다. 분명 뭔가 이유가 있을 것이다.

이번 사건의 내막이 궁금했던 건 아니다. 그렇다면 나에 대해 알려 했던 건가? 이번 사건에서 내가 무언가를 알아채지 못했는지, 그걸 확인하러 온 것이다.

'다자이의 개인 소장용 『만년』을 봤다면서?'

무슨 뜻으로 한 말일까. 분명 뭔가 힌트가 숨겨져 있을 텐데.

다자이의 개인 소장용 『만년』. 구가야마 집안이 오래도록 숨겨왔던 책. 다나카 요시오가 책을 팔면서 책장을 뜯은 탓에 이제는 언컷본이라 할 수 없었다.

"어?"

그러고 보니 뭔가 이상했다. 나는 관자놀이를 누르며 기억을 되짚었다. 시노카와 지에코는 다나카 도시오에게 보낸 메시지에 분명 그 책이 언컷본이 아니라고 적었다.

대체 어디서 그 사실을 안 거지?

구가야마 마리는 그 책을 가족에게도 보여주지 않고 혼자만의 보물로 삼았다. 구가야마 쇼다이도 그와 비슷했다. 자신의 장서를 아무에게도 보여주지 않았다고 한다. **자신이 인정한 후계자 외에는.**

"말도 안 돼……."

전율이 멈추지 않았다. 온몸이 얼음장처럼 차가워졌다.

모든 사실이 실을 꿰듯 하나로 이어졌다. 구가야마 쓰루요는 아버지에게 다른 여자가 있었다고 했다. 기타가마쿠라 부근에 살았는데, 아버지의 아이까지 낳았다고 했다. 물론 후카사와는 기타가마쿠라에서 그리 멀지 않았다.

구가야마는 그 아이를 딱 한 번 집에 데려온 적이 있다고 했다. 자신의 책을 보여주기 위해서였을지도 모른다. 후계자로 점찍은 아이에게.

만일 시노카와 지에코가 구가야마 쇼다이의 딸이라면…….

당연히 시오리코 씨는 그의 손녀가 된다. 남의 책을 가차 없이 빼앗는 그런 사람의.

나는 병실 창문 너머를 보았다. 어느새 바깥은 캄캄했다. 검은 유리창에 창백하게 질린 내 얼굴이 보였다.

어둠 속을 들여다본 듯한 기분이었다. 물론 증거는 없었다. 무엇보다 후계자라면 왜 구가야마 서방을 물려받지 않고 아버지의 코를 납작하게 만든 '숙적', 시노카와 세이지의 가게에서 일하다 그 아들과 결혼까지 한 것일까.

어찌된 사정인지 전혀 짐작할 수가 없었다. 아니, 깊이 아는 게 두려웠다.

증거 같은 걸 찾으려 하면 안 된다.

나는 혼자만의 비밀로 남겨두자고 굳게 다짐했다.

작가후기

5권보다 훨씬 짧은 시간에 완성했다고 생각했는데, 달력을 보니 그냥 제 착각이었군요. 죄송합니다. 미카미 엔입니다.

이런 시리즈를 쓰고 있어서인지 종종 책에 관련된 이벤트에 게스트로 불려갑니다. 초대해 주신 건 무척 감사합니다만, 제가 책에 빠삭하다는 오해를 받는 경우가 많아서 해명하느라 매번 진땀을 흘립니다.

겸손을 떠는 게 아니라, 정말 기초적인 지식밖에 없습니다. 고서점에서 일했던 것도 벌써 10년도 더 옛날 일이고, 모르는 것들은 열심히 자료를 모아 조사합니다.

하지만 조사하는 걸 싫어하는 성격은 아니라 다행이라고 생각합니다. 뭔가 발견할 때마다 '그랬구나!' 하고 혼자 흥분합니다. 그래서 이벤트 같은 데 출연했을 때는 그런 기쁨에 대해 주로 이야기합니다. 딱히 자신 있게 할 만한 이야기도 없고…….

자, 이번 이야기는 다자이 오사무를 소재로 다뤘습니다. 비블리아 시리즈에서 다시 한 번 다자이를 다뤄야겠다고 막연히 생각하기는 했습니다. 때가 됐다고 생각한 건 5권을 한창 쓰고 있을 때였습니다. 데라야마 슈지에 조사하는 한편, 그와 고향이 같은 다자이에 대해서도 자료를 모아 읽었죠.

다자이 본인은 자신의 작품에 대해 많은 것을 말하지 않았다고 합니다. 하지만 동시대의 증언이나 후대의 평론은 어마어마한 양이고, 대부분의 작품이 끊임없이 출판되어 널리 읽히고 있습니다. 고서를 주제로 삼은, '비블리아' 라는 작품의 제약 안에서 이 놀라운 작가를 어떻게 다뤄야 할지 오래 고민했습니다만, 어쨌든 조사할 수 있는 걸 조사하며 조금씩 써 내려간 작품이 바로 이번 이야기입니다. '그랬구나!' 라고 외친 저의 흥분이 여러분께도 전해지기를 바랍니다.

이번에도 많은 분들의 도움을 받았습니다. 가나가와 근대문학관 여러분, 게야키쇼텐 여러분, 귀중한 정보를 제공해 주셔서 감사드립니다. 개인적으로 니가타에서 뵌 '만화 연구회 코뿔소의 눈' 여러분, 감사의 뜻을 전합니다.